SEBASTIAN HALM
PANIK

AF214670

GOLDMANN

Buch

Um ihre kriselnde Ehe zu retten, verbringen Ruth und Bill ein Wochenende in einem Luxus-Strandhaus an der Ostsee. Das architektonische Schmuckstück gehörte früher einem Tech-Mogul. Als Ruth mitten in der Nacht aufwacht, ist ihr Mann verschwunden. Panisch durchsucht sie das Haus und sieht Bill schließlich auf der anderen Seite des Panoramafensters: Er ist im Garten ausgesperrt, sie selbst im hermetisch abgeriegelten Haus gefangen. Ohne eine Chance, miteinander zu kommunizieren, merken Ruth und Bill bald: Das KI-gesteuerte Sicherheitssystem des Smart Homes hat das Kommando übernommen. Und es macht Jagd auf sie beide ...

Weitere Informationen zu Sebastian Halm
finden Sie am Ende des Buches.

Sebastian Halm

PANIK

Dieses Haus will deinen Tod

Thriller

GOLDMANN

Penguin Random House Verlagsgruppe FSC® N001967

1. Auflage
Deutsche Erstveröffentlichung Juli 2025
Copyright © 2025 by Sebastian Halm
Copyright © der Erstausgabe 2025 by Wilhelm Goldmann Verlag,
München, in der Penguin Random House Verlagsgruppe GmbH,
Neumarkter Str. 28, 81673 München
produktsicherheit@penguinrandomhouse.de
(Vorstehende Angaben sind zugleich Pflichtinformationen nach GPSR)

Dieses Werk wurde vermittelt durch die Montasser Medienagentur,
München.
Umschlaggestaltung: UNO Werbeagentur, München
Umschlagmotive: Ysbrand Cosijn / arcangel images
J. A. Bracchi / getty images
Marko Milosevic / iStockphoto
FinePic®, München
Redaktion: Gerhard Seidl
BH · Herstellung: ik
Satz: KCFG - Medienagentur, Neuss
Druck und Bindung: GGP Media GmbH, Pößneck
Printed in Germany
ISBN: 978-3-442-49574-0

www.goldmann-verlag.de

Für meine Frau Andrea

KALIFORNIEN-WEG 10

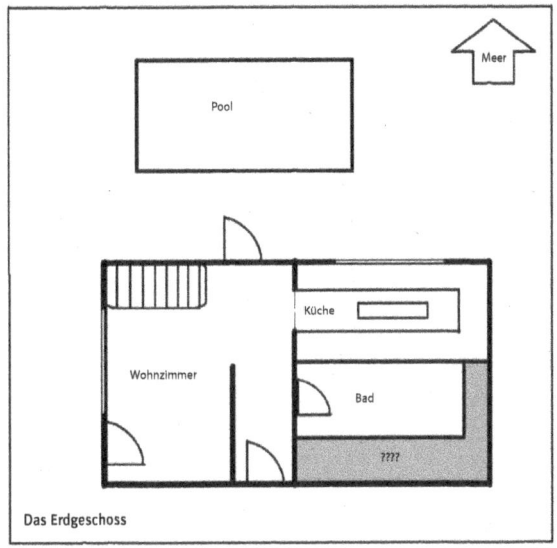

Pool

Meer

Küche

Wohnzimmer

Bad

????

Das Erdgeschoss

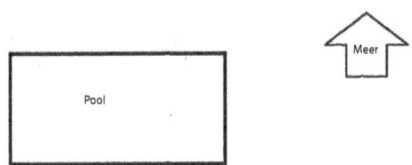

Meer

Pool

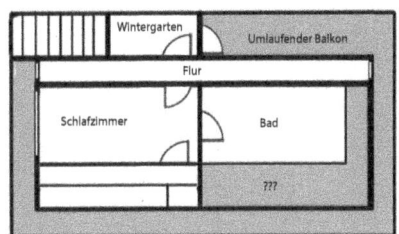

Wintergarten

Umlaufender Balkon

Flur

Schlafzimmer

Bad

???

Das Obergeschoss

ANKUNFT

Sie wachte auf, und Bill war verschwunden. Neben ihr im Dunkel nur ein leeres Laken. Und alles fühlte sich anders an, falsch, verschoben. Kurz dachte sie, sie träumte, vielleicht daher das merkwürdige Gefühl. Doch dann wusste sie, woran es lag: Dass sie ja nicht zu Hause war, sie waren in dem Strandhaus, sie und Bill. Wie dumm von ihr, das zu vergessen. Fast so dumm wie die ganze Idee, überhaupt erst herzukommen. Er hatte die Idee gehabt, sie war skeptisch gewesen. Es ergebe keinen Sinn, was solle da anders sein als hier.

Doch er hatte sie überzeugt: »Nur du, das Meer und ich. Lass uns reden. Wenn man aufhört zu reden, ist man am Ende!« *Reden? Soll das ein Scherz sein?*, hatte sie in Gebärdensprache erwidert und ihn böse angesehen. Doch er hatte sich ihr zugewandt, sodass sie von seinen Lippen lesen konnte, und geantwortet: »Du weißt, wie ich es meine!«

Und sie hatte zugeben müssen, dass das stimmte. Es gab Tage, die guten, da war alles normal, Ruths Gehörlosigkeit war kein Thema zwischen ihnen. An anderen Tagen aber, wenn es ihr zu viel wurde, der Frust zu groß oder sie sich einfach unverstanden fühlte, dann ließ sie ihn spüren, dass sie anders war. Ein wenig Rücksicht wollte, etwas Sensibilität. Inzwischen waren die guten Tage immer weniger geworden. Und die anderen Tage … nun, die waren nun normal.

Das Haus sollte also alles in Ordnung bringen. Und das Meer, drei Tage, ein langes Wochenende. »Nur du und ich, darauf kommt es an.« Sie hatte ihn angesehen, und schließlich hatte sie genickt. Er wollte bezahlen, sie hatte den erhobenen Zeigefinger vor der Brust entlanggeführt: *Nein.* Aber er hatte gelächelt und langsam und ruhig gesagt: »Ich bestehe darauf«, also signalisierte sie ihm *Okay.*

Ein holpriger Anfang. Sie hielt es für einen Fehler. Alles. Und das schon lange, bevor sie ahnen konnte, was noch kam. Bevor sie wusste, dass die Flasche Sekt, die er am Abend öffnete, die letzte sein würde, die er für sie beide jemals öffnete.

Er hatte ihre Schulter berührt, damit sie ihn ansah, die andere Hand am Steuer. »Ich finde das Haus nicht«, hatte er gesagt, als er den Wagen langsam in die kleine Sackgasse hineinsteuerte. Hinter den Häusern, hinter dem dünnen Streifen Gras, auf dem sie gebaut waren, begann der Strand. hundert Meter Sand und dann: das Meer. Unendlich, grau, stürmisch. »Schau mal«, las sie von seinen Lippen: »Da ist 8, das da drüben ist 9 und dann – nichts! Wo ist 10?«

Sie beugte sich vor. Doch sie konnte es auch nicht finden. Links und rechts standen kleine Villen, viele davon weiß, manche aus rotem Backstein, andere Fachwerk mit Reetdächern. Doch die bedachte Unscheinbarkeit täuschte sie nicht, das waren teure Heime, wohlsituierte Häuser. Sie kniff die Augen zusammen und spähte noch einmal hinaus, doch es blieb dabei: Links neben ihnen stand Haus Nummer 6, gegenüber zu ihrer Rechten befanden sich 7 und 9, und schließlich, als letztes Haus auf der Linken, folgte 8. Dann nichts mehr.

Na, das geht ja gut los! Sie begleitete die Gesten mit einem Augenrollen.

»Jetzt sei nicht so negativ, wir können ja einfach noch mal die Dame anruf... Warte mal – da!« Er zeigte nach vorne, die andere Hand auf dem Lenkrad.

Hinter dem letzten Haus, einem Fachwerkgebäude mit Schilfdach auf der linken Seite, wuchs dichtes Gebüsch, ein paar Bäume und Sträucher, doch wenn man genau hinsah, entdeckte man es: Unter den herabhängenden Ästen einer Birke war eine Lücke im Dickicht, breit genug für ein Auto. Und dort lagen einige dicke Bretter im Sand, führten nach links von der Straße fort, kurz bevor diese in den Wendekreis der Sackgasse mündete. Die Bretter waren mit dicken, durch Bohrlöcher gezogenen Seilen verbunden. Sie machten nach einigen Metern eine Biegung nach rechts ins Unterholz und entzogen sich hinter Blättern und Buschwerk dem Blick des Betrachters.

»Vielleicht ist es dort!«

Sie nickte und wedelte die gespreizten Finger der rechten Hand: *Ja, vielleicht.*

Er bog nach links ab, steuerte den Wagen behutsam zwischen die Büsche und Bäume auf den behelfsmäßigen Weg aus Brettern und fuhr von der Straße ab. Sie legten einige Meter unter einem dichten Blätterdach zurück, dann lichtete sich der Baldachin, und die Bretterstraße führte sie den Strand entlang, rechts von ihnen war Sand, dahinter verwildertes Gestrüpp, zu ihrer Linken sahen sie nichts außer einer hohen fast weißen Düne, die den Blick auf das Meer verdeckte. Hier und dort wuchsen verwelkte Küstenpflanzen. Es war, als fahre man den Schallschutz einer Autobahn entlang. Und die Bretterstraße ging weiter und weiter, sie mussten schon dreihundert, vierhundert Meter so zurückgelegt haben.

Sie zeigte hinaus und bedeutete ihm: *Das ist ja das Ende der Welt.*

»In der Beschreibung stand, dass es abgelegen ist, das war es doch, was wir wollten.«

Du wolltest das, dachte sie sich, verkniff sich jedoch die Bemerkung. Stattdessen sagte sie in Gebärde: *Ich wette, unser Haus ist die einzige Ruine zwischen den ganzen Villen.*

Er drehte sich zu ihr: »Quatsch«, er lachte die Bemerkung weg, »du hast doch die Bilder gesehen.«

Ja, Bilder. Fotos von Immobilien. Denen kann man natürlich »immer« vertrauen! Du weißt schon, dass solche Anzeigen reine fantastische Literatur sind? Er löste den Blick von ihren Händen und steuerte ruckartig zurück auf die Bretterstraße, die er beinahe verlassen hätte, während er ihre Gesten gelesen hatte. Sie lächelte: *Mann am Steuer!*

Der Wall aus Sand zu ihrer Linken flachte sich ab, schrumpfte in den Grund des Strandes hinein und war verschwunden. Der Blick auf den Ozean wurde frei.

Er stupste sie sanft an. »Wow!«, sagte er, zeigte nach links und verlangsamte den Wagen.

Vor der eisgrauen, stürmischen See stand ein einsames modernes Haus aus glattem weißen Stein, der glänzte wie

Marmor. Zwei Stockwerke türmten sich zu einem flachen Bau auf, dessen makellose Undurchdringlichkeit auf der Vorderseite nur von einigen schmalen Fenstern durchbrochen wurde. Sie verliehen der Konstruktion etwas von einem Bunker mit Schießscharten. Nach den romantischen Backstein-, Fachwerk- und Schilfkonstruktionen in der Sackgasse wirkte es nun, als hätten sie eine Zeitreise in eine modernistische Zukunft unternommen. Das Haus musste größer und neuer sein als alle anderen, die sie seit ihrer Ankunft in dem Küstenort gesehen hatten. Hinter dem Haus erkannte sie einen Teil eines eisblau schimmernden, großen Swimmingpools. Das Haus selbst war umschlossen von der grünen Fläche eines präzise getrimmten, großzügig bemessenen Gartens. Eine einsam angepflanzte Buche neigte sich rechts hinter dem Haus bis an einen umlaufenden Balkon im ersten Stock heran. Und dann war da noch der Zaun, das ganze Grundstück war von einem hüfthohen Zaun umgeben, der aus vier eng gespannten, horizontal verlaufenden Drähten bestand, sie spannten sich von einem Stahlpfosten zum nächsten. Ihn erinnerte der Zaun an ein Gehege im Zoo, sie musste an ein Gefängnis denken. Am Zaun endete die Rasenfläche wie mit dem Lineal gezogen, übergangslos begann der Strand.

Das Haus war wie eine Insel im Sand, mit scharfen Küstenlinien, vermutlich war es auf ein Fundament gestellt worden, das man ausgehoben und in den Boden hineingegossen hatte. Vom Haus mochten es vielleicht siebzig Meter zum Meer sein. Vermutlich handelte es sich bei dem Abschnitt, der an die Villa anschloss, um einen Privatstrand.

Sie war verwirrt von dem Anblick. Hier würde es sich zweifelsohne leben lassen das Wochenende über. Es war mitnichten die einzige Ruine in der Nachbarschaft, ein fast schon brutaler Luxus und Reichtum ging von dem kompromisslosen Design aus. Aber zugleich war das Gebäude abweisend. Sie wusste nicht, weshalb; vielleicht lag es einfach nur am Zaun.

Er warf ihr einen kurzen Blick zu: »Wahnsinn, oder?«, formten seine Lippen überdeutlich. »Das sieht richtig cool aus!« Er sah wieder auf die Straße, sie nickte. Doch seine Begeisterung hielt an, er wandte sich ihr erneut zu: »Hast du gesehen, die haben sogar einen Pool!«

Sie nickte. Wieso haben Häuser am Meer eigentlich Pools, fragte sie sich.

Nun bemerkten sie beide die Gestalt, die neben einem vor dem Haus geparkten Wagen wartete. Die blondierte Frau sandte eine riesige weiße Wolke gen Himmel, als sie den Dampf ihrer E-Zigarette ausstieß. Sie musste ihren Wagen gehört haben, denn sie fuhr herum und bleckte die Zähne zu einem professionellen Lächeln, streckte eine Hand in die Höhe und winkte.

Er fuhr noch langsamer. Einige Dutzend Meter vor dem Haus endete die Zufahrt aus Brettern an einem halbkreisförmigen Vorplatz aus Asphalt. Der Wagen der Frau stand rechts vor dem Zaun, Bill steuerte ihr Auto links daneben. Der kleine Asphaltvorplatz würde gerade so genug Platz zum Wenden lassen, ohne dass man mit den Rädern in den Sand rutschte und womöglich stecken blieb; ihm fiel auf, dass es keine Garage gab.

Er parkte neben dem Mercedes der Frau. Es konnte nur die Vermieterin sein, bei der sie die Villa online gebucht hatten. Als er den Motor abstellte, kam sie mit linkischen Bewegungen näher, so als ginge sie auf Zehenspitzen über glühende Kohlen. Sie brachte ihr Gesicht, das halb von großen roten Sonnenbrillengläsern verdeckt wurde, nahe an die Beifahrerscheibe. Die Vermieterin winkte mit der E-Zigaretten-Hand, mit der anderen presste sie sich eine große Handtasche an die Brust. Ruth lächelte gequält vom Beifahrersitz zurück, sie hätte sich nicht gewundert, wenn einer dieser winzigen Hunde seinen Kopf aus der Handtasche gesteckt hätte.

Bill zog die Handbremse an und setzte simultan ein Lächeln auf, sodass es aussah, als aktiviere der Hebel sein Grinsen. Er nickte Ruth ermunternd zu und stieg aus. Sie schnaufte und folgte ihm.

»Halloooo!«, gurrte die Vermieterin.

»Guten Tag!« Er war schon um das Auto herumgegangen und streckte der Frau die Hand hin, als Ruth noch aus dem Wagen herauskletterte. »Ich bin Willi Kemmler, aber bitte nennen Sie mich Bill, alle tun das: Bill!«

»Aha, wie schön, Bill, hallo!«, sagte die Vermieterin. »Ich bin Miranda – Kaplan, aber das ist egal, nennen Sie mich Miranda, haha!«

»Und das«, sagte er und drehte sich zu Ruth um, die sich gerade aus der Beifahrertür schälte, halb im Wagen, halb ausgestiegen, »das ist Ruth, Ruth Schneider!«

Ruth winkte Miranda zu, während Bill sie vorstellte, dann sah sie sich um, versuchte, den Ort in sich aufzunehmen. Sie roch das Salz und spürte die Feuchtigkeit in der Luft auf ihrer Haut, dann sah sie hinaus auf das Meer, schloss die Augen und stellte sich das Tosen und Rauschen des Ozeans vor.

Als sie sie wieder öffnete, meinte sie, einen Schatten in den Augenwinkeln zu bemerken, links von ihnen, am Strand. Sie wandte den Kopf, doch da war nichts mehr. Sie glaubte, etwas in den Dünen verschwinden gesehen zu haben. Aber sie war sich nicht sicher.

Bill und die Vermieterin unterhielten sich, sie wusste nicht, worüber genau, denn er stand mit dem Rücken zu ihr, verdeckte die Frau und ihr Gesicht.

Ruth warf die Tür zu und trat zu den beiden. Die Vermieterin atmete erneut eine riesige Dampfwolke aus und lächelte sie an: »Ich bin Miranda Kaplan. Ich habe Ihrem Mann gerade erklärt, dass ich die Immobilienverwalterin der Reichards bin!« Die Frau, Ruth schätzte sie auf Mitte dreißig, formte die Worte bemüht deutlich, mit ausladenden Lippenbewegungen, die die perfekt weißen Zähne freilegten, und wie in Zeitlupe. Bill hatte es ihr also gesagt. Manche Leute begannen überzuartikulieren.

Ruth kniff kurz konsterniert die Augen zusammen, dann warf sie Bill einen Blick zu, der ihr mit einem Nicken seine Bereitschaft signalisierte, den Dolmetscherpart zu übernehmen: *Also sind gar nicht Sie die Vermieterin? Das Haus gehört nicht Ihnen?* Sie richtete die Gebärde an die Frau, als spräche sie mit ihr und nicht mit Bill, der die Worte für sie aussprach, Ruth hatte sich das so angewöhnt, es war ihr der direkte, natürliche Weg.

»Nein, nein, leider nicht!« Die Verwalterin lachte und sah von Bill wieder zu Ruth, damit diese ihre Lippen lesen konnte. »Die Erben des Eigentümers haben, na ja, ein Verhältnis, das ein wenig der Moderation bedarf, und da komme ich ins Spiel, haha! Ich vermiete unter anderem die Wohnungen und Häuser der Familie Reichard.«

Wohnungen und Häuser, der Eigentümer war also anscheinend kein Sozialhilfeempfänger gewesen. Ruth nickte, schwenkte die zu einem »V« geformten Zeige- und Mittelfinger neben der Schläfe in der Luft: *Ich verstehe!*

»Ich verstehe!«, sagte Bill. »Also ... schönes Haus, aber ein wenig versteckt. Wie ein geheimes Level in einem Videospiel!«

Kindskopf, dachte Ruth.

»Wir hätten es fast nicht gefunden«, sagte Bill und lächelte, die Arme im eng sitzenden T-Shirt in die Seiten gestemmt, als er einen Blick hinauf zum umlaufenden Balkon des Obergeschosses warf.

Ruth meinte zu sehen, wie die Verwalterin seinen Körper unter der Kleidung mit einem schnellen Röntgenblick taxierte.

»Oh, da sind Sie nicht die Ersten. Obwohl Sie fast die Ersten sind, die hier übernachten. Nach Herrn Reichards Tod stand es ein Jahr lang leer, in dem sich die Erbengemeinschaft gestritten hat. Und die würden auch noch heute streiten, wenn ich nicht eingegriffen hätte, haha!« Miranda Kaplan dampfte und warf einen Blick über die Schulter zum Haus. »Na ja, jedenfalls sind Sie erst die zweiten Mieter, das Haus ist vor Kurzem erst freigegeben worden. Die anderen Mieter, auch ein Ehepaar, nett, ganz nett, die waren eine Woche da, sind heute Morgen abgefahren. Dann ist unsere Polin durch, hahaha, also unsere Reinigungskraft, ganz nette Frau; und jetzt sind Sie dran! Na ja, die Vormieter sind mit 'nem Uber angekommen, und der Fahrer hat's auch kaum gefunden, ich hab ewig gewartet. Aber natürlich mache ich das gern!«

Bill sah Ruth an. »Na, da bin ich ja beruhigt, dass wir uns nicht als Einzige so dumm angestellt haben, oder, Schatz?«

Ruth sah ihn nicht an, sondern hatte den Blick auf das Haus geheftet.

»Aber nein!«, sagte Kaplan. »Sie brauchen sich auf keinen Fall zu schämen, nicht einmal die Polizei hat es sofort gefunden!« Kaum hatte sie geendet, zog sie eine Grimasse, als hätte sie auf etwas Saures gebissen. Das Meer schäumte im Hintergrund, der Abend würde bald kommen und schien einen Sturm mit sich bringen zu wollen. Wind von See kam auf.

»Wann war denn die Polizei hier? Und wieso?«, fragte Bill.

»Oh, brauchen Sie Hilfe mit Ihrem Gepäck?«, fragte Miranda Kaplan, ohne auf Bills Frage zu antworten. »Ich wette nicht, haha!« Sie warf einen kurzen Blick auf Bill und sah dann wieder Ruth an.

Ruth löste den Blick von Mirandas Lippen und sah ihr in die Augen. Dann schüttelte sie den Kopf und lächelte bemüht. Ihr schmeckte nicht, wie die Frau Bill ansah. Das war doch nicht etwa Eifersucht? Sie glaubte eigentlich, über so etwas zu stehen.

»Aber vielleicht gehen wir erst mal rein, ich denke, da kommt bald was runter.« Miranda Kaplan deutete auf den Himmel und fummelte dann einen Schlüsselbund aus der Tasche, mit dem sie ein kleines Tor im Gartenzaun öffnete. Es gab den Weg auf einen schmalen Steinpfad zur Eingangstür frei. Bill ließ Ruth den Vortritt.

Ruth fiel auf, dass sich über der Tür, an der Hauswand, eine Kamera befand. Sie entdeckte noch eine weitere, als sie den Blick die Außenwand entlanggleiten ließ, die zweite sah von der Balustrade des umlaufenden Balkons zu ihnen herab.

Sie drehte sich zu Bill um und machte ihn auf die Kameras aufmerksam. »Wow, ja!«, sagte er. Den Blick nach oben gerichtet, gebärdete er: *Das sind viele Kameras!* Dann schwieg er wieder. Starke Unterhaltung, dachte Ruth. Ja. Viele Kameras, Bill. Sie sparte sich den Versuch, auf ihn einzudringen, was er denn darüber denke. Ob das nicht merkwürdig sei? Es war ihr zu anstrengend. Sie war müde. Immer häufiger.

Miranda drehte sich zu ihnen um und folgte ihren Blicken: »Oh, Sie reden über die Kameras, oder? Die sind nicht aktiv, die Anlage ist nie in Betrieb genommen worden. Es scheint nicht mal Bildschirme oder Rekorder zu geben, an die sie angeschlossen sind. Wahrscheinlich Attrappen, um Einbrecher abzuschrecken! Aber keine Angst«, sagte sie, als sie an die massive Eingangstür trat und den Schlüssel ins Schloss steckte. »Das ist ein sicheres Haus!«

Ruth warf noch einen Blick auf die Kamera an der Ecke des Hauses, die vom Balkon zu ihnen herabsah. Es scheint keine Bildschirme oder Rekorder zu geben, hatte Kaplan gesagt. Wieso scheint? Ruth zögerte und blieb kurz stehen, sodass Bill fast in sie hineinlief.

»Ups! Alles okay?«

Ruth reagierte nicht. Sie hätte schwören können, dass an der Kamera über ihnen ein rotes Licht geblinkt hatte. Sie überlegte noch, ob sie Bill darauf aufmerksam machen sollte. Doch dann drehte Miranda Kaplan den Schlüssel im Schloss und zuckte irritiert mit dem Kopf, als die Tür sofort aufsprang. »Verdammt!«, sagte sie. »Eigentlich habe ich klargestellt, dass sie zwei Mal hinter sich abschließen soll, nicht einfach nur die Tür ins Schloss ziehen. So was Dummes.« Sie drehte sich zu Ruth und Bill um und setzte schnell ein Lächeln auf: »Na ja, was will man erwarten. Ich meine, ansonsten ist sie ganz zuverlässig, eine tolle Frau, reißt sich den … – macht alles für ihre Tochter daheim. Dauernd redet sie von ihrer Ola. Ola, Ola, Ola! Haha! Aber die Tür sollte sie abschließen, man weiß ja nie, oder?«

Ruth, die den ersten Teil von Kaplans Klagen nicht mitbekommen hatte, sagte nichts, weil sie sich gerade noch zusammenreimte, worum es ging, Bill machte nur »So? Wo ist denn ›daheim‹ für … wie heißt sie überhaupt?«

Kaplan schaute irritiert drein, als wittere sie Glatteis unter den Stöckelschuhen. »Die Tochter heißt Ola und die … also unsere Reinigungskraft … sie kommt auf jeden Fall aus Polen, wissen Sie? Ist ja meist so. Und ich meine, also: Da muss man schon mal ein Auge zudrücken, oder? Also, alle Beteiligten. Ich meine, wie soll so jemand hier sonst Arbeit finden, bei all dem Papierkram? Und so haben auch alle mehr davon. Die Steuern, das Zeug, das ist doch krank heutzutage ... so! Gehen wir doch hinein, oder?«

»Ähm, okay!«, sagte er und warf Ruth einen Blick zu: *Was meint sie damit?*, gebärdete er heimlich.

Ruth aber war stehen geblieben und beobachtete die Kamera, doch das Licht blinkte nicht wieder.

Miranda hielt die Tür auf und ließ Ruth und Bill an sich vorbei- und ins Haus schlüpfen. Das war kein Problem, der Eingang war breit genug.

Nach ein paar Schritten an einer Trennwand entlang öffnete sich zu ihrer Linken ein großes, modernes Wohnzimmer, in unpersönlicher, aufgeräumter Reinlichkeit. Es gab eine absurd große Designercouch in Hufeisenform. Man konnte so darauf Platz nehmen, dass man durch ein riesiges Panoramafenster an der linken Wand in den Garten oder aber auf einen monumentalen Flachbildfernseher sehen konnte, der über einem freistehenden Kamin hing. Der Kamin wirkte wie eine Art Raumtrenner, vermutlich war er künstlich, eines dieser modernen Dinger mit Licht und Wasserdampf. Dahinter befand sich unter einer aufwärtsführenden Treppe eine Leseecke mit einigen Regalen, einer Kommode und einer Minibar. Auf der Kommode stand etwas, das aussah wie ein Modell des Hauses.

Rechts von ihnen, hinter der Eingangstür, war eine weiße Wand, an der einige Bilder und Porträtfotos hingen. Sie führte bis an die gegenüberliegende Seite des Hauses, hinter der sich das Meer befinden musste. In der Wand waren auf halber Strecke eine schöne Edelholztür und am Ende eine Glastür eingelassen, die aus zwei Scheiben bestand, die sich in der Mitte trafen. Durch das Glas erspähte Ruth einen Teil einer Einbauküche. Vermutlich war diese Tür automatisch. Durchdacht, stellte Ruth fest. Vor der Küche ergab eine automatische Tür Sinn.

Man hätte erwarten sollen, Miranda hätte, ohne zu zögern, eine Lobpreisung der Räume vom Stapel gelassen, doch stattdessen sah sie verwirrt drein und bewegte stumm den leicht angehobenen Kopf hin und her. Sie sah aus wie ein Hund, der eine Fährte aufgeschnappt hat.

»Was ist das für ein Geräusch?«, fragte Bill schließlich. Kaplans Lippen formten ein abwesendes »Das frage ich mich auch!« Ruth sah von einem zum anderen, ohne zu begreifen, wovon sie sprachen.

»Kommt das von hier?« Bill zeigte auf die Edelholztür. Miranda Kaplan trat an die Tür und öffnete sie. »Na, so was!« Sie verschwand im Raum und schaltete das Licht an. Es war nervig, dass keiner Ruth aufklärte, worum es hier ging. Doch sie hatte eine gewisse Routine mit dieser Frustration erworben. Zwangsläufig.

Sie wollte Bill am Ärmel zupfen und fragen, doch da war er Kaplan schon durch die Tür gefolgt. Ruth ging hinterher. Es war das Bad, Marmor und Gold, ein Jacuzzi und eine riesenhafte Dusche, zwei Waschbecken, in denen man Kinder hätte baden können, unter einer nahezu vollständig verspiegelten Wand. Miranda trippelte in den Raum und trat auf den Ein-aus-Schalter eines Staubsaugers, der mitten im Raum stand, das Saugrohr lehnte am Rand der Badewanne. »Ah, das ist besser«, sagte Bill und deutete auf seine Ohren. Miranda Kaplan schüttelte den Kopf, der

Mund murmelte offenkundig irgendwelche erbosten Verwünschungen. Dann sah sie Bill und Ruth an.

»Ich weiß einfach nicht, was los ist. Wieso hat sie den Staubsauger nicht aufgeräumt? Nicht mal ausgeschaltet?« Die Maklerin zog den Stecker des Saugers aus einer Steckdose, die am Spiegel eingelassen war, und packte ihn zusammen. »Also, wie eilig kann man es haben!« Sie verstaute das Gerät in einem Schrank in die Wand hinter der Tür. »So. Oh, Fickscheiße!« Die Verwalterin hatte den Fluch offenbar nur gemurmelt, unhörbar leise, doch Ruth hatte alles gesehen. Sie sah auch, wie die Verwalterin an die Waschbecken stürzte und von dem Board, das darüber am Spiegel festgemacht war, einige Gegenstände aufsammelte: Cremes, Tuben, sie warf sie in einen Kulturbeutel, der danebenstand. Wieder flüsterte Kaplan offenbar vor sich hin, den Rücken Ruth und Bill zugewandt, doch der Spiegel enthüllte Ruth die Lippenbewegungen der Frau: »Nicht mal das Zeug, was die Leute hiergelassen haben, hat die blöde Kuh weggeräumt!«

Ruth missfiel Mirandas abfällige Art, die sich zeigte, sobald sie sich ungehört glaubte. Ruth musste an Robert denken, ihren Bruder.

Sie trat an den Spiegel und betrachtete die Gegenstände, die Kaplan gerade verschwinden ließ. Es waren Pflegeprodukte, die unzweifelhaft einer Frau gehörten. Einer Frau, die gerne Geld für ihr Äußeres ausgab, das zeigte die Marke: Sonrisa Verdal. Nichts, was man zurücklassen würde, dachte sie. Und erst recht nicht mit dem schönen Kulturbeutel, der dazugehörte. Die Vormieter mussten es ver-

gessen haben. Doch welche Frau vergaß Kosmetika für …
es musste ein vierstelliger Betrag sein.

Kaplan klemmte den hastig vollgestopften Kulturbeutel
unter den Arm zu ihrer Handtasche. »So! Ach, Shit!« Wieder hatte sie die letzten Worte nur stumm vor sich hin-
gesprochen. Sie schoss an Ruth vorbei, streifte sie dabei in
achtloser Eile und beugte sich vor eine hinter der Tür auf-
gestellte Turmkonstruktion aus Waschmaschine und -trock-
ner. Sie sah Ruth an: »Die Wäsche ist auch noch drin! Das
ist mir so peinlich.«

Das künstliche Lachen war verschwunden, vielleicht war
es draußen geblieben. Bill drehte sich heimlich zu Ruth um
und hob die Hände: *Ich möchte nicht die arme Reinigungskraft sein.*

Ruth lächelte schwach, sie hatte etwas Ähnliches gedacht.

Miranda zog die Wäsche aus dem Trockner, das Display
blinkte und zeigte den Pause-Modus an: »Hm, das ist die
Bettwäsche von hier, verdammt. Ist noch klamm. Ich mache
die Maschine noch mal an!« Sie drückte mit flinken Fingern
auf dem Bedienfeld des Trockners herum. »Ich werde die …
Dings! Na, ich schicke sie heute Abend noch mal vorbei!
Damit sie Ihnen die Betten bezieht, ich wette …«

»Schon gut, schon gut!«, sagte Bill, »Das kann *ich*
machen!«

Die Maklerin richtete sich etwas ungelenk auf: »Das
kommt gar nicht infrage!«

»Nein, nein. Ich packe gerne an!« Ruth sah zwischen den
beiden hin und her.

»Na, das wette ich, hoho!«, sagte die Maklerin und musterte Bill einmal mehr. Dann schien ihr bewusst zu werden, dass Ruth mit im Raum war; schnell und überdeutlich sagte sie: »Ich hoffe, das war es jetzt an unangenehmen Überraschungen. Dann zeige ich Ihnen mal alles. So, haha! Das Bad kennen wir ja jetzt!«

Bill lächelte Ruth an, als sie der Maklerin folgten.

Obacht, Kleiner, signalisierte sie ihm. Sie musste widerwillig lächeln.

Ich habe nur Augen für dich. Er ließ ihr den Vortritt und löschte das Licht. Die Maklerin hob den linken Arm in großer Geste, der rechte drückte noch immer Handtasche und Kulturbeutel an den Körper, und drehte sich um die eigene Achse: »Das Wohnzimmer!«

»Oh!«, sagte Bill und deutete auf die Treppe hinter Kamin und Leseecke, im hinteren Winkel des Wohnzimmers. »Da geht's hoch!«

Danke, Ruth zwinkerte Bill zu: *Immer hilfreich, wenn man einen Mann dabeihat.* Sie schlenderte zum Fenster. Bill ging zur Treppe. Dann blieb er stehen und zeigte mit den Fingern: *Schau mal!*

Was denn?, fragte Ruth.

»Der Tisch!«, sagte er und deutete hinter die Designercouch, Ruth trat näher heran. Ein flacher schwarzer Couchtisch mit einer derart auf Hochglanz polierten Platte stand dort, dass sie nicht sagen konnte, ob es sich um Metall oder Holz handelte. Eine schwarze, längliche Vase stand an einem Ende, so gefährlich nahe an der Kante, dass sie kurz davor war, hinunterzustürzen.

Ja, und?

»Merkwürdiger Tisch, oder?«, sagte Bill.

Ruth sah das Möbelstück noch einmal an, dann gebärdete sie: *Wieso? Es sind vier Beine und eine Platte. Es ist … ein Tisch.*

»Irgendwie ist er merkwürdig!«, sagte Bill. Er betrachtete den Gegenstand, der seine Faszination derart entfachte, noch einen Augenblick, dann ging er die Treppe hinauf. Unten, am Fuß der Treppe, befand sich ein elektrischer Treppenlift, der am Geländer angebracht war.

Ruth warf einen flüchtigen Blick aus dem Panoramafenster. Es schaute hinaus auf die Dünen, rechts sah man etwas Ozean. Die See war noch unruhiger geworden. Ruth trat an den Tisch und wollte die Vase näher Richtung Tischmitte schieben, ihre Ordnungsliebe und Neigung zur Vorsicht konnten sie nicht am Rand stehen lassen. Doch merkwürdigerweise ließ sich das Gefäß nicht verrücken, es war Teil des Tisches. Verdammt, wirklich ein merkwürdiger Tisch, dachte sie. Er hatte recht.

Dann wandte sie sich der Leseecke zu. Der Teil des Wohnzimmers gefiel ihr, er wirkte gemütlich, nicht zu Tode designt. Dann erregte etwas ihre Aufmerksamkeit. Zwischen der Kommode und einem angrenzenden Regal ragte ein kleines weißes Ohr hervor; die Ecke eines Zettels, der dazwischengerutscht war. Neugierig trat Ruth an die Kommode. Ihr fiel auf, dass die Möbel nicht ganz mit der Wand abschlossen, ein kleiner Durchgang blieb frei. Sie beugte sich zur Seite und entdeckte eine weitere Treppe, die hinabführte, in den Keller sicherlich.

Sie warf einen Blick über die Schulter und suchte nach der Verwalterin. Miranda Kaplan hatte sich kurz hinter die Glastür verdrückt, die vom Wohnzimmer in eine große Küche führte. Sie telefonierte mit dem Handy. Offenbar ging sie davon aus, man könne sie durch die verschlossene Glastür nicht verstehen. Doch Ruth konnte abermals von ihren Lippen lesen, dass es eine Tirade mit unzähligen Schimpfwörtern war. Die Reinigungsfrau, dachte sie. Miranda Kaplan drehte sich in Ruths Richtung, stellte, beabsichtigt oder unbeabsichtigt, Augenkontakt her. Die Verwalterin knipste ein Lächeln an und drehte Ruth den Rücken zu. Ihre Gesten und die Bewegungen ihres Kopfes zeigten an, dass sie erneut ins Telefon brüllte.

Wie nett. Ruth angelte nach dem Zettel, der zwischen Kommode und Regal hervorragte, neben der Stelle, an der das Modell des Hauses auf der Kommode stand. Sie bekam eine Ecke zu fassen und zog daran. Der Zettel war ein Fetzen, von einem größeren Stück Papier abgerissen. Jemand hatte ihn mit einer handschriftlichen Liste vollgekritzelt. Ruth erkannte nur wenige Worte. Sie entzifferte ein paar Zeilen:

… usstehende Fixes:
Providence/Drescher – darf keine Haustiere töten!
Sauerei. Ausnahme: Ratten, Mäuse, Schädlinge.
Polizeiuniform – Anlage deaktivieren!
Schlüssel + positiver Gesichtsscan = Tür offen/ Alarm off
Schlüssel ungültig, wenn Schutzlevel oder höher aktivie…

Der Rest war zu krakelig geschrieben. Aber ihr fiel auf, dass ein Wort mehrmals auftauchte. Es war nur schwer lesbar, zunächst hielt sie es für »Spiru«, dann las sie »Sprit«. Doch schließlich war sie sich sicher, dass es »Spirit« heißen sollte. S – p – i – r – i – t. Geist. Na ja. Was auch immer. Sie zerknüllte den Zettel und legte ihn in eine Schale auf der Kommode. Sie drehte sich um. Lächelnd stand die Verwalterin hinter ihr, Kulturbeutel und Handtasche noch immer unter dem Arm.

»Verzeihung, haben Sie das mitbekommen?«

Ruth hob die Augenbrauen und schüttelte den Kopf.

»Die Türen fallen ins Schloss. Alle, nicht nur die Vordertür, sogar die Verandatüren. Wenn man rausgeht, muss man einen Schlüssel dabeihaben. Sagen Sie das bitte auch Ihrem Mann, ehe ich es vergesse.«

Ruth lächelte und nickte. Aber sie hörte nicht richtig zu. Irgendwie war ihr Miranda Kaplan zuwider. Nach oben freundlich und nach unten fies. Sie hasste das. Ruth dachte erneut an ihren Bruder. Und dann an ihre Schwester …

Miranda winkte und schaute nach oben, es riss Ruth aus ihren Gedanken. Oben an der Treppe war Bill aufgetaucht, er bückte sich nach vorne, auf den Sitz eines an der Treppe angebrachten Treppenlifts abgestützt, sodass Ruth sein Gesicht gut sehen konnte.

»Das Schlafzimmer ist riesig«, sagte er. »Und du wirst den Kleiderschrank lieben, Engel!« Er kam herab zu ihnen. Miranda hob die Augenbrauen und warf Ruth einen verschwörerischen Blick zu. Dann plötzlich riss sie Augen und Mund auf: »Oh, das hätte ich fast vergessen, das WLAN-

Passwort steht auf dem kleinen Kärtchen. Auf dem Tischchen im Eingangsbereich, das mit den langen Beinen!«

Ruth setzte ein Lächeln auf und nickte, ihre Gedanken wanderten schon wieder ab.

»Kommen Sie, ich zeige Ihnen noch den Rest des Hauses. Das Grundstück draußen, das ist auch nicht von schlechten Eltern, haha!« Kaplan fummelte an der Handtasche und zog die Elektrozigarette hervor. »Kommen Sie, wir gehen nach draußen.«

Bill legte einen Arm um Ruth und drückte ihr einen Kuss auf die Stirn, während sie Miranda folgten: »Das wird schön hier, pass auf! War der Besitzer ein Bastler?« Bill zeigte auf das Modell des Hauses auf der Kommode. »Oben sind auch Modelle.«

»Oh, mit Leib und Seele«, sagte Miranda Kaplan. »Erfinder wäre richtiger. Johann Reichard war ein absoluter Tüftler. Manche nannten ihn sogar den letzten wahren Erfinder.«

»Was, Moment? Der ... der Elektroniktyp? Der Milliardär?«

Ruth betrachtete Bill eingehend, sein Gesicht hatte in kindlicher Faszination zu leuchten begonnen. Er sah sie begeistert an: »Verrückt, oder? Das Haus hier hat *ihm* gehört?«

»Ja, haha!« Miranda Kaplan hatte ebenfalls zu strahlen begonnen. »Es war sogar sein Hauptwohnsitz in den letzten Jahren. Am Ende hat er ziemlich zurückgezogen gelebt. Er hielt nicht mehr so viel von Menschen. So sind sie, nicht wahr, die Reichen!«

Sie ging rückwärts, damit Ruth sie ansehen konnte. Ruth zuckte mit den Schultern und hob die Hände: *Reiche mögen keine Menschen? Ist das nicht ein Klischee?*

»Ruth hält es für ein Klischee. Stimmt, Engel. An niemandem sieht man mehr, wie sehr Reiche die Menschen lieben, als an dir!« Miranda Kaplan stöhnte schrill auf: »Oh, so ein Frechdachs! Haha!« Sie streckte einen Arm aus und stupste Bill neckisch am Oberarm. Dabei fiel der Kulturbeutel zu Boden, und als sie sich danach bückte, auch noch ihre Handtasche: »Ach, Scheiße!«

Ruths Augen verengten sich zu Schlitzen. Ach, jetzt machten sich der Haifisch und ihr Liebster über sie lustig?

»Nun, aber wie Sie sagten, Bill ... ich darf dich, äh, Sie doch Bill nennen?« Miranda Kaplan war rückwärtsgehend an einer großen Verandatür angekommen, die auf eine Terrasse mit Meerblick hinausführte. »Reichard lebte in seinen letzten Jahren vor allem hier und hat seine Minions das Unternehmen leiten lassen. Ach, übrigens: Hinter der Glastür da drüben rechts ist die Küche, die Tür öffnet sich automatisch, wenn man ihr nahe kommt. Die Küche hat alles, was man sich nur wünschen kann.« Kaplan sah Ruth an: »Ich könnte sie Ihnen zeigen, aber Sie werden da sicher wunderbar allein zurechtkommen, Frau Schneider. Oh, das klang komisch, ich meine wegen Ihrer Restaurants, wegen der Restaurants, nicht als Hausfrau, so was, haha, sorry! Aber Sie stehen sicher kaum noch hinter dem Herd, oder? Die Zeit ist bestimmt vorbei, nicht wahr?«

Ohne Ruths Antwort abzuwarten, berührte sie ein schwarzes Quadrat am Rahmen der Verandatür, das diese offenbar statt eines Griffs hatte. Die Tür sprang einen Spalt breit auf, und die Verwalterin zog am Rahmen, öffnete sie behutsam ganz weit, sodass die Scharniere offenbar einrasteten und die Tür offen stehen blieb. Dann ließ sie Bill und Ruth den Vortritt hinaus in den Garten.

Die kühle Luft traf Ruth ins Gesicht, reflexartig zog sie ihren Mantel enger um sich. Bill umfasste sie und rieb ihre Oberarme, um sie zu wärmen. Die zärtliche Geste ließ sie unwillkürlich die Augen schließen. Sie überlegte, die Hände auf seine Oberarme zu legen.

»Wow!« Bill löste sich von ihr und deutete auf den Pool.

»Ja, süß, nicht?«, flötete Kaplan, die ihren Verdampfer zwischen die Lippen steckte. »Herr Reichard hat es sich hier schön gemacht. Und jetzt profitieren Sie davon, dass sich seine Nachkommen nicht einigen konnten, wer welches Haus bekommen sollte. Alles vermietet jetzt.«

»Davon hatte ich noch nichts gehört, aber man wusste ja wirklich wenig über ihn. Wenn man daran denkt, wie reich und berühmt er war!«

Ruth klatschte in die Hände, damit Bill sie ansah: *Wer war der Typ denn überhaupt, über den ihr zwei Hübschen da redet?*, fragte sie in Gebärde.

»Du kennst ihn nicht? Dann weiß ich ja mal mehr als du, irre! Er hat einen riesigen Konzern gehabt. Hauptsächlich elektronisches Zeug, vor allem smarte Geräte, also mit Internetanschluss und so was!«, sagte Bill, den Blick die ganze Zeit auf Ruth geheftet, er unterstrich seine Worte gestenreich.

Ach so! Über so was weißt du immer mehr als ich.

»Haha, ja, Ihr Mann hat ganz recht!«

Genau genommen sind wir ... setzte Ruth an und warf Bill einen schnellen Blick zu, doch Miranda Kaplan fuhr fort: »Fußbodenheizungen, Smart Home, Mähroboter – ist das nicht ein schöner Pool? Äh ... wo war ich? Ja! Klimaanlagen, diese Dinger ... Drohnen! Und schließlich hat er sogar mehr und mehr in Robotik investiert, aber das war für ihn eher eine Spielerei, denke ich. Am Ende hat er sich vor allem für Sicherheit begeistert: Home Security, Alarmanlagen der nächsten Generation, KI. Oder AI, je nachdem, wie man will. Das war zu der Zeit, als er hier sehr zurückgezogen lebte.«

»Ah je, wahrscheinlich kein Wunder nach dem, was mit einem seiner Kinder passiert ist. Da hatte ich doch mal etwas gehört.«, sagte Bill und warf Ruth einen Blick zu, den sie nicht einordnen konnte, dann streichelte er noch einmal ihre Arme.

Die beiden wissen offenbar mehr als ich, dachte Ruth.

»Ist das Haus auch, äh, also: schlau, vernetzt und so ein Zeug?«, fragte Bill.

»Nein, das Gebäude ist mit wenigen Ausnahmen eher old fashioned! Da ist die automatische Küchentür und dann ... dann fällt mir kaum noch was ein. Ich glaube, ich habe mal gehört, dass Johann Reichard am Ende mit dem Gedanken gespielt hat, das Haus zu so einer Art Musterhaus der Zukunft zu machen, er wollte es technisch richtig hochrüsten lassen oder es sogar alleine anpacken, der Bastler halt, haha! Aber so weit kam es dann leider wohl nie.« Die große Dampfwolke, in die sie sich hüllte, wurde vom Wind erfasst und fortgeweht, Richtung Straße.

Ruth sah Bill an, der sich an sie schmiegte. Sie senkte den Kopf und lenkte seinen Blick auf ihre Hände: *Ist er hier gestorben? Ich frage, weil sie was über die Polizei gesagt hat, weißt du noch?*

Bill nickte und übersetzte: »Was ist denn mit Reichard passiert? Ist er hier gestorben?«, rief er.

Miranda Kaplan dachte kurz nach. »Äh, ja. Herz. Er hatte einen Herzinfarkt, ganz … wie soll man das sagen, ohne dass es komisch klingt? *Klassisch* fast! Also für solche Männer wie ihn, oder?« Miranda Kaplan zuckte mit den Schultern.

»Und er ist *hier* gestorben?«

»Haha, also kommen Sie, Sie haben doch keine Angst, dass es hier spukt, oder?«

»Meinen Sie damit …«, wollte Bill nachfragen, doch er stockte, als sich Ruth von ihm löste.

Sie hatte wieder den Schatten gesehen, in den Dünen. Sie ging um den Pool herum. Und dann sah sie ihn.

Ein Hund, ein großer Hund kam zwischen den Dünen hervor. Er war etwa dreißig Meter von ihnen entfernt. Ruth trat bis an den minimalistisch modernen Drahtzaun heran, der das ganze Gelände umgab, um das Tier besser sehen zu können. Es war ein schwarzer Labrador. Sie konnte aus der Entfernung nicht genau erkennen, ob er ein Halsband trug, doch ihr war so gewesen. Sie lächelte und winkte dem Hund über den Zaun hinweg zu. Bill kam zu ihr und betrachtete das Tier gemeinsam mit ihr.

Der Hund lugte zwischen einer Düne und einem jener kargen Büsche hervor, wie sie hier wuchsen. Dann begann er, aus voller Kehle zu bellen, Ruth sah, wie das Maul auf- und zuschnappte, die Muskeln unter dem Fell zuckten.

Sie warf einen Blick hinter sich. Bellte der Hund Miranda Kaplan an?

»Ich habe keine Ahnung, wem der gehört, vielleicht Touristen? Die sollten hier aber nicht Gassi gehen, das ist ein Privatstrand.«

Ruth seufzte still. Lass die Leute doch in Frieden, dachte sie und wandte sich wieder den Dünen und dem Hund zu. Immer noch bellte er, bellte und bellte. Doch seine Aufregung galt nicht ihnen, dachte Ruth. Er schien etwas hinter ihnen zu fixieren.

Sie sah Miranda Kaplan an: »… das Haus ansehen, gehen wir wieder rein. Ich zeige Ihnen noch den Rest des Hauses!«

Ruth hatte wenig Lust darauf. Und Bill schien ihre Stimmung erraten zu haben, denn er begann, mit der Verwalterin zu sprechen: »… nicht nötig sein«, las sie von seinen Lippen. Und: »Geben Sie uns einfach die Schlüssel, wir sehen uns dann den Rest an, ab hier kommen wir alleine klar.«

»Ach ja, der Anpacker, haha! Schon toll, beneidenswert!«, sagte sie und schenkte Ruth erneut ein geheimbündlerisches Lächeln.

Doch Ruth waren die Sprüche egal. Sie drehte sich um, zurück in Richtung Dünen. Der Hund war verschwunden.

Miranda Kaplan stand an der Verandatür und signalisierte ihnen, wieder ins Haus zu kommen: »Dreckskälte«, sagte sie und steckte ihren Verdampfer ein.

Ruth folgte Bill hinein, Kaplan versetzte der Tür einen leichten Schlag, sodass sich der Feststellmechanismus löste und sie zurück ins Schloss fiel.

Ruth warf noch einmal einen Blick in die Dünen. Es war eigenartig, sie wusste nicht, woher es kam. Aber sie war sich sicher, dass der Hund das Haus angebellt hatte.

ALLEIN

»Schau mal, das ist er!« Bill hatte ihr gewunken und auf eines der Bilder an der Wand zwischen Badezimmer- und Eingangstür gezeigt.

Wer?

»Na, Reichard! Der reiche Tech-Heini. Dem das Haus gehört hat.« Ruth ließ vom Wohnzimmertisch ab, den sie sie versunken betrachtet hatte. Eine merkwürdige Faszination ging von dem Möbelstück aus. Besonders seitdem sie sich hatte eingestehen müssen, dass Bill mit seiner Diagnose richtiglag. Je länger man den Tisch untersuchte, desto seltsamer war er. Da war die unverrückbare Vase, aber noch mehr. Die vier Beine unter der schwarzen Platte sahen aus, als hätten sie jeweils noch mehrere Gelenke, wie Finger. Und die Platte, obwohl aus einem stahlharten Metall gefertigt (nicht aus poliertem Holz, wie sie zunächst gedacht hatte), war eigentümlich zerkratzt. So, als habe sie jemand wie ein Berserker mit einem Vorschlaghammer bearbeitet.

Sie trat zu Bill, der in die Betrachtung des Porträts von Reichard versunken war. In puncto Merkwürdigkeit konnte es das Bild locker mit dem Tisch aufnehmen.

Es hing auf einer Höhe mit dem Ölbild eines schwarzen Schwans in gleicher Größe. Es war beinahe, als solle die Anordnung ein Diptychon darstellen. Es zeigte einen

Mann, der Ende sechzig bis Anfang siebzig sein mochte. Über einem grau melierten dunklen Vollbart lugten zwei misstrauische Augen durch eine Brille. Die Brille hatte dicke Gläser, die in einem Horngestell saßen, welches in der unteren Hälfte randlos war. Ruth fragte sich, woher die merkwürdige Anmutung des Bildes rührte. Waren es die bei aller lauernden Feindseligkeit tot wirkenden Augen? Oder die Haut? Sie wirkte merkwürdig ledrig, porenlos, wie die zu sehr nachbearbeitete Haut eines Covergirls. Doch das Bizarrste war der Käfig, den er wie ein Accessoire vor sich hielt. In dem antiken Vogelkäfig saß ein kleiner Hund. Ruth hatte so etwas noch nie gesehen. Und dann stimmte etwas nicht mit den Händen. Sie sahen aus wie Knetgummi, es ließ sich kaum sagen, wo ein Finger endete und der nächste begann. Außerdem schienen sie auch noch mit dem Käfig zu verschmelzen.

Sie merkte, wie Bill sie ansah und lächelte. »Ich glaube das Wetter wird besser«, sagte er. »Sollen wir einen Strandspaziergang machen?« Ruth sah an ihm vorbei in Richtung der Verandatür, die zum Poolbereich führte. Dahinter erstreckte sich die See, spannte sich bis zum Horizont. Er hatte recht, der Sturm legte sich, und die Sonne kam heraus. Miranda Kaplan war vor etwa zwanzig Minuten abgefahren, hatte vorher noch mal auf die Putzfrau geschimpft, die vergessen hatte, die Hausschlüssel dazulassen, und Bill dann zwei Sets Schlüssel in die Hand gedrückt, die beiden Sets hingen noch am gleichen Ring: »Haha, die Reserveschlüssel, müssen Sie noch trennen, aber ist doch lustig, oder: unzertrennlich so wie Sie beide!«

Dann war der Mercedes, eine Dampfwolke aus dem Beifahrerfenster verströmend, abgerauscht.

Ruth wollte noch auspacken, Bill sagte, das könne sie doch auch am Abend. Nur eben ganz schnell, meinte sie, er nickte.

Sie gingen hinauf, Bill trug ihren Koffer. Ruth kannte das Obergeschoss noch gar nicht. Die Treppe hinauf endete in einer Art Wintergarten, mit einigen gemütlichen Baststühlen. Man konnte das Meer sehen, direkt unter ihnen war der Swimmingpool, rechts von ihnen lehnte sich ein großer Baum gegen das Haus, streckte seine Astfinger gegen den Bau aus. Die Verglasung endete ein paar Meter rechts von ihnen, dort gelangte man entweder durch eine Tür hinaus auf den offenen Rest des umlaufenden Balkons. Oder aber man wählte eine andere Tür daneben, die ins Haus führte.

Bill öffnete diese Tür und ließ Ruth eintreten, bevor er ihr folgte. Dahinter erstreckte sich ein langer, schlauchförmiger Gang nach links und rechts. Er war düster und besaß nur an den schmalen Enden kleine Fenster. Die Wände waren mit Bildern behängt, über denen kleine Messinglampen mit grünen Glasschirmen angebracht waren. Bill sah Ruth an und deutete auf die einzige Tür, die sich auf der gegenüberliegenden Seite in dem langen Gang fand: *Da ist das Schlafzimmer.*

Ruth ging vor, Bill folgte ihr, stellte den Koffer in den Raum.

Das Bett war riesig und einladend. Am Kopfende befand sich ein Fenster, es musste Richtung Garten führen, wenn

Ruth sich richtig orientiert hatte. Sie nickte Bill anerkennend zu.

»Der Kleiderschrank ist krass, schau!« Bill zeigte am Fußende des Betts vorbei auf eine Holztür mit Lamellenoptik. Ruth ging hinein, eine automatische Beleuchtung schaltete sich ein und tauchte einen begehbaren Kleiderschrank in warmes Licht. Ruth lächelte, das Ding machte in der Tat was her.

Bill folgte ihr und stellte ächzend den Koffer hinter ihr im Schrank ab. *Das Ding hat Rollen, Sweetheart,* bedeutete sie ihm. »Oh!«, sagte er. »Stimmt!« Er lachte über seinen Fehler. Sie stand da und bewunderte diese Fähigkeit, nichts persönlich, nichts allzu ernst zu nehmen. Es hatte sie angezogen, damals. Und auch jetzt machte es ihn attraktiv. Verrückt. Würde das Haus sie am Ende doch verändern?

Sie betrachtete die vielen Fächer und Schubladen, zog einige heraus. Irritiert stellte sie fest, dass eines der Fächer mit Schuhen gefüllt war: eindeutig die Schuhe einer Frau, kleine hochhackige Modelle. Sie runzelte die Stirn und öffnete schnell einige der Türen, hinter der zweiten entdeckte sie Kleider auf der Stange sowie T-Shirts, groß, männlicher Zuschnitt, ebenfalls mit großem Bedacht ausgewählt, Markenklamotten, zu modisch für den durchschnittlichen Männergeschmack, dezente Farben, teures Material, so ausgesucht, dass alles nahezu frei kombinierbar miteinander war. Und die Männersachen waren etwas achtloser eingeräumt und arrangiert, zumindest im Vergleich zur mustergültigen Ordnung der Damenbekleidung. Das war die Kleidung eines Paares, dachte Ruth. Nein, mehr noch: Sie tippte auf ein Ehepaar, bei dem die modische Frau dazu übergegangen war, die Kleidung für den Mann auszuwählen.

Ruth trat aus der geöffneten Tür und sah Bill an: *Wieso haben die Vormieter ihre ganzen Klamotten hiergelassen?*

Er kam zu ihr. »Hm. Meinst du, das ist von denen? Vielleicht gehört das zum Service. Zur Ausstattung. Ich meine, das Haus ist ja auch möbliert.«

Ach je, dachte sie, schloss die Tür und ließ den Blick weiter durch den Kleiderschrank schweifen.

Da war ein Koffer. Er lag in einem offenbar eigens dafür vorgesehenen Schrankfach, in dem man Gepäck ablegen und aufklappen konnte. Sie öffnete ihn: Er war fast leer, nur schmutzige, achtlos hineingeworfene Wäsche. Das war ein ausgepackter Koffer von angekommenen Gästen, die schon ein paar Tage hier gewesen waren. Sie stupste die Wäsche vorsichtig an. Boxershorts, T-Shirts, Slips. Sie und er. Vielleicht Kleidung von einer Woche …

Sie schlug den Koffer zu, trat einen Schritt zurück und sah Bill herausfordernd an, eine Hand in die Hüfte gestützt. Die andere deutete auf den Koffer.

»Was ist?«, fragte er.

Sie hob die Hände: *Es ist, als wären die Vormieter gar nicht abgereist. Wer vergisst sein komplettes Gepäck? Hat das Haus sie gefressen?*

»Na ja. Vielleicht vergessliche Leute. Oder sehr reiche Leute.«

Sie setzte ein fragendes Gesicht auf. *Was zum Teufel soll denn das bedeuten?*

»Reiche Leute vergessen schnell Dinge. Absichtlich, unabsichtlich. Weil sie sich um nichts sorgen müssen. Vielleicht haben sie gemerkt, dass sie alles liegen gelassen haben, und dann gedacht: ›Pfeif drauf, wir kaufen uns alles neu!‹ So sind reiche Leute.«

Ach?

Bill lächelte. *Du vergisst auch so viel.*

Sie sah ihn an, dachte nach. Dann musste sie auch lächeln. Vielleicht sollte sie sich doch etwas mehr anstrengen. *Komm, vergessen wir das Auspacken. Gehen wir an den Strand.*

Okay, warte! Bill rollte ihren Koffer heran, nahm den der Vormieter aus dem Schrank und ersetzte ihn durch ihr Gepäck. »So, jetzt sind wir da!«, sagte er. »Den hier«, er deutete auf den Koffer des anderen, unbekannten Paares, »stelle ich unten hin, neben die Eingangstür. Die … Miranda Kaplan soll ihn den Leuten nachschicken. Ich schreibe ihr noch mal eine Nachricht …«, er schlug die Schranktür zu, und ihr Koffer verschwand in der Dunkelheit, »wenn wir wieder abreisen!«

Der Sturm hatte es sich in der Tat anders überlegt, war wieder hinaus aufs Meer gezogen. Doch er lauerte noch am Horizont, schien abzuwarten. Er wirkte bis ans Land, warf mächtige Wellen her, die sich nach ihrer langen Reise vom Horizont am Strand brachen. Immer wieder drang Sonne durch die aufreißenden Wolken. Sie erzeugte an Land und auf See Inseln aus Licht, die über goldene Strahlen mit dem Himmel verbunden schienen, aus dem Nichts entstanden und wieder verschwanden.

Sie gingen nebeneinander, schweigend. Das Haus hatten sie dreihundert Meter hinter sich gelassen, zu ihrer Linken verlief die hohe Düne, die sie bei der Anfahrt gesehen hatten. Noch immer waren es bestimmt weitere vier- bis fünfhundert Meter Spaziergang bis zu den nächsten Strandhäusern, so abgelegen lag ihre Villa.

Er berührte sie an der Schulter: *Freust du dich auf das Wochenende?*

Sie zögerte, dann lächelte sie und nickte. Ruth betrachtete ihre Schuhe, spürte, wie sie bei jedem Schritt leicht im Sand einsanken. Hier zu laufen, war mühsamer als auf festem Grund. Auf ihrer Zunge schmeckte sie das Salz.

Bill lächelte sie an. Dann erstarb das Lächeln. *Du strengst dich an. Das ist gut. Aber ist es echt so anstrengend?* Er hob die flachen Hände an die Brust und machte eine Bewegung, als fächele er seinen Schultern Luft zu. *Freude?*, fragte er.

Sie lächelte, diesmal gelöster, und nickte. Sie ergriff seine Hand. Sie gingen ein paar Meter weiter. *Es ist schön hier!* Er deutete mit einer großen Geste erst auf die See, dann in die Dünen. Sie zog eine Grimasse und schüttelte die Fäuste vor der Brust. *Bah, kalt.*

Ich wärme dich. Er kommunizierte in Gebärde, obwohl sie ihn ansah und seine Lippen hätte lesen können. Das gefiel ihr. Er umarmte sie. Auch das gefiel ihr, das machte er gut. War das eine Leistung, eine gute Umarmung? Sie hatte genug Männerarme um sich gespürt, um zu wissen, dass viele es falsch machten. Sie legte den Kopf kurz an seine Brust und sah dann zu ihm auf. Die schwarzen Haare, das junge, faltenlose Gesicht mit dem immer beinahe eine Spur zu gutmütigen Lächeln. Er sah ihr in die Augen, wartete kurz, dann küsste er sie. Sie erwiderte den Kuss.

Wir müssen aussehen wie ein Schundroman-Cover, dachte sie. Sie musste lachen. Er spürte es und sah sie an. Die meisten Männer hätte Gelächter, selbst stummes, während eines Kusses wohl irritiert, aber er lächelte ebenfalls. Er schob seine Hand unter ihren Mantel und umschloss eine ihrer Brüste. Sie löste sich ruckartig von ihm und schob ihn einen Schritt weit fort. Irritiert hielt sie die geöffneten Handflächen gen Himmel und schlug die Hände aneinander. *Was machst du denn da?*

»Was war denn daran jetzt so schlimm?«

Du bist wie ein geiler Teenager.

Ja, und? So waren wir beide früher. Bill schien verwirrt. *Weißt du noch, als ich dich in Berlin besucht habe? Wie du mich an der U-Bahn-Station abgeholt hast? Ich habe dich auf dem Bahnsteig gesehen, du hattest Sekt dabei. Du hast mir das Glas hingehalten und nichts gesagt, kein »Hallo« oder »Wie geht es dir?«, sondern nur: »Los. Erst gehen wir ins Bett, und dann zeige ich dir die Stadt!« Weißt du noch?*

Sie verengte die Augen. *Das hat dir gefallen, hm?*

Ja, es hat mir gefallen. So war es früher. Wo ist früher geblieben?

Sie schlug mit der Faust in die offene Handfläche: *Verdammt! Wir sind nicht mehr frisch verliebt. Dinge ändern sich. Das ist so, und das ist nicht schlimm. Neue Kapitel beginnen. Du bist doch nicht zu jung, um das zu verstehen, oder?*

»Und das Kind wäre kein neues Kapitel gewesen? Bestimmst du die Kapitel?« Er hatte in der Hitze der Unterhaltung in die gesprochene Sprache gewechselt, was ihre Wut nur noch mehr anheizte, weil er offenbar meinte, bestimmen zu können, dass das Gespräch nach seinen Regeln geführt werde.

Sie funkelte ihn an: *Warum bist du so?* Dann stürmte sie davon.

»Warte!«, rief er, drei Mal und kam sich jedes Mal dümmer vor, weil er nur ihren Rücken anbrüllte. Dann drehte sie sich im Laufen um, signalisierte ihm mit der rechten Hand abzuhauen und lief weiter den Strand entlang, weg von dem Haus.

Er seufzte und machte kehrt.

Als sie allein war, blieb sie stehen und sah hinaus auf das Meer. Dann auf ihre Füße im Sand. Der Strand war auch weiter landeinwärts, wo die Wellen nicht hinkamen, feucht, es musste irgendwann geregnet haben, vielleicht gestern. Der Sand trocknete langsam, aber noch waren Spuren darin zu erkennen, die Lebewesen hinterlassen hatten und die nun allmählich, zusammen mit der Feuchtigkeit, verschwanden: Spuren von Vögeln, Krebsen. Sie ging weiter, folgte einer Vogelfährte.

Dann blieb sie stehen. Eine andere Spur kreuzte ihren Weg. Sie kam von der Küste her und hielt auf das Meer zu, bevor sie scharf abbog, Richtung der Häuser vor ihr, Richtung Zivilisation, weg vom Ende der Welt.

Es waren eigentlich zwei Muster, verschiedene Spuren, die sich überlagerten. Sie führten parallel zum Meer durch den nassen Sand: Die erste bestand aus den Abdrücken von etwas, was Ruth für Sportschuhe hielt. Das Schrittmaß war sehr groß. Vielleicht war die Person schnell gerannt? Ruths Blick folgte den Abdrücken. Drei Meter von ihr entfernt endeten sie abrupt, wendeten nicht und gingen auch nicht zurück oder änderten den Kurs; die Abdrücke hörten einfach auf.

Doch das eigentlich Merkwürdige war die andere Spur: eine Reihe von viereckigen Löchern, in zwei parallelen Linien, leicht gegeneinander versetzt verlaufend, wie die Fußabdrücke von jemandem, der sich auf Stelzen bewegte. Diese Spur ging über die Sportschuh-Abdrücke hinweg.

An der Stelle, wo die Sportschuh-Spur endete, schien die Spur der viereckigen Löcher im Sand zu wenden und führte zurück in die Richtung, aus der sie gekommen waren.

Es sah aus, als habe jemand auf Stelzen einen anderen Menschen in Sportschuhen den Strand entlanggejagt und dann hier eingeholt. Vielleicht ein albernes Spiel zwischen Verliebten? Sie drehte sich um. Bill war nach wie vor nicht mehr zu sehen. Musste zurück im Haus sein. Oder irgendwo hinter einer Düne.

Ruth schirmte die Augen mit der Hand ab und kniff die Lider zusammen. Sie verfolgte die Spuren zurück. Irgendwann aber verloren sie sich, der Sand war bereits zu sehr getrocknet, und der Wind hatte den Ursprung der Abdrücke ausgelöscht. Doch was noch zu erkennen war, führte den Strand hinab. In Richtung ihres Hauses. Merkwürdig.

Sie schüttelte den Kopf, um den Gedanken loszuwerden.

Bill hatte sich unmöglich aufgeführt, das war ihr Thema jetzt. Sie ging weiter, stutzte jedoch. Ihr Blick war noch einmal auf die Spuren im Sand gefallen.

An der Stelle, wo die Sportschuh-Spuren endeten, steckte etwas im Sand. Ein Gegenstand. Er war eingesunken, als sei jemand darauf getreten.

Ruth bückte sich und zog eine Brille aus dem Sand.

Es war keine Sonnenbrille, sondern eine ganz normale Sehhilfe. Die einer Frau, schätzte sie aufgrund des Designs. Die Gläser in dem roten Rahmen waren beide kaputt. Sie las das Label der Marke auf dem Bügel: Sonrisa Verdal. Was sollte sie damit machen? Sie hier zurücklassen, damit die Besitzerin sie finden konnte? Irgendwo abgeben? Wer ließ schon eine Brille zurück? Sie sah sich um und entdeckte eine Gruppe größerer Steine, direkt neben sich. Ruth beschloss, die Brille darauf abzulegen. Hatte sie wohl einem der Leute gehört, die die Spuren am Strand hinterlassen hatten? Sie wusste nicht genau, welche Geschichte diese Fährte erzählte, verstand nicht die Regeln, nach denen die Grammatik der Spuren funktionierte. Aber die Entdeckungen verursachten Ruth intuitiv Unbehagen.

Sollte sie zu Bill gehen? Es war alles unglücklich gelaufen. Aber was hatte er sich eigentlich ausgemalt? Was war seine Fantasiefassung dieser Begegnung gewesen? Dass sie hier in den Dünen vögelten? Was war überhaupt seine Vorstellung dieses Wochenendes? Dass sie weinte und ihn um Verzeihung bat, für etwas, was sie nicht bereute?

Sie war inzwischen dort angekommen, wo der große natürliche Wall aus Sand endete, der den Strand von der

Straße trennte. In einiger Entfernung sah sie die ersten Häuser. Das Fachwerkhaus und das Reetdachhaus waren darunter. Sie hatten sie bei ihrer Ankunft gesehen, als sie nach ihrer Unterkunft suchten. Sie seufzte und beschloss halbherzig, umzukehren.

Und dann war da plötzlich wieder der Hund.

Er stand mitten auf dem Strand, sah sie an. War vielleicht drei Meter entfernt. Weit hinter ihm erkannte sie die Umrisse ihrer Villa. Der Hund stand beinahe auf gerader Linie zwischen Ruth und dem fernen Gebäude. Er hatte sich drohend aufgebaut, im leicht gesenkten Kopf blitzten die speicheltriefenden, gefletschten Zähne. Er knurrte. Sie hatte ihn nicht kommen sehen. Wie lange war er schon da? War er ihr gefolgt? Den ganzen Weg?

Ruth blieb stehen. Kaltes Wetter, ein schmollender Bill und dann noch Tollwut. Das wäre wahrlich die konsequente Krönung dieser Schnapsidee von einem Urlaub. Sie hob beschwichtigend die Hände und ging in die Hocke. Sie streckte ihm eine Handfläche mit dem Rücken voran entgegen, damit er sie beschnüffeln konnte, wenn er wollte. Der Hund legte den Kopf leicht schief und schien nachzudenken. Ruth fasste etwas Mut und ging in der Hocke ein paar kleine Schritte auf ihn zu. Sofort brannten ihre Oberschenkel, sie musste wieder mal zum Yoga, dachte sie und fluchte in sich hinein.

Der Hund blieb stehen. Erneut streckte sie ihm die Hand entgegen. Er kam näher, beschnüffelte sie. Dann leckte er an Ruths Fingern. Sie lächelte. Sie erkannte, dass der Hund ein Halsband mit einem Anhänger trug. Tollwut war also keine Gefahr. Zu wem gehörte er nur? Sie streckte die Hand aus und versuchte, den Namen zu lesen.

Der Hund zuckte zurück, Ruth machte »Schschschhhh!« Sie tat noch einen kleinen Schritt auf ihn zu und versuchte erneut, an das Halsband zu gelangen. Diesmal ließ er es sich gefallen. Sie ging in die Hocke, nahm die Plakette zwischen die Finger, hielt den Hund mit der anderen Hand am Kopf fest und versuchte, die Aufschrift zu lesen.

Das Tier öffnete das Maul und gab wohl Laute von sich. Es zuckte zurück, brachte schnell einige Schritte Distanz zwischen sich und Ruth. So stand er da und öffnete wieder das Maul. Ruth war erschrocken, hockte im Sand, die Hände in der Griffbewegung wie eingefroren.

Der Hund beruhigte sich zwar langsam, gab aber offensichtlich immer noch Laute von sich. Ruth kniff die Augen zusammen. Hatte er eine Verletzung am Kopf? Es sah aus, als klebte getrocknetes Blut in seinem Fell. Sie musste die Wunde aus Versehen berührt haben, als sie die Marke hatte lesen wollen.

Oh, tut mir leid, du Armer, dachte sie. Was ist dir passiert? Und was machst du nur hier, so allein? Sie stand auf. Der Hund sah sie an. *Kommst du mit?* Sie lächelte, vielleicht verstand er ja Gebärde. Das ergab, nüchtern betrachtet, genau so viel Sinn, wie anzunehmen, er verstehe gesprochene Worte. *Ich gehe nach Hause.*

Doch als sie einen Schritt seitlich an dem Hund vorbei gehen wollte, sprang er nach hinten und knurrte sie wieder an, verstellte ihr erneut den Weg. Ruth zuckte irritiert zurück.

Es war, als wolle er verhindern, dass sie wieder zum Haus ging.

Langsam und hektische Bewegungen vermeidend, versuchte sie, einen Bogen um ihn herum zu laufen. Doch er richtete sich immer wieder neu auf sie aus, die Zähne gefletscht. Und er begann zu bellen.

Was ist dein Problem, dachte sie, ich will doch nur vorbei! Sie ging langsam auf ihn zu, die Hand mit einem strengen Zeigefinger erhoben. Der Hund lief rückwärts, bellte wie verrückt. Doch Tollwut? Schließlich machte er kehrt und rannte davon, so schnell er konnte, den Strand hinab, machte dann einen scharfen Bogen nach rechts und verschwand in den Dünen.

Was ist los mit dir, wie immer du heißt? Zu wem gehörst du?

Sie hatte das Gefühl, es wäre eine gute Idee, zu Bill zurückzugehen. Doch sie war noch nicht bereit, also zog sie das Handy aus der Tasche und suchte nach einem Stein, auf dem sie es aufstellen konnte, dann wählte sie Adas Nummer.

»Hallo, junger Mann!«

Der Ruf, gefolgt von einem rasselnden, trockenen Husten, riss Bill aus seinen Gedanken. Er war schon fast zurück am Haus, gerade hielt er auf das kleine Tor in dem Drahtzaun zu, der das gesamte Grundstück umfing, da sah er sie.

Vom Strand jenseits ihres Hauses kam eine alte Dame auf ihn zu. Sie mochte um die achtzig Jahre alt sein, schritt jedoch behänden und festen Schritts auf ihn zu. Sie rauchte eine lange, dünne Zigarette und hatte kurze schlohweiße

Haare. Sie wirkten, als habe sich während eines Lebens am Meer so viel Wind darin gefangen, dass sie sich nicht mehr bändigen ließen. Bill lächelte und blieb stehen, die Frau kam näher.

»Seid ihr die Neuen in Florencia?«, rief sie über das Tosen des Meeres hinweg.

Bill verstand nicht. »Die Neuen … wo?«

Die alte Dame blieb einen Meter vor Bill stehen. Jetzt sah er, dass an ihrer Brille ein Glas schwarz zugeklebt war, so als trage sie eine Augenklappe. Aus der Entfernung hatte er es noch für eine Sonnenbrille gehalten, in der ein Glas fehlte, und sich gewundert.

»Na, da!« Sie deutete mit den Zigarettenfingern auf die Villa, hustete und spuckte aus. Sie ließ die Zigarette in den Sand fallen und zündete sich eine neue mit einem schönen silbernen Sturmfeuerzeug an.

»Äh, sagen Sie …«, setzte Bill an und wollte auf den Stummel deuten, doch die Frau redete weiter.

»›Florencia‹, das Haus, so heißt es. Der Strandabschnitt hier ist ›Kalifornien‹, und das Haus heißt ›Florencia‹. Alles hat hier Namen, junger Mann.« Sie stieß Rauch aus.

»So? Okay, danke!«

»Und Sie? Haben Sie auch einen Namen, junger Mann?«

»Oh, ich bin Bill, hi! Und Sie hei…«

»Sie sind Touristen oder *richtige* Nachbarn? Muss ich mich an Sie gewöhnen?« Sie hustete ein verunglücktes Lachen in die Ellenbeuge, dann spuckte sie ein weiteres Mal aus und zog an der Zigarette, sodass diese hell erglühte.

»Ich … wir … nein! Wir haben das Haus für das Wochenende gemietet. Wohnen Sie den Strand weiter runter?«

»Ja! Da, da auf der Landzunge steht unser Haus. Mein Max und ich wohnen da seit vierzig Jahren. Kannten Sie die anderen?«

»Wen meinen Sie?«

»Na, die anderen Urlauber, die vor Ihnen da gewohnt haben? Wissen Sie, was aus denen geworden ist?« Sie hatte schon wieder eine Zigarette beendet und ließ auch diese in den Sand fallen.

»Was genau meinen Sie? Nein, wir kannten sie nicht.«

»Schade, hätte mich interessiert, was da los war.«

Bill sah sie kurz an und fragte sich, ob noch etwas kam, doch die Frau starrte mit ihrem einen freien Auge auf die See hinaus. In ihrer Hand glomm bereits eine neue Zigarette.

»Was soll denn los gewesen sein?«

»Na ja, ich hab gehört, wie jemand laut gerufen hat, gebrüllt, ein Mann und eine Frau, ziemlich laut, bis zu uns rüber, wir wohnen ja nicht gerade nebenan!«, sagte sie und deutete mit dem Daumen über die Schulter. Bill ließ seinen Blick die Küste entlangschweifen und sah das Haus auf der Landzunge. Es war bestimmt vierhundert, fünfhundert Meter weit weg.

»Ich habe keine Ahnung, die Vormieter sind schon wieder fort, wir haben sie nicht getroffen. Vielleicht haben sie sich gestritten, das soll ja vorkommen …« Er setzte ein trübes Lächeln auf.

»Na ja, das war merkwürdig, ich habe aus dem Fenster gesehen, mit meinem Teleskop, als ich die Schreie gehört habe. Normalerweise hört und sieht man hier draußen leider nichts, wenn der Wind aber richtig weht und die See ruhig ist, schnappt man schon mal was auf. Und ich will verdammt sein, wenn da nicht drei Leute den Strand runtergelaufen sind, es war zu dunkel, um was Genaues zu sehen. Aber es waren drei Leute, und dann, ich könnte schwören, waren es auf einmal nur noch zwei! Erst liefen sie weg vom Haus, und dann liefen sie zurück zum Haus, aber es waren halt nur noch zwei. Weggelaufen sind drei, zurück sind zwei. Aber ich sehe auch nicht mehr so gut.«

»Okaaay … Ich weiß auch nicht, was da los war«, sagte Bill. »Sind Sie die nächste Nachbarin?«, fragte Bill.

»Ja«, krächzte sie und hustete ausgiebig. Bill musste sich zusammenreißen, um nicht unwillkürlich ein paar Schritte zurückzutreten. »Das alles hier ist Privatstrand, von da hinten«, sie deutete über seine Schulter, zeigte in Richtung der nächsten Häuser, »bis zu unserem Haus. Reichard mochte es privat! Aber nun ist er tot, und ich will verdammt sein, wenn ich hier nicht entlangspazieren darf. Oder haben Sie was dagegen?«

»O nein, wieso sollte ich!« Bill hob die Hände.

Die alte Dame hatte erneut eine Zigarette fallen gelassen und eine neue angesteckt. »Na ja, ich bin im letzten Jahr oft hier langgegangen. Und jetzt kommen Sie mir bitte nicht damit, dass es ›vergangenes Jahr‹ heißt und nicht ›letztes Jahr‹. In meinem Alter kann jedes Jahr mein letztes sein, verstehen Sie? Als Reichard noch gelebt hat, habe ich einen Bogen um das Haus gemacht. Also, zumindest seit der Sache mit den Tieren!«

»Tiere?«

»Ja, der Kerl war ein verdammter Nazi, der hat kleine Tiere umgebracht. Ich kam mal aus dem Dorf. Hab den Weg abgekürzt, vor seinem Haus lang und dann runter an den Strand. Reichard hat mich sicher nicht gesehen, bestimmt hätte er sonst von seinem Fenster aus auf mich geschossen, der Law-and-Order-Fanatiker. Haha!« Sie hustete. »Auf jeden Fall habe ich gesehen, dass vor dem Haus ein Müllsack stand. Und das Ding war unten aufgeplatzt, und etwas von dem Müll war rausgequollen. Und jetzt halten Sie sich fest …« Sie hob den Finger und tippte auf Bills Brust: »Es – waren – tote – Tiere! Jawohl! Ist das nicht krank?«

»Was … was denn für Tiere?«, fragte Bill.

»Vögel, ein Eichhörnchen, eine Ratte, zwei Katzen, zwei! Zum Teil übel zugerichtet, zerfetzt regelrecht. Ich wette, der hat in seinem Garten mit einer Schrotflinte auf die geballert. Mistkerl.«

Bill war sich nicht sicher, was genau er ihr glauben sollte. Aber es war ein faszinierendes Gespräch. Er musste Ruth später alles berichten. Wenn sie sich beruhigt hatte.

Die Frau hustete sich den Zorn von der Seele und deutete auf die Strandvilla. »Und soll ich Ihnen was sagen? Das sage ich sonst nur meinem Max! Ich sage: In Ihrem Haus spukt es! Ja!« Sie nickte und bleckte die Zähne.

Bill verkniff sich ein Lachen. »Wie aufregend! Wie kommen Sie darauf?«

»Ich habe wen gesehen, im Fenster. Wen, der sich da drin rumgetrieben hat. Obwohl das Haus letztes Jahr leer stand! Stand da und war weg. Zack! Wie ein Geist! Zwei Mal habe ich es bei meinen Spaziergängen gesehen und einmal durch mein Teleskop. Ich habe das auch meinem Max erzählt!«

»Sie sind so etwas wie die Wächterin des Strandes hier, was?« Bill zwinkerte ihr zu.

»Haha!« Ein kurzes Lachen ging direkt in einen Hustenanfall über. »Na ja, junger Mann«, sagte die Wächterin schließlich und nahm erneut einen Zigarettentausch vor. »Ich habe ja auch sonst nicht viel zu tun! Seit vierzig Jahren leben wir hier, ich und mein Max.« Neben ihr türmte sich inzwischen ein kleines Häuflein aus Zigarettenstummeln auf.

»Aber Sie haben immer noch Ihren Mann, oder?«

»Oh, der ist nicht mehr so redselig, seitdem er auf den Kamin gezogen ist«, sagte sie. Sie formte ein bauchiges Gefäß mit den Händen in die Luft. »Urne. Schlaganfall. Eines Tages, rumms! Alle Lichter auf einmal aus, wie ausgeknipst. Hätte ihn schlimmer treffen können. Sauberer Schnitt. Besser, als so ein Haufen beatmetes Elend zu werden, so verkabelt, mehr Computer als Mensch! Na gut. Ich rede schon noch mit ihm, aber ich bin schlecht darin, mir auszudenken, was wohl seine Antworten wären. Er hat mich immer mit was überrascht, so war er. Ich kopiere meist nur irgendwas, was er früher gesagt hat, verstehen Sie? Zeugs, an das ich mich erinnere.«

»Tut mir leid«, sagte Bill. Dann beugte er sich verschwörerisch vor: »Ich werde Ihnen Bescheid geben, wenn ich einen Geist sehe. Vielleicht ist es ja der Geist vom alten Reichard?« Er lächelte.

Die Wächterin aber sah todernst drein. »Nein, der Kerl wandelt nicht mehr hier herum. Der ist direkt zur Hölle, da bin ich mir sicher. Nazi.« Sie hustete erneut. »Außerdem sah die Gestalt ganz anders aus. Wie ein kleines Mädchen!«

Bill sah zum Haus. Er lachte nicht mehr. Da fiel ihm etwas ein.

»Sagen Sie ... Reichard ... der hatte einen Herzinfarkt, oder? Im Haus?«

»Im Haus? Herzinfarkt? Ja, das hat man gelesen, aber ich sage Ihnen, das war die Story, die die Familie daraus gestrickt hat. Doch ich will verdammt sein, wenn ich das glaube! Ha! Das sage ich Max auch immer.«

»Wieso? Wieso glauben Sie es nicht?«

»Nach dem, was man sich hier im Ort so erzählt, ist die Polizei nicht schlau geworden aus dem, was mit ihm passiert ist. Keine Einbruchsspuren! Keine Spuren, dass wer abgehauen ist. Verstehen Sie?«

»Bei einem Herzinfarkt erwartet man so was doch auch nicht, oder?«

»Das war kein Herzinfarkt. Sind Sie taub?« Sie hustete erneut und zog an der Zigarette, und auf einen Schlag verwandelten sich zwei Finger breit Tabak zu Asche. Sie beugte sich vor, wie ein Kind, das ein Geheimnis erzählen will. »Er hatte sich eine Woche nicht gemeldet, also ist einer seiner Sekretäre hin und hat nachgesehen. Aber keiner hat aufgemacht, also haben die die Bullen gerufen. Die Deppen haben eine Ewigkeit gebraucht, um das Haus zu finden. Und wissen Sie, was sie entdeckt haben? Nichts! Überhaupt nichts. Reichard war weg, und alles, alle Fenster, alle Türen: von innen abgeschlossen!«

»Was? Wie kann das sein, dass jemand komplett verschwindet?« Bill musste an den aufgeklappten Reisekoffer denken, den Ruth in dem begehbaren Kleiderschrank entdeckt hatte.

Die Wächterin spürte, dass sie Bill am Haken hatte: »Also, komplett verschwunden ist er nicht. Haha!« Sie hustete. »Halten Sie sich fest! Sie haben zwei Finger von Reichard gefunden! Hat sie sich abgeschnitten an der Brotmaschine! Lagen noch da auf dem Tresen in der Küche. Ist aber nicht verblutet, sondern hatte noch Zeit, sich selbst zu verbinden, die Bullen haben einen geöffneten Erste-Hilfe-Kasten entdeckt. Aber keine Spur von Reichard! Ist mitsamt seinen restlichen acht Fingern spurlos verschwunden!«

»Das ... also, das ist ja was!«, sagte Bill.

»Oh ja!«, sagte sie und verbrannte die letzten drei Finger breit Zigarette in einem einzigen Zug bis an den Filter, den sie auf das Häuflein zu ihren Füßen fallen ließ. »Wissen Sie, was ich glaube? Die Erben haben ihn weggepustet. Oder vergiftet. Oder mit der Axt erschlagen. Und dann haben sie ihn zerstückelt und ins Meer geworfen. Oder auf den Kompost. Da wäre der verdammte Nazi wenigstens einmal in seinem Leben nützlich. Hat alles gehasst. Kinder, Ausländer, Frauen, die Welt. Nazi!« Sie zog die Zigarettenschachtel hervor und warf sie auf den Stapel Kippen, nachdem sie festgestellt hatte, dass sie leer war. Die Frau öffnete eine neue, die sie aus einer Manteltasche hervorzog. »Zigarette?«

Bill antwortete nicht, er war einen kurzen Augenblick lang in der Betrachtung der Villa wie erstarrt gewesen.

»Na, dann!«, sagte die Wächterin. »Schönen Aufenthalt noch!« Sie ging.

Als er sich schließlich aus der Betrachtung des Hauses löste und umdrehte, um den Abschiedsgruß der Frau zu erwidern, war sie bereits zwanzig oder mehr Meter fort, zurück in Richtung der Landzunge und ihres Hauses.

Bill sammelte die Zigarettenreste ein und steckte sie in die leere Packung. Er wollte gerade zur Villa zurücklaufen, als er innehielt und herumfuhr, mit den Händen formte er einen Trichter vor dem Mund. »Hallo! Haben Sie eigentlich gesehen, wie die Gäste vor uns abgereist sind?«, brüllte er über Wind und Meer hinweg.

Die Wächterin blieb nicht stehen, sondern drehte den Kopf leicht nach hinten. »Nein!«, rief sie über die rechte Schulter.

Ruth saß im Schneidersitz auf einem großen Stein. Einen anderen, etwas höheren mit einer flachen Oberfläche nutzte sie als Tisch für ihr Handy. Sie hatte es aufrecht hingestellt und wartete darauf, dass die Verbindung zu Ada zustande kam.

Dann erwachte der Bildschirm zum Leben, rätselhafte Farben und Formen schoben sich vor der Linse entlang. Schließlich tauchte das Gesicht ihrer Freundin auf.

Adas Haare waren verwuschelt, als sei sie gerade aus dem

Bett gekommen, und sie war ungeschminkt. Unter den Augen hatten sich dicke Ränder breitgemacht, doch die Müdigkeit darin wich, als sie Ruth erkannte. Sie richtete das Handy auf ihre Lippen, damit Ruth lesen konnte: »Ah, du! Warte.« Sie signalisierte Ruth eine Bitte um Geduld, als sie das Handy irgendwo abstellte, um die Hände frei zu haben.

Endlich winkte Ada in die Kamera, dann brachte sie wieder den Mund groß an das Objektiv: »Hey, Mädchen! Wie geht es?«

Wir sind angekommen. Ruths beste Freundin konnte Gebärde besser verstehen als sprechen. Also hatten sie und Ruth sich vor Jahren darauf geeinigt, dass Ada sich die Lippen von Ruth lesen ließ, während Ruth die Zeichensprache zur Kommunikation nutzte.

»Und? Wie ist es?«, fragte Ada.

Ruth seufzte. *Wir haben gestritten.*

Ada lächelte. »Glückwunsch. Damit konnte ja keiner rechnen, dass euch eure Probleme folgen.« Sie ließ die rechte Hand mit nach oben zeigendem kleinen Finger in der Luft kreisen. *Ironie!*

Hab ich schon kapiert.

»Wer war schuld?«

Er. Beide. Keiner. Weiß ich nicht.

Ada nickte nur. Dann fuhr sie herum und brüllte etwas nach hinten, zu einer Person, die nicht zu sehen war.

Was war?

»Sorry, die Kleinen machen mich fertig. Du musst mir einen Gefallen tun: Vertragt euch, und dann steig in die

Kiste mit deinem Toyboy. Und dann bleibt ihr da das ganze Wochenende. Tu, was ich nicht mehr kann! Ich bin zu müde.«

Ruth lächelte kraftlos. *Ich auch.* Sie sah hinaus aufs Meer und strich sich die lockige blonde Haarmähne zurück, mit der der Wind spielte. *Bitte sag mir ...,* setzte sie an.

»Ja, was?«, fragte Ada.

Was denkst du wirklich? Du hast gesagt, es sei meine Entscheidung.

Ada sagte nichts.

Hätte ich ihn fragen sollen?

Ada schien schwer ein- und auszuatmen. Das Bild zerlegte sich kurz in Fragmente, als die Verbindung stotterte, bunte würfelförmige Muster waren zu sehen, teils erstarrt, teilweise noch in Bewegung, dann war Ada wieder zu sehen.

Was hast du gesagt? Ich hatte eine Störung, sagte Ruth.

»Ich sagte: Du brauchst keine Erlaubnis. Vielleicht hätte er sich über das Vertrauen gefreut. Die Entscheidung ist deine. Gewesen. Das ist alles.«

Ruth nickte nachdenklich. Dann sagte sie: *Du hast Regeln. Immer. Das macht dich stark. Ich verstehe die Regeln nicht. Ich irre nur umher. Vielleicht habe ich ihn deshalb ausgesucht. Meinen hübschen Träumer.*

»Du verkaufst dich unter Wert.«

»Ihn«, meinst du?, fragte Ruth nach.

»Auch. Aber ich meine: dich«, beharrte Ada und untermalte die Worte mit der entschiedenen Geste eines ausgestreckten Zeigefingers. Das tat sie oft, Ada und Ruth nannten es scherzhaft den Finger der Entschlossenheit. Ruth lächelte und verschränkte die Hände zu Schmetterlingsflügeln auf der Brust: *Ich liebe dich!*

Doch ehe Ada antworten konnte, zerbröselte der untere Teil des Bildes wieder in digitale Fragmente, Adas Gesicht und ihre Geste waren eingefroren. Und blieben es. Die Verbindung war unterbrochen.

Ruth seufzte. Sie nahm das Handy, steckte es wieder ein und machte sich auf den Rückweg. Zu Bill.

Bill stellte fest, dass die Tür im Gartenzaun keine Klinke hatte. Statt den Schlüssel zu benutzen, stützte er sich mit einer Hand auf den Rahmen der hüfthohen Pforte und schwang dann beide Beine hinüber. Er ließ den Pool hinter sich und lief durch den Garten, um rechts am Haus vorbei zur Eingangstür vorn zu gelangen.

Doch ein Geräusch ließ ihn innehalten. Es war ein leises Summen gewesen, wie von einem elektrischen Motor. Er sah sich um, konnte jedoch nichts entdecken. Sein Blick wanderte hinauf zum Obergeschoss. Oberhalb eines großen Fensters, hinter dem sich die Küche verbarg und das auf Swimmingpool und Meer hinaussah, entdeckte er eine weitere Kamera. Sie war nahe der Stelle angebracht, wo der große Baum im Garten mit seiner Krone beinahe den Balkon berührte. Noch eine, dachte er. Der Kerl musste echt das Misstrauen in Person gewesen sein. Kein Wunder, dass er allen Nachbarn auf die Nerven gegangen ist. Soweit man hier überhaupt von Nachbarn reden kann.

Er sah direkt in die Linse der toten Kamera. Denn das

war sie: tot. Das waren alle Kameras, hatte Miranda Kaplan gesagt: »Nicht aktiv, die Anlage ist nie in Betrieb genommen worden.« Dennoch schien ihn der Apparat direkt anzusehen, als habe er sich auf ihn ausgerichtet.

Er lief weiter zur Ecke des Hauses und wollte gerade hinter ihr verschwinden. Da hörte er wieder das elektrische Summen, leise, ganz leise war es. Doch im Garten war es so still, dass es herausstach, keine Vögel oder Insekten waren zu hören. Nur das Meeresrauschen. Er wollte den Weg zum Eingang fortsetzen. Doch unwillkürlich blieb er noch einmal stehen. Intuitiv sah er wieder hinauf zur Kamera. Sie schien ihn noch immer, auch hier, direkt anzustarren. Er zögerte. Ohne zu wissen, was er suchte, blickte er sich in alle Richtungen um. Er warf auch einen Blick in das große Küchenfenster, drinnen war es dunkel und leer. Er zog den Schlüsselbund aus seiner Jeanstasche.

Und plötzlich war da wieder ein Geräusch. Ein anderes. Etwas klackte auf der abgewandten Seite des Hauses, vorne. Ein metallisches Schnappen und dann ein Quietschen. »Hallo?«, rief er. Keine Antwort. War jemand dort vorne? Es war ausgeschlossen, dass es Ruth war. Er stand da und lauschte. Doch alles war ruhig. Bis auf den Ozean in der Ferne, er füllte die Weite mit seinem Grollen.

Bill hob den Blick, heftete ihn auf die Kamera. Dann lief er, die Augen fest auf das Objektiv gerichtet, ein paar Schritte rückwärts, zurück in Richtung des Pools hinter dem Haus. Der Schlüsselbund klimperte in seiner Hand. Doch die Kamera blieb unbewegt. Tot. Er schüttelte den Kopf. Vielleicht war es so ein optischer Effekt. Wie die

Augen auf Porträts einen immer anzusehen schienen, egal, wo man stand. Wie auch immer das funktionierte.

Bill ließ den Garten hinter dem Haus zurück und ging am Panoramafenster im Wohnzimmer vorbei, das seitlich hinausblickte, in Richtung der Dünen und des fernen Dorfes. Als er an der Eingangstür ankam, wollte er aufsperren, doch die Tür war einen Spalt breit offen. Es war, als hätten er und Ruth vergessen, sie vor ihrem Spaziergang zu verschließen. Doch die Verwalterin hatte sie zugezogen, bevor sie gefahren war, und sie beide waren hinten hinausgegangen, durch das kleine Tor im Gartenzaun. War Ruth doch schon da?

Er drückte die Tür ein Stück weit auf. Sie gab ein Quietschen von sich. Er horchte in den Raum hinein. Zu seiner Rechten erstreckte sich die Wand mit der Badezimmertür, links die Trennwand. Er ging ein paar Schritte auf Zehenspitzen, und vor ihm öffnete sich das ausladende Wohnzimmer. Er lauschte. Alles lag still da, unbewohnt. Er tat noch einige Schritte auf Zehenspitzen, horchte dann an der Badezimmertür. Stille. Bill hob den Blick, sah zur Decke, erneut lauschend. Keine Schritte, nichts. Er schüttelte den Kopf, ging zurück und warf die Tür zu, die mit einem metallischen Schnappen ins Schloss fiel.

Dieser verdammte Streit machte ihn verrückt. Er hatte sich beinahe gewünscht, Ruth wäre schon hier gewesen. Hätte sich an ihm vorbeigeschlichen, erwartete ihn. Nackt vielleicht ... Er schüttelte lächelnd den Kopf und ging ins Bad.

Er duschte. Als er nach einigen Minuten aus der Duschkabine in den dampfigen Raum stieg, sah er Worte auf der beschlagenen Spiegelfläche. Er trat näher. Jemand musste sie mit dem Finger da hingeschrieben haben.

Powiedz Oli,
że ją kocham

Verwirrt starrte er die Schrift an. Er nahm seine Jeans vom Handtuchhalter. In der Tasche steckte sein Handy. Er tippte die Worte in ein Übersetzungsprogramm mit Spracherkennung. Es teilte ihm mit, dass es sich um Polnisch handele:

Sag Ola, dass ich sie liebe

Was sollte das nun bedeuten? Er musste es Ruth zeigen und sie fragen.

Mit dem Handtuch um die Hüfte und den rätselhaften Worten vom Spiegel im Kopf ging er in den Wohnbereich. Plötzlich sah er sich Ruth gegenüber, sie stand einfach da, lächelte ihn an. Es sah keck aus. Eine Mischung aus Streitlust und Verführung leuchtete in ihren Augen, die er nicht richtig zu deuten vermochte.

Drinks? Im Pool?, bedeutete sie ihm. Ein erregendes Versprechen lag in der Luft.

Er lächelte und nickte, sie kam zu ihm und küsste ihn. Er wollte sie an sich ziehen, doch sie entwand sich ihm. *Versau es nicht wieder, mein Lieber.*

Er nickte. Drinks! Sie verschwand ins Bad.

Draußen, vor dem massiven Panoramafenster, begann in der Ferne hinter den Dünen der Abend zu dämmern. Bill stand in der Küche und mixte Ruth einen Cocktail, sie hatten Spirituosen und Lebensmittel für das Abendessen in einer Kühlbox mitgebracht. Die Küche hatte eine große Insel in der Mitte. Eine nahezu endlose Arbeitsfläche lief in Hufeisenform einmal die gesamten Wände entlang und ließ nur für die automatische Glastür eine Lücke. Oberhalb des Tresens waren Küchenschränke aufgehängt, mit einem unerschöpflichen Vorrat an Geschirr, Kochwerkzeug, Töpfen … Er hatte sie auf der Suche nach Cocktailgläsern durchsucht und war in einem der Schränke auf einen Haufen Bierkrüge gestoßen; einer war ihm entgegengepurzelt, als er den Schrank geöffnet hatte, und auf den Boden gefallen. Er wollte gerade nach einem Kehrblech suchen, da kam aus einer kleinen Auslassung unten in der Kücheninsel ein kreisrunder Saugroboter herausgefahren. Wie ein waagerechtes längliches Auge leuchtete ein rotes Licht an seiner Front, als er zielstrebig auf die Scherben zusteuerte und sie verschluckte. Oben, auf seinem Rücken stand die Marke REICHARD in Großbuchstaben.

Bill sah fasziniert zu, wie der Roboter nach getaner Arbeit wieder unterhalb des Schranks verschwand.

Toll, dachte Bill. Er musste Ruth davon erzählen. Als er seine Suche nach den Cocktailgläsern fortsetzte, stieß er in einem anderen Fach auf ein kleines, tragbares Radio. Er nahm es heraus und fand einen Anschluss für den Stecker in einer Leiste unterhalb des Panoramafensters. Dort war bereits eine Reihe von Küchengeräten angeschlossen.

♩ My girlfriend who's from Andover, Andover
Is packin' up the Land Rover, Land Rover ♩

Bill zuckte zusammen, und ein heller Schrei entfuhr ihm, als das Radio laut kreischend ansprang, sobald der Strom durch die Eingeweide des Apparats floss.

»O Mann! O Mann«, rief er, sein Herz klopfte. Noch zittrig wegen des Schreckens, den ihm der unaufgefordert zum Leben erwachte Apparat eingejagt hatte, schaltete er das Radio ab.

Schließlich fand er geeignete Gläser, nun musste er noch etwas suchen, womit er die Schale von einer Orange schälen konnte. Er zog verschiedene Schubladen auf. In einer, direkt unterhalb des Radios, fand er etwas, was aussah, als habe jemand dort eine Kreissäge verstaut: Scharfe Metallzähne funkelten ihn aus dem Halbdunkel an. Sie liefen im Kreis aus einem roten Gehäuse heraus. Er zog die Schublade ganz heraus – die Apparatur klappte auf und erhob sich auf Höhe des Küchentresens. Es war eine verstaubare, ausklappbare Brotschneidemaschine.

Vor seinem inneren Auge tauchte das Bild der Wächterin vom Strand aus einer Zigarettenqualmwolke auf: »Sie haben zwei Finger von Reichard gefunden! Hat sie sich abgeschnitten an der Brotmaschine! Lagen noch da auf dem Tresen in der Küche.«

Sein Blick suchte den Tresen ab. So als erwarte er, dort noch irgendwo die zwei Finger zu finden. Dann betrachtete er wieder die Maschine. Er brachte sein Gesicht nahe an die Schneide. Waren dort noch Spuren von Reichards Blut? Er sah nichts. Ein Schauer überkam ihn, und er stieß die Schublade zu. Die Maschine faltete sich zusammen und verschwand darin wie ein Flaschengeist, den man zurück in sein Versteck befohlen hatte.

Er schüttelte sich und kümmerte sich um die Drinks.

Ruth trat aus der Dusche, ganz in Gedanken versunken. Sie bahnte sich einen Weg durch den dichten Dampf, mit dem ihre heiße Dusche den Raum geflutet hatte. Ohne einen Blick hineinzuwerfen, wie auf Autopilot, wischte sie gewohnheitsmäßig das Kondenswasser vom Spiegel. Bill machte sich immer lustig über ihre langen Duschen. Sie musste lächeln, stellte sie einen Augenblick später fest. Wie überrascht von ihrer eigenen Emotion begann sie, ihre Haare zu bürsten. Ein potenzieller Pickel auf der Stirn erregte ihre Aufmerksamkeit, und sie trat nahe an den Spiegel heran, bis ihre Fußspitzen unter dem Unterschränkchen des Waschbeckens verschwanden.

Mit einer großen Zehe stieß sie gegen einen harten Gegenstand. Sie sah hinunter, offenbar hatte die Wucht der Berührung das Was-immer-es-auch-war nun ganz nach hinten unter das kleine Waschbeckenschränkchen geschickt. Ruth beugte sich hinab und warf einen Blick darunter. Dort lag tatsächlich etwas. Etwas ungelenk, weil das umgewickelte Badetuch sie behinderte, ging sie auf ein Knie und langte unter das Schränkchen. An dem langen Küchenmesser, das sie zutage förderte, klebten einige Staubflocken, ansonsten war es blitzblank und neu und hatte vermutlich noch nicht lange dort unten gelegen.

Das Display ihres Handys auf der Spiegelablage sprang an. Eine Nachricht von Ada.

Dein Herz ist größer, als Du denkst, Süße.
Und jetzt leg Deinen Typen flach.
Vielleicht hast Du ja versehentlich selbst Spaß dabei.

Ach je. Manchmal meinte Ada, ihr solche Lebensweisheiten schicken zu müssen. Sie dachte kurz über eine Antwort nach, als ihr das lange Messer wieder zu Bewusstsein kam. Was hat das Ding unter dem Badezimmerschrank zu suchen? Sie legte das Handy gedankenverloren auf den Wäschekorb und ging mit dem Messer in die Küche, wobei sie eine ausdünnende Spur aus nassen Fußspuren auf dem Marmor hinterließ.

Bill war noch immer mit den Drinks beschäftigt, steckte gerade Strohhalme in die Gläser. Er stand mit dem Rücken zu ihr, vor dem großen Küchenfenster, das auf den Pool und das Meer dahinter hinausging. Einen Moment lang beobachtete sie ihn von hinten und wie sich seine Muskeln unter dem T-Shirt abzeichneten. Ach, warum nicht. Eine kleine, wohlwollende Freundlichkeitsnummer. Vielleicht würde sie ja wirklich auch Spaß dabei haben. Bill konnte sich geschickt anstellen. Kurz dachte sie darüber nach, sich mit erhobenem Messer von hinten anzuschleichen, als wäre sie ein Killer aus dem Horrorfilm. Erneut war sie irritiert von ihrer eigenen Ausgelassenheit. Fing sie an zu entspannen? Bills Plan ging scheinbar auf. Etwas in ihr sträubte sich dagegen, das zuzugeben.

Neben Bill entdeckte sie einen Messerblock, er stand vor dem Küchenfenster. In einem der Schlitze fehlte ein Messer. Sie steckte ihren Fund hinein, und er passte.

Bill drehte sich gerade in diesem Moment um und zuckte zusammen, er hatte sie noch nicht bemerkt. Sie lächelte. Er setzte die Drinks ab, um die Hände frei zu haben: *Du hast mich erschreckt. Das musst du wiedergutmachen.*

Sie dachte kurz nach. Und ehe sie sichs versah, griff sie mit der linken Hand den Aufschlag des Bademantels und mit der rechten ihre linke Brust und hob sie kurz ans Tageslicht. Bill riss die Augen auf. Sie musste lachen. Er wollte einen Schritt auf sie zukommen, doch sie signalisierte ihm »Stopp«. Diese großartige Macht über einen Mann, welche die Aussicht auf Sex verleihen konnte! Sie voll auskostend, teilte sie ihm mit: *Pool. Drinks. Dann vielleicht mehr.*

Er nahm die beiden Gläser und drückte ihr im Vorbeigehen einen Kuss auf. Er klemmte beide Cocktailgläser in eine Hand, als er die Terrassentür mit einem Druck auf das schwarze Viereck entriegelte, aufzog und nach draußen verschwand. Die Tür begann, sich hinter ihm zu schließen.

Verdammt, die Türen, sie musste ihm noch sagen, dass sie alle ins Schloss fielen. Sie trat an die Tür, packte den Rahmen, kurz bevor sie ins Schloss fiel, und öffnete sie ganz. Ruth bemerkte, dass die Tür in einer kleinen Verankerung am Boden einrastete, die sie offen hielt. Schlüssel! Es war besser, sie nahm auch noch die Schlüssel mit nach draußen, das war sicherer. Sie überlegte, wo sie waren … Oben? Da entdeckte sie den Bund, er lag auf dem Küchentresen unter dem Fenster zum Pool, noch immer befanden sich beide Sets an einem Ring. Ruth schnappte sich den Bund und folgte ihm hinaus.

Sie warf die Schlüssel auf einen kleinen Tisch inmitten einer Gruppe von Rattanstühlen am Pool. Es fröstelte Ruth, die untergehende Sonne machte die Temperatur bestenfalls erträglich, aber nicht angenehm. Sie zog den Bademantel enger um sich. Nichts war ein Ersatz für den Süden.

Die Drinks standen bereits am Rand des Pools, neben einem großen gelb-schwarz gestreiften Sonnenschirm, der zusammengeklappt im Gras lag. Ruth erwartete beinahe, dass Bill gleich aus dem Wasser auftauchen würde, sich die Haare aus dem Gesicht streifend, wie ein Model in einer Werbung für Männerparfüm. Doch sie entdeckte ihn auf dem Rasen rechts von sich, zwischen dem Schwimmbecken und dem Baum, der sich an das Haus schmiegte. Gebückt betrachtete er etwas im Gras. Dann langte er hinunter zwischen die Halme.

Er drehte sich zu ihr um: *Schau mal!*

Bill hob eine Axt in die Luft: »Die lag im Gras!«

Verwirrt trat Ruth näher und betrachtete Bills Fund. Es war eine Axt mit Holzstiel. Keine wie man sie vielleicht für Gartenarbeiten verwendete, eher eine dieser großen roten Feuerwehräxte, mit der Rettungskräfte eine Tür aufbrechen würden. Die Klinge war schartig, ganze Metallstücke waren aus ihr herausgebrochen. Es wirkte, als hätte sie irgendwer gegen ein unzerstörbares Objekt geschlagen und dabei zugrunde gerichtet.

Ruth zog die Hand zurück, die sie ausgestreckt hatte, um sie zu berühren.

»Was ist los?«, fragte Bill.

Ruth deutete auf die Axt. *Das Ding macht mir Angst. Das ist ein Mordinstrument.*

»Bring mich nicht auf Ideen«, sagte er. Sie sah ihn nur stumm an. »Ach komm! War nur Spaß!« Er blickte ihr in die zornigen, schönen Augen. »Das ist ein Werkzeug, nicht mehr und nicht weniger. Es kommt drauf an, wie du es einsetzt, es ist nicht böse.« Er stellte die Axt, den Kopf nach unten, etwas abseits des Pools an die Hauswand. »Ich bringe sie später in die Gartenhütte hinter dem Haus!« Er deutete auf die abgewandte Seite des Hauses, die von der Auffahrt aus gesehen rechts lag. Dort gab es eine kleine Wellblechhütte, vermutlich für Gartenwerkzeuge.

Ich ziehe meinen Bikini an, sagte sie. Und das bei der Kälte, dachte sie; soll bloß keiner sagen, ich bemühe mich nicht.

Als sie ein paar Minuten später an den Pool zurückkehrte, saß er bereits darin und hielt die Drinks, er reichte ihr ihren an.

Sie ließ den Bademantel fallen und schauderte sofort. Dieser Norden. Sie spürte seine Blicke auf ihrem Körper und fühlte Unsicherheit, gepaart mit mühsam unterdrücktem Stolz, über sich kommen. Sie bekam eine Gänsehaut.

Es ist kalt hier. Wir hätten in den Süden fahren sollen. Es wird schon dunkel!

Bill winkte ab: *Aber das Wasser ist warm. Der Pool ist beheizt! Komm rein zu mir.*

Sie nahm den Cocktail und trank. Er lächelte sie an. Sie heftete den Blick auf das Glas.

»Weißt du, was merkwürdig ist?«

Sie sah ihn an.

»Weißt du, was merkwürdig ist?«, wiederholte er.

Nein.

»Hier gibt's kaum Tiere. Ich kann keine Vögel hören, sorry, aber es ist wahr. Aber auch keine Eichhörnchen oder sonst was. Nicht mal Insekten. Na gut: Über dem Kompost: Tausende Fliegen!«

Er nickte zu einem mit Holzplanken eingefassten Komposthaufen unterhalb des Baums am Zaun. Neben dem Kompost stand eine unbenutzt aussehende Häckselmaschine. Tatsächlich konnte sie die Fliegenwolke über den Gartenabfällen vom Pool aus sehen. »Da, siehst du? Aber sonst: nichts. Keine Käfer. Müsste ein Garten nicht voller Tiere sein?«

Keine Ahnung.

Er legte einen Arm um sie.

»Egal. Auf uns!« Er stieß mit ihr an.

Sie trank schnell, sie fürchtete, dass er nun reden wollte. Mit einem großen Schluck leerte sie das Glas und sah ihn an.

»Wow. Willst du noch einen?«

Ja bitte.

Er lächelte und stellte sein Glas ab, dann stemmte er sich mit den Händen auf dem Poolrand aus dem Wasser. Als er die Füße aufsetzte und sich aufrichtete, streifte er sein Glas und stieß es ins Wasser. Es ging unter und versank, wurde unsichtbar im Pool. »Mist, tut mir leid. Pass auf, wegen Splittern, ich hole es gleich hoch. Gib mir deines!«

Sie tat es und rutschte ein wenig fort von der Stelle, an der das Glas ins Wasser gefallen war. Da stutzte sie. Ruth deutete Richtung Zaun. Ihr Gesicht zeigte milden Ekel oder Missbilligung. Als er ihrem Blick folgte, erkannte er den Grund: Eine Ratte war von außen durch den Zaun geschlüpft und rannte durch das Gras, ein paar Meter von ihnen entfernt.

Ruth zog eine Grimasse. *Da! Da hast du deine Tierwelt, zufrieden?*

»Die ist bestimmt neu in der Gegend und hat sich verlaufen«, sagte er, während er sich mit seinem Handtuch abtrocknete.

Und dann stieß Ruth einen stummen Schrei aus und presste die Hand auf den Mund.

Ein metallisches, flaches Etwas war wie aus dem Nichts aufgetaucht, plötzlich war es da, musste von irgendwo hinter der Hausecke gekommen sein. Schnell, mit einer fließenden elektrischen Bewegung kam es auf die Ratte zugeschossen und nahm den Nager in sein mit scharfen stählernen Klingen besetztes Gebiss auf: Der Rasenmähroboter verschluckte die Ratte, mit einem Mal war sie weg, man konnte gerade noch erahnen, wie sie zwischen den rotierenden Schneiden in einer Wolke aus Blut und Fleischfetzen explodierte, doch dann war auch diese verschwunden, und der Roboter drehte um und zog sich wieder zurück. Vorne, oberhalb der Schneiden, glühte eine rote Lampe, wie ein zorniges Auge, genau wie bei dem Staubsaugerroboter.

»Wow!«, sagte Bill. Er ließ die Hand mit Ruths Glas sinken, die letzten Tropfen Alkohol ergossen sich auf den Boden.

Ehe sie noch ganz begriffen hatten, was sie da gerade mit angesehen hatten, war der Mähroboter schon wieder verschwunden. Auf dem Rasen blieb ein kleiner roter Blutfleck zurück, aber er war kaum der Rede wert, beinahe spurlos hatte der Roboter den Schädling verschwinden lassen.

Ruth kämpfte ihre Übelkeit hinunter, Bill stand mit offenem Mund da. Beide kannten sie Mähroboter, aber so eine Maschine hatte weder er noch sie jemals zuvor gesehen. Normalerweise waren das kleine, behäbige Plastikkisten. Dieser Apparat dagegen war wie ein Panzer, aus Metall, wirkte massiv und schwer, und doch war er irrwitzig schnell und wendig gewesen. Und er hatte die Ratte gefressen.

Bill sah zu Ruth in den Pool. »Machen – machen Mähroboter so was?«

Sie schluckte. *Das war Horror! Horror, Bill!*

»Weißt du, was ich mich frage?«, sagte er.

Herrje, dachte sie. *Nein, Bill, was fragst du dich? Wieso gerade ein Mähroboter eine Ratte gefressen hat? Vor unseren Augen? Oder fragst du dich, wie viele Buchstaben das Alphabet hat?*

O Mann, was sollte das? Sie bereute es augenblicklich. Zu viel Alkohol in zu kurzer Zeit und das Adrenalin vom Schreck in ihren Adern hatten sie fehlgeleitet.

»Wieso bist du so? Was ist dein Problem? Muss ich die ganze Arbeit machen?« Er schüttelte den Kopf. Dann sagte er: *Kannst du wenigstens vortäuschen, dass du dich auch bemühst?*

Sie sah unbewegt zu ihm auf, eitler Trotz dort, wo Versöhnung hätte sein sollen. *Ich täusche schon genug vor. Das erinnert mich daran: So kommst du deinem Ziel nicht näher, wenn du Sex willst.* Es war faszinierend. Sie konnte sich selbst dabei beobachten, wie unerträglich sie war. Ruth stand neben sich und sah sich dabei zu, wie sie alles aufs Spiel setzte, ohne überhaupt zu wissen, was die Regeln oder ihr Ziel in dem Spiel waren.

Er ließ den Kopf hängen und setzte sich in den Korbstuhl am Pool. »Ich weiß nicht, wieso du das machst. Ich dachte eigentlich, du wärst an diesem Wochenende diejenige, die ...« Seine Lippen hatten aufgehört, sich zu bewegen, er sprach nicht mehr weiter.

Sie stieg aus dem Pool und griff sich ihren Bademantel vom Stuhl neben ihm. *Was? Dass ich ein Wochenende lang vor dir krieche?*

Er sah sie an, sie sagte aber nichts, sondern ging ins Haus.

Sein Blick folgte ihr, in der Hoffnung, sie würde noch stehen bleiben. Doch Ruth verschwand einfach in der Tür und war fort.

Bill blieb einen Moment lang sitzen. Als er sich gesammelt hatte, beschloss er, das Glas aus dem Pool zu holen, also sprang er noch einmal hinein. Er tauchte und tastete den Boden ab. Es war schwierig zu finden, er benötigte drei Tauchgänge, um es mit seinen Fingern zu ertasten. Es war noch intakt, nur der Strohhalm war fort. Sollte er ihn suchen, noch mal tauchen? Ach, wen kümmerte das jetzt noch. Es dämmerte bereits. Und wurde richtig kalt.

Er ging hinein, schloss die Terrassentür hinter sich.

Keine Spur von Ruth. Er trocknete sich ab und schlüpfte in ein Paar Boxershorts, draußen verblasste langsam das Licht.

In der Küche warf er das Glas in einen großen metallischen Mülleimer. Gerade als er den Lichtschalter suchen wollte, erregte der Hund seine Aufmerksamkeit.

Da war er wieder, jenseits von Swimmingpool und Zaun, vor dem Hintergrund des abendlichen Meeres. Vielleicht dreißig Meter entfernt. Das Fell am Rücken hatte sich leicht zu einem Kamm aufgerichtet. Er konnte das Knurren förmlich durch die Scheibe hören. Bill dachte gerade darüber nach, hinauszugehen und den Hund anzulocken, vielleicht würde er ihn einfangen können. Doch da sprang in der Küche das Licht an. Bill fuhr herum – doch er war noch immer alleine. Es musste eine automatische Vorrichtung gewesen sein, die auf Dunkelheit reagierte. Er drehte sich zurück zur Scheibe, wollte nach dem Hund sehen. Doch alles, was er sah, war von seiner eigenen Reflexion und der des Raums im Küchenfenster überlagert, die Beleuchtung sperrte die dunklere Außenwelt weitgehend aus.

Er dachte kurz nach, dann beschloss er, den Hund Hund sein zu lassen. Vermutlich war er schon wieder fort. Bill hoffte, das Tier würde seinen Besitzer wiederfinden.

Wenn ich ihn morgen noch mal sehe, muss ich ihn einfangen. Vielleicht hat er ja eine Halskette. Und vielleicht steht etwas drauf, eine Adresse oder Telefonnummer.

Er vermutete Ruth oben. Doch er war noch nicht bereit. Er ging durch die automatische Glastür in den Wohnbereich und trollte sich herum. In einer Schublade in der Leseecke fand er ein paar Brettspiele: Das eine war Schach, dann war da dieses japanische oder … asiatische Spiel mit den schwarzen und weißen Plättchen. Und eines, das er noch nie gesehen hatte: »Jäger und Gejagte« stand in heiterer Kinderschreibschrift auf der Packung. Es zeigte einen verängstigten Hasen, der vor einem Jäger davonlief, auf den Betrachter zu. Ein Lauf des Hasen steckte in einer eisernen Falle. Im Hintergrund legte der Jäger mit seiner Flinte auf das Tier an. Im Gras neben dem Hasen sah man eine Maus und einen Igel Deckung suchen. »Krank!«, murmelte er. Das Bild würde Kinder in Todesangst versetzen. Aber das Spiel schien alt zu sein. Vielleicht aus einer Zeit, als die Leute so was noch vollkommen okay gefunden hatten.

Dann kam sie die Treppe hinab, leise. Sie hatte sich angezogen. Er überlegte, ob er sich umdrehen oder sie ignorieren sollte. Das wäre wohl, was Ruth an seiner Stelle tun würde, dachte er: Ihn spüren lassen, dass er Mist gebaut hatte. Aber … sie kam doch gerade zu ihm! Das war ein Versöhnungsangebot. Er entschied sich gegen das Schmollen, wem würde das nützen? Er wandte sich ihr zu. Ganz leise glitt Ruth auf Bill zu und schmiegte sich an ihn, umarmte ihn.

Irgendwann dann sah sie auf zu ihm und hob die Hände, suchte nach Worten, doch er lächelte nur und hob das Spiel hoch: »Hey – hast du Lust, das mal auszuprobieren?«

Was ist das? Das ist krank!

»Yep!« Sie lachten beide.

Sie hatten sich etwas angezogen und saßen auf dem Fußboden. Den Teppich, der vor dem großen Couchtisch auslag, hatten sie etwas näher an das Panoramafenster gezogen, das auf die Dünen hinaussah. Doch nun lauerte nur die Schwärze der Nacht dahinter.

Das Spiel war scheinbar harmloser, als es das Bild auf der Packung nahelegte. Es gab einen oder mehrere Spieler, die Wildtiere waren, und es gab einen Jäger. Die Wildtiere, Hasen, Rehe, Mäuse, Frösche, Ratten, Igel, hatten verschiedene individuelle Fähigkeiten. Sie mussten Fallen aus dem Weg gehen, konnten sichere Verstecke aufsuchen, während der Jäger unterschiedliche Waffen mit verschiedenen Reichweiten sammeln konnte.

Bill regte sich auf, weil er das Spiel bekloppt fand, Ruth hatte keine Probleme damit: »Du findest es okay, weil du der Jäger bist!«, behauptete Bill. »Klar findet man die Regeln okay, wenn man der Jäger ist!«

Wir können ja gleich tauschen. Pass auf: Dann werde ich dich immer noch fertigmachen.

»Bitte! Dann kannst du sehen, dass es keinen Sinn ergibt. Als Tier kann man einfach nur abhauen. Der Jäger gewinnt, wenn er die Tiere abknallt, fängt, aufspießt … Aber wie gewinne ich das Spiel, wenn ich Tier bin?« Er angelte eine grüne Figur aus der Box und hielt sie hoch. »Und welcher Jäger jagt Frösche?«

Du hättest den Frosch nehmen sollen. Dann könntest du jetzt wegschwimmen. Sie deutete auf seine Figur, die Ratte, für die er sich entschieden hatte. Sie war schneller, konnte aber nicht über den Teich entkommen.

»Echte Ratten können schwimmen. Sie können die Luft sogar lange anhalten. Es sind Überlebenskünstler.« Bill warf die Hände genervt in die Luft.

Okay, würfele einfach. Sie lachte. Sie wirkte ausgelassen. Sie bewegte ihre Figur, einen Fuchs, zwei Felder vor. Jeder spielte mit mehreren Figuren, weil so mehr los war. Ruth war Jägerin und hatte unter anderem auch noch eine Maus gehabt, doch die war bereits draufgegangen, weil sie in eine Falle gelaufen war.

Ein leises Brummen ließ Bill aufmerken: Der Staubsaugerroboter kam aus der Küche, die Glastüren öffneten sich lautlos vor ihm, und die Maschine begann, im Wohnzimmer zu saugen.

Unwillkürlich fuhr Ruth auf, als sie die Bewegung im Augenwinkel registrierte, und griff sich erschrocken an die Brust.

Bill rüttelte ihre Schulter, damit sie ihn ansah, und sagte: »Ganz ruhig, ich dachte auch erst kurz, es wäre wieder der …«, er sprach nicht weiter. Sein Herz hatte ebenfalls begonnen, etwas schneller zu schlagen. »Es ist nur der kleine Bruder des Rasenmähers! Ich habe ihn schon getroffen.«

Der Saugroboter kam auf sie zu. Vorne leuchtete die kleine rote Lampe, sein Auge.

Bill sah Ruth an: »Saugt der uns jetzt ein?«

Ruth betrachtete die kleine Maschine zornerfüllt. Wie viele Roboter gab es hier eigentlich? Sie wandte sich an Bill: *Wäre es nicht nett gewesen, diese … Kaplan hätte uns davon erzählt? Von dem da? Und dem da draußen?*

»Doch, ja!«

Der Roboter kam brummend an der Kante des Teppichs an, fuhr darüber … und blieb hängen. Er hörte auf zu saugen, und das rote Auge blinkte.

»Oh, der Arme!« Bill zog eine Schnute.

Lass ihn verhungern!

»Nein, ich muss ihm helfen!« Bill hob die kleine fliegende Untertasse, an die der Roboter erinnerte, an und setzte ihn ein Stück zurück. Typisch, dachte Ruth. Bill ist zu gut für diese Welt.

Das Roboterauge hörte auf zu blinken und begann, kontinuierlich zu leuchten. Bill lehnte sich zurück und beobachtete: Der Roboter saugte wieder und fuhr erneut auf die Teppichkante zu.

Da, was für ein Idiot, meinte Ruth.

Doch dann stoppte der Roboter kurz vor der Kante, an der er hängen geblieben war – das Auge sprang von einem durchgängigen Rot auf ein schnell pulsierendes Blau um.

Was macht er?

Ruth sah, wie das Licht wieder zurücksprang auf Rot. Dann drehte der Roboter um und setzte seine Säuberungstour in einem anderen Teil des Erdgeschosses fort, Ruth und Bill zurücklassend.

Ruth sah Bill an: *Er hat gelernt. Was für ein gruseliges Ding.* Ihre Blicke folgten der Maschine, bis die hinter der Trennwand vor dem Eingang aus ihrer Sicht verschwand.

Bill nahm Ruths Kinn zwischen Daumen und Zeigefinger, wandte ihren Blick von dem Roboter ab und sich zu. »Wann tun wir es jetzt eigentlich?«

Sie verdrehte erst die Augen, dann brachte sie aber doch

noch ein keckes Lächeln zustande. Aber er sagte: »Reden! Reden, meine ich!«

Sie verdrehte die Augen noch einmal, diesmal betont offenkundig. Dann ergriff sie seine Hand und schob sie unter ihre Bluse, schloss seine Finger um eine ihrer Brüste. Sie ließ seine Hand dort ruhen und sagte: *Das wolltest du doch, oder?* Sie wischte sich mit der Hand über die Stirn, dann: *Vergiss das Reden!* Sie brachte ihre Lippen an seine. Doch er seufzte und nahm seine Hand fort. Dann stand er auf. »Ich weiß wirklich nicht, was genau du willst! Wovor hast du Angst, Ruth?«

Wie man's macht …, dachte sie.

Er stemmte die Hände in die Hüften und ließ den Kopf sinken. Atmete tief ein.

Dann, sich aufraffend, sagte er: »Ich bin müde.«

Ich auch, gehen wir hoch.

Bill stand im begehbaren Kleiderschrank und zog sich aus. Ruth war im Bad und ging den für ihn geheimnisvollen Routinen nach, die sie stets vollzog, bevor sie bereit war, sich hinzulegen. Abschminken war eine davon, aber es gab noch viele mehr, die er nicht verstand. Auch wenn er sie beobachtete. Er zog den Schlafanzug an, den sie ihm gekauft hatte. Wo war das noch gewesen? In einem Urlaub, einem der frühen. Es kam ihm wie ein anderes Zeitalter vor.

Eine Bewegung im Schlafzimmer ließ ihn aufmerken. Er sah durch die Schranktür hinaus und bemerkte, wie Ruth dort eine merkwürdige Schrittfolge vollzog. Sie kam aus dem Bad, dessen Tür, von Bill aus gesehen, rechts lag. Dann kam sie vom Türrahmen aus auf ihn zu, ging mit soldatisch anmutenden Schritten bis zur Wand, die den begehbaren Kleiderschrank vom Schlafzimmer abtrennte.

Was machst du da?, fragte er mit seinen Händen.

Ruth bedeutete ihm, noch zu warten, und ging den Weg noch einmal zurück, wieder Maß mit Schritten nehmend. Dann verschwand sie noch einmal im Bad, er hörte das Pochen ihrer Stechschritte auf dem Boden. Bill verließ den Schrank, das Licht darin löschte sich von selbst, dann trat er in die Badezimmertür. An den Türrahmen gelehnt, beobachtete er Ruth: Sie ging auf die Badezimmerwand rechts der Tür zu.

Sie war an der Wand angekommen, stützte sich mit den Händen daran ab. Dann drehte sie den Kopf über die Schulter, warf ihm einen triumphierenden Blick zu und nickte.

»Okay? Was ist los?«

Sie drehte sich um. *Da fehlt was,* antwortete sie in Gebärde: *Von der Tür des Badezimmers bis zur Wand des Badezimmers sind es vier Schritte.*

»Ja …?«, fragte Bill.

Sie stürmte auf ihn zu, quetschte sich im Türrahmen an ihm vorbei und packte seine Hand, zog ihn ins Schlafzimmer. *Da!* Sie zeigte auf den begehbaren Kleiderschrank. *Bis zum Kleiderschrank sind es von der gleichen Tür aus sechs Schritte. Und dann fehlt noch der Schrank selbst. Zusammen sind das … acht? Neun Schritte?*

»Okay? Was soll das heißen?«

Sie rollte die Augen und schnaufte. Er spürte, dass sie ihn wieder einmal blöd fand.

Das ergibt keinen Sinn. Es ist, als ob da noch ein Raum wäre.

Er betrachtete den Kleiderschrank. »Wo?«

Denk nach! Da! Sie deutete auf die Wand zwischen Kleiderschrank und Badezimmertür. *Dahinter!* Sie wurde manchmal wütend, wenn man sie nicht verstand. Er konnte das nachvollziehen. Ihr ganzes Leben schon musste sie darum kämpfen, »gehört« zu werden.

Ruth ging ins Bad, er folgte ihr neugierig. Sie klopfte gegen die Wand rechts, zwischen einer großen Duschkabine und einem Bidet. Das Geräusch ihrer Fäuste an der Wand war dumpf und massiv. Sie sah irritiert drein. Als wolle ihre weitere Datenerhebung nicht so recht zu der Annahme passen, die sie aufgestellt hatte.

Sie ging wieder schnellen Schrittes an ihm vorbei, er sprang ihr aus der Bahn. Dann hörte er ein Pochen an der Wand. Als er ins Schlafzimmer trat, klopfte sie die Wand zwischen Badezimmertür und begehbarem Kleiderschrank ab.

Er trat zu ihr und tat es ihr gleich. Die Wand war hart und machte einen dumpfen, kaum hörbaren Ton, wenn seine Fäuste darauf trommelten. »Das ist massiv«, sagte er. »Genau wie die andere Wand. Du suchst nach einer im Nachhinein eingebauten Wand, oder? Aus Gips?«

Sie trat einen Schritt von der Wand fort. Und betrachtete sie. Sie schüttelte den Kopf, fast ärgerlich. Dann sah sie ihn an und nickte, in verspäteter Antwort auf seine Frage.

»Aber das ist eine ganz normale Mauer, Ruth. Und außerdem gibt es weder hier draußen …«, er hielt kurz inne und trat in die Badezimmertür, inspizierte im Bad schnell die Wand, die Ruth abgeklopft hatte, dann lehnte er sich vor, sah sie aus dem Türrahmen heraus an, »… noch hier drin eine Tür. Auch keine verborgene: An der Wand im Bad sind Dusche und Klo angebracht. Da kann man nichts einbauen. Da müssen doch die Wasserrohre in der Wand sein. Vielleicht ist das Haus einfach schlecht geschnitten.«

Das macht es nicht zu einem magischen Haus, Süßer! Morgen …, sagte sie, *gehe ich auf den Balkon und sehe nach, ob es Fenster an der äußeren Wand gibt. Oder vielleicht sogar eine Tür.*

»Du bist eine sexy Detektivin«, sagte er. Und deutete auf ihren Körper in dem seidenen Nachthemd.

Ihr Blick war ein Geheimnis. Sie lächelte und ging zum Bett, sie drapierte ihren Körper darauf. Nahm eine verführerische Pose ein. Er war verwirrt. Und wurde schon wieder geil. Er hasste es, wie einfach es ihr fiel, mit ihm zu spielen. Zugleich erregte es ihn. Ruth durfte das.

Dann hörte er das Heulen.

Es kam von den Dünen her. Der Hund! Er heulte und heulte, musste nah sein. Er hob seinen Blick von Ruths Körper zum Schlafzimmerfenster, oberhalb des Kopfendes.

Ruth rollte sich von der Seite auf den Rücken, zog ein Bein an, ihre Hände spielten mit den Laken unter ihr. Bill kam auf sie zu, in dem Schlafanzug, den sie ihm in Florenz geschenkt hatte. War das schon fünf Jahre her? Damals hatten sie morgens einmal miteinander geschlafen, bevor sie zum Frühstück gingen, und dann abends, wenn sie ins Hotel zurückkamen. Jeden Tag. Wie hatte sie das nur geschafft damals? Woher hatte sie die Energie, die Lust gehabt? Nun … Sie war jung gewesen, oder na ja – zumindest jünger. Vierzig, nein einundvierzig. Er war jung gewesen und war es noch. Drei-und-echt-heiße-dreißig. Damals war er ein ganz neues Spielzeug gewesen, sie hatte oft damit gespielt. Er kam näher. Es würde ihm guttun, ihnen würde es guttun, wenn sie Sex hätten, dachte sie. Dann war er bei ihr und ging an ihr vorbei. Zum … Fenster?

Tatsache, er stand dort, neben ihrem Kopfkissen und sah hinaus.

Hey! Sie gestikulierte. *Hey, Banause! Hier spielt die Musik!* Sie deutete auf ihren Körper, aber er hatte ihr den Rücken zugewandt, konnte sie nicht verstehen. Sie wartete kurz ab … Doch! Er blieb da stehen und sah hinaus. Was für eine Unverschämtheit.

Sie stöhnte und langte zum Nachttisch hinüber, auf den sie ihr Buch gelegt hatte, eine Spukschloss-Geschichte aus dem 18. Jahrhundert, die ihr eine Freundin als frühes feministisches Meisterwerk empfohlen hatte. Ihr fiel unterhalb der Schreibtischlampe etwas auf, eine kleine flache Plastikpackung. Einen Moment lang dachte sie, es handele sich um ein Kondom und verdächtigte Bill, es dort platziert zu haben. Doch es war eine Packung mit Brillenputztüchern. Sie ließ sie wieder auf den Tisch fallen. Sie musste ihr Handy laden. Aber wo war es eigentlich? Sie hatte es irgendwo im Haus liegen lassen. Ruth beschloss, dass sie zu faul war, um aufzustehen, sie konnte es morgen früh anschließen, also begann sie zu lesen.

Bill beugte sich vor. Das Licht im Schlafzimmer sperrte die Welt draußen aus. Also schirmte er es ab, indem er einen Trichter mit seinen Händen an der Scheibe formte und hineinsah. Es war trotzdem zu dunkel draußen. Etwas Mondlicht ließ ihn die Dünen erahnen, zeichnete ihre Konturen nach; rechts davon, in der unendlichen Finsternis, glitzerte es silbern auf den Wellen des Meeres. Das Fenster sah parallel zum Meer auf den Strand hinaus, in die Richtung, aus der sie gekommen waren – genau wie das Panoramafenster im Erdgeschoss unter ihnen.

Das Heulen war verstummt. Wenn der Hund dort draußen war, konnte er ihn weder sehen noch hören. War er ein Freund? Natürlich. Tiere waren niemals wirklich Feinde. Der Hund tat ihm leid. Bill lehnte sich zurück und wandte sich Ruth zu. »So, kleines, wildes …«, begann er und setzte sich, einen ihrer Schenkel streichelnd, auf die Bettkante.

Doch Ruth war schon eingeschlafen.

Er lächelte, ein wenig bitter, ein wenig enttäuscht, ein wenig belustigt.

»Na ja«, sagte er und beugte sich vor, um ihr einen Kuss auf die Stirn zu drücken. »Das Wochenende ist noch jung!« Es konnte noch viel geschehen.

INNEN

Sie hatte geträumt, die Haustür sei aufgegangen. Hatte sie tatsächlich geträumt? Zwar konnte sie auch in ihrem Traum nichts hören, aber sie hatte die Veränderung der Luft gespürt, einen kurzen Durchzug. Sie war im Traum erwacht, hinuntergegangen und hatte Bill dort angetroffen, im Begriff abzureisen. Er hatte den zurückgelassenen Koffer benutzt, den sie im Schrank gefunden hatten. Sie wollte ihn bitten zu bleiben, doch es war sinnlos, sagte er, man erwarte ihn, und er habe sich entschieden. Vor dem Haus hatte die Verwalterin mit einem Cabrio auf ihn gewartet; sie lachte und stieß dabei riesige Qualmwolken aus. Neben ihr hatte ein Kind gesessen.

Dann auf einmal war Ruth wirklich wach. Kurz überkam sie Irritation, dann fiel ihr ein, dass sie ja nicht daheim war, sie waren in dem Ferienhaus, sie und Bill. Wie dumm. Der Raum war ungewöhnlich hell, viel heller, als ihn das Mondlicht hätte beleuchten können. Aber keines der Lichter im Raum war an. Sie sah sich um. Alles schien so weit unverrückt, die Dinge dort, wo sie sich gestern noch befunden hatten. Ihr linker Arm wanderte hinüber, zur anderen Seite des Betts.

Doch sie spürte nichts. Bill war fort. Sie richtete sich auf, um besser sehen zu können, doch neben ihr: nur ein leeres

Laken, aufgeworfen, es hing halb von seiner Bettseite hinab, so als sei er aufgestanden.

Ihr Blick ging zum Badezimmer, doch das Licht dort war aus. Sie klatschte in die Hände, so wie sie es tat, wenn sie ihn dringend brauchte, damit er sie hören und kommen konnte.

Nichts. Kein Bill.

Sie setzte sich auf die Bettkante. Wieso war der Raum so hell? Sie stand auf und trat an das Fenster am Kopfteil: Sie sah die Dünen, den Zaun um das Grundstück und einen Teil des Gartens. Das Licht im Garten war angegangen, es erleuchtete die Umgebung und hatte es so hell im Schlafzimmer gemacht. War Bill dort draußen? War deswegen das Licht im Garten an?

Eine Mischung aus Wut und Angst überkam sie, sie fühlte sich im Stich gelassen: Wieso reagierte Bill nicht? Er wusste doch verdammt noch mal ganz genau, wie frustrierend es für Ruth war, wenn der Rest der Welt sich weigerte, sie zu bemerken. Musste er bei diesem Mist auch noch mitmachen?

Sie warf sich einen Morgenmantel über, den sie über einen schönen altmodischen Stuhl an einer Ankleidekommode gelegt hatte, und zog ihr Haar aus dem Kragen heraus.

Ihre Armbanduhr lag auf der Kommode.

1:10

Sie legte die Uhr zurück und warf einen schnellen Blick in

das dunkle Bad, nur um sicherzugehen: kein Bill. Wo war er hin? Sie trat aus dem Schlafzimmer hinaus in den dunklen Flur und ertastete den Lichtschalter. Links und rechts von ihr erstreckte sich der lange, schmale Gang, dieser unsinnig lange Flur, der fast wie eine Kegelbahn wirkte und von dem aus man nur in das Schlafzimmer gelangte. Antike Tischchen mit Modellen darauf schlossen ihn jeweils links und rechts ab, darüber waren schmale Fenster. Aber sonst: nichts, auch hier kein Bill.

Sie ging nach links, zu der Tür, die in den wintergartenartigen Aufbau außen auf dem Gebäude führte und von wo aus man wahlweise ins Treppenhaus oder auf den Balkon gelangte.

Sie öffnete die Tür zum Balkon, erinnerte sich daran, sie festzustellen, auch diese Tür besaß eine Vorrichtung dafür, wie die Terrassentür unten. Ihr fröstelte von der kalten Nachtluft, besonders an den Füßen, die auf kaltem Marmor standen, als sie an die Brüstung trat und nach unten sah. Ruths Fußsohlen waren nackt, sie hatte ihre Hausschuhe nicht angezogen. Wer hätte auch damit gerechnet, dass sie das Grundstück nach Bill absuchen musste? Da war der Pool, ruhig und unbewegt, glitzernd im Licht, der Baum, der an das Haus heranreichte, und sonst nichts. Sie folgte dem umlaufenden Balkon, doch es gab nichts zu sehen, außer Rasen und einer kleinen Wellblech-Gartenhütte. Kein Bill. Ihr fiel auf, dass der Mähroboter aus seinem Versteck gekommen war und vor der Gartenhütte stand. Vielleicht hatte er sich dort festgefahren? War ihm der Saft ausgegangen? Am Ende hatte der Roboter vielleicht das automatische Licht ausgelöst, auf der Jagd nach einer weiteren Ratte.

Sie ging zurück ins Haus, in den Flur und die Treppen hinab. Unten sah sie einen Umriss am Fuß der Treppe, doch es war nur der Treppenlift. Sie suchte und fand einen Lichtschalter, doch als ihre Hand darüber schwebte, um ihn zu betätigen, hielt sie inne. Ihr Blick huschte durch das Erdgeschoss. Vor ihr war die Eingangstür, verschlossen. Ruth streckte ihre verbliebenen Sinne aus, versuchte, zu erahnen, ob es eine Präsenz hier unten gab, von Bill … oder von jemand anderem. Doch sie spürte nichts.

Dennoch beschloss sie, das Licht ausgeschaltet zu lassen und auf Zehenspitzen weiterzugehen: Was wäre, wenn sie hier nicht allein war? Wenn Bill Einbrecher gehört hatte? Wenn sie noch hier waren – wenn sie ihm gar etwas angetan hatten? Sie konnte nicht rufen und die Eindringlinge damit bluffen, dass sie die Polizei schon gerufen hätte oder dass sie bewaffnet sei, konnte nicht hören, ob sich jemand im Erdgeschoss bewegte.

Sie ließ die Treppe und den Lift hinter sich und warf einen Blick nach links, in die Küche, die in Dunkelheit dalag. Leer.

Ruth war beinahe an der Eingangstür angekommen, um einen Blick nach draußen zu werfen, als urplötzlich eine Klinge aus Licht vor ihr durch die Finsternis schnitt. Ruth zuckte zusammen, ihr Herz machte einen Sprung. Der schmale Streifen lag wie eine leuchtende Grenze zwischen ihr und der Eingangstür: Es war Licht, aus dem unteren Bad, das links von ihr auf halbem Weg zur Eingangstür lag, dort drin war die Beleuchtung angegangen. Sie atmete schnell in der Dunkelheit, mit einer Hand berührte sie ihre Brust über dem Herz, die andere hatte an der Wand Halt gesucht, als sie unwillkürlich einen Schritt zurückgesprungen war.

Jemand hatte das Licht im Bad angeschaltet. *Bill?*, dachte sie. Sie wartete. Kurz hatte sie erwogen, ins Bad zu stürzen und ihn wahlweise zu schimpfen oder zu umarmen, je nachdem, wie er sie ansah, wenn sie hereinkam.

Doch sie rührte sich nicht vom Fleck.

Wieso sollte sich jemand im dunklen Bad aufhalten und dann plötzlich das Licht einschalten?

Ruth wartete, bereit, nach oben zu stürzen und sich im Schlafzimmer einzuschließen.

Nichts.

Sie ging ganz leise näher an die einen Spalt breit geöffnete Tür. Ihre Fußspitze stieß gegen etwas auf dem Boden, der unbeabsichtigte Tritt schleuderte es fort, Richtung Tür. Was war das gewesen? Es hatte sich angefühlt … wie ein Stein? Hatte es Lärm gemacht? Sie wartete. Nichts geschah. Niemand öffnete die Badezimmertür und kam heraus.

Sie runzelte die Stirn, dann ging sie weiter.

Sie blieb einen Meter vor der Tür stehen und verlagerte ihr Gewicht von einem auf den anderen Fuß, als sie versuchte, durch den Spalt einen möglichst großen Winkel des Raums einsehen zu können. Das Bad schien leer. Ihr Atem zitterte, als sie die Tür mit den Fingerspitzen aufstieß.

Nichts, niemand. *Hinter der Tür, Ruth!* Sie stieß die Tür fest mit der flachen Hand, sie schlug gegen die Wand, als sie sich ganz öffnete. Niemand war dahinter. Ruth trat ein.

Alles leer. Ruth trat noch einen Schritt weiter in den Raum, ließ den Blick schweifen. Doch alles war so, wie sie das Bad zuletzt zurückgelassen hatte: Es war nichts als ein gewöhnliches, zugegebenermaßen luxuriöses Bad, doch nichts, nichts vermittelte den Eindruck, dass etwas nicht stimmte, nicht die Dusche, das Bidet, auch nicht der Turm aus Waschmaschine und Trockner, der Wäschekorb oder die Handtuchhalter oder der Schrank; alles war gehobene Banalität.

Nach einem letzten Blick durch den Raum ging sie zurück zur Tür und drückte den Lichtschalter. Es war wieder dunkel. Was war hier los gewesen? Mit dem Licht? Ein Kurzschluss oder etwas dergleichen? Aber schaltete ein Kurzschluss nicht Elektrogeräte aus statt ein?

Sie trat zurück in den Eingangsbereich, blieb an der Schwelle zum Wohnzimmer stehen, drehte sich langsam um die eigene Achse und scannte alle Richtungen.

Nein, alles in Ordnung. Sie war allein. Also war *gar nichts* in Ordnung. Wo zum Teufel war Bill? Angst ergriff sie.

Sie klatschte und stampfte auf.

Und dann schrie sie auf, plötzlich, in Furcht, ein nasales, dumpfes Schreien, das für Bill immer ein wenig klang wie »Gnnaaaaa!« statt »Aaaaaaah«, das sagte er zumindest. Als sie zurücksprang, mit den Armen ruderte, schlug sie aus Versehen eines der Bilder von der Wand: Es war das Porträt des Hausbesitzers, das merkwürdige mit dem Hund im Käfig, es fiel herab, und der Rahmen und die Scheibe zersprangen in einer stummen Explosion aus Holz- und tausend Glassplittern. Doch Ruth beachtete die Zerstörung, die sie angerichtet hatte, nicht. Da war jemand im Wohnzimmer.

Die Person stand hinter dem Glas des freistehenden Kamins. Stand da und schien ins Nichts zu sehen.

Ruth betrachtete die Gestalt. Es musste laut gewesen sein, als das gerahmte Gemälde gestürzt war, doch der oder die Unbekannte hatte nicht mal gezuckt.

Ruth war wie eingefroren. War das … es war ein Kind! Ein kleines Mädchen, weiß gekleidet, mit blondem Haar. Und es sah aus, als ob sie schwach in der Dunkelheit leuchtete, als sei sie von einer Aura umgeben.

Ruth verbat sich selbst, das Wort »Geist« zu denken, das wäre etwas, was Bill tun würde. Immer offen für alles, wie ein Kind. So frei zu sein! Meistens tat sie so, als habe sie nur Spott dafür übrig, doch tatsächlich beneidete sie ihn darum. Sie musste es ihm bei Gelegenheit sagen. Wenn er doch jetzt hier wäre!

Die Gestalt bewegte sich nicht. Ruth tat einen Schritt vor. Konnte von einem kleinen Mädchen Gefahr ausgehen? Sie entschied sich, Kontakt aufzunehmen, wollte den Arm heben, zu einem Gruß. Da trat sie in eine kleine, scharf beißende Scherbe, und ein heftiger Schmerz schoss in ihren Fuß. Sie sprang auf ein Bein und sah nach unten, warum hatte sie die Hausschuhe nicht angezogen! Sie stützte sich einbeinig stehend an der Wand ab. Ihre Finger tasteten nach dem Splitter in ihrer Fußsohle, während sie den Blick hob, zum Kamin. Die Gestalt war fort!

Sie hielt kurz bei dem Versuch inne, ihre Sohle von dem winzigen gläsernen Dolch zu befreien. Wo war das Mädchen hin?

Ihr Blick wanderte in Richtung der automatischen Tür, die zur Küche führte. An der Küchendecke sah sie glitzerndes, fließendes Licht spielen, Reflexionen des Mondlichts im Swimmingpool. Ruth dachte daran, sich ein Messer aus dem Block in der Küche zu holen, irgendetwas ging hier vor, und sie wollte bewaffnet sein, wenn sie dem, was auch immer sich hier herumtrieb, in die Arme lief. Am besten sie nähme das Messer, das sie zuvor …

Verdammt noch mal! Sie schlug die Hand vor den Mund. Was immer hier geschah, es war schon einmal geschehen!

Das Messer, das Messer im Bad unter dem Unterschrank; jemand hatte es genommen und sich im Bad verschanzt. Ihr passierte dasselbe, gerade in diesem Moment! War es nicht so? Und was war aus der anderen Person geworden? Wo war sie jetzt? Hatte sie auch das Mädchen gesehen? Und hatte sich die andere Person vor dem Mädchen versteck…

Etwas war anders, sie spürte es. Irgendetwas sandte Wellen durch den Raum, veränderte seine Luftdichte, etwas übte Energie aus, entweder hier drinnen oder … Licht ging an. Doch nicht im Wohnzimmer, das Licht kam von draußen!

Ihr Blick zuckte zur riesenhaften Panoramascheibe, die zum Garten hinausging.

Bill stand vor der Scheibe.

Er trug seinen Schlafanzug, das Geschenk aus Florenz. Nur war der Anzug klitschnass, als wäre er geschwommen. Wieso? War er im Meer gewesen? Bill schlug mit den Händen an die Scheibe und schrie etwas. Es waren die Vibrationen der Scheibe gewesen, die Ruth gespürt hatte.

Sie stürzte ans Glas, an Sofa und Tisch vorbei, und presste ihre Hände auf die Scheibe, brachte sie deckungsgleich auf seine. Entsetzt stellte sie fest, dass eine seiner Handflächen einen blutigen Abdruck auf der Scheibe hinterlassen hatte. Seine Augen waren in Entsetzen weit aufgerissen, er atmete heftig. Was war mit ihm geschehen?

Bill, gebärdete sie: *Warte, ich komme raus zu dir!* Sie wollte zur Terrassentür neben dem Panoramafenster stürzen, um sie zu öffnen.

Doch Bill fuchtelte mit beiden Händen wie wild. *Nein, nein!,* bedeutete er ihr. *Komm nicht her! Bleib drin!*

Was? Ruth fror in der Bewegung ein, die Hände nach der Tür ausgestreckt.

Komm nicht raus, bleib drin! Lass mich rein, aber komm nicht raus! Bleib drin! Er zeigte mit dem Finger von sich fort, hob seine zu Pistolen geformten Hände und schwenkte sie vor der Brust, bevor der Zeigefinger seiner rechten Hand auf ihn selbst deutete: *Es … jagt … mich!*

Ruth sah Bill an, die Kraft wich aus ihren Armen, die zu den Hüften hinabsanken. In diesem Moment sprang plötzlich das Licht im Wohnzimmer an, alle Lampen, in einer derart schrillen Helligkeit, dass es in Ruths Augen schmerzte. Sie kniff die Lider zusammen und blinzelte. Dann, als sich die Augen an das blendende Licht gewöhnt hatten, konnte sie in der Scheibe des Panoramafensters nur noch sich und den Raum erkennen: Die Helligkeit im Wohnzimmer sperrte Bills Bild aus und versteckte es hinter den Reflexionen des Raums.

Bill war fort. Selbst wenn er noch dort draußen war, er war fort!

Ruth taumelte zurück, ihre Doppelgängerin im zum Spiegel gewordenen Fenster tat es ihr gleich. *Komm nicht raus … es jagt mich …*

Neben der Terrassentür befand sich eine Reihe von Lichtschaltern, Ruth schlug mit der flachen Hand darauf, auf einen nach dem anderen, von oben nach unten und wieder zurück – nichts! Nichts tat sich, das Licht ließ sich nicht abschalten.

Sie musste die Tür öffnen und Bill einlassen! Sie drückte mit der Hand auf das schwarze Viereck im Rahmen der Terrassentür, welches die Entriegelung auslöste. Aber nichts geschah. Die Tür musste klemmen, sie bewegte sich nicht. Ruth rüttelte mit beiden Händen am Rahmen, fand kaum Halt mit ihren schwitzenden Fingern, doch die Tür sperrte sich weiter. Sie stemmte ein Bein gegen die Wand und riss mit aller Kraft daran, die sie zu mobilisieren imstande war; doch es war aussichtslos, die schwere Tür nahm keinerlei Notiz von ihrem Angriff, Ruth hätte genauso gut versuchen können, ein Stück aus der glatten Wand zu reißen. Schwer atmend stolperte sie zurück.

Doch da war noch die andere Terrassentür, jene, die Richtung Pool hinausging. Sie war, von ihr aus gesehen, die nächste Möglichkeit, nach außen zu gelangen. Ruth stolperte durch den Raum, keuchte und wich Möbeln aus – die Tür zum Pool grenzte an die Küche, nahe der automatischen Tür. Sie war wie die andere Tür verglast, und auch sie war vollkommen undurchsichtig geworden, als das Licht im Wohnzimmer blendend hell angesprungen war. Ruth war beinahe, als stürze sie auf einen Einwegspiegel zu. Bill musste sie von außen sehen und ihr folgen können, also würde sie ihn eben hier einlassen. Sie prallte gegen die Glastür, als sie ihren Schwung nicht rechtzeitig abbremsen konnte, ihre Hand drückte auf das kleine schwarze Viereck, wieder und wieder, dann schlug sie darauf, fester und fester, bis die Handfläche schmerzte.

Ruth spürte, wie sich ihre Augen mit Tränen füllten. Sie musste noch in ihrem Bett liegen und träumen, das musste ein Albtraum sein! Erneut stieß sie einen ungeübten Schrei aus, den niemand hören konnte, nicht sie selbst und auch kein anderer Mensch, denn niemand war hier. Auch kein Bill hörte sie und ihre Panik, Bill kämpfte irgendwo da draußen mit etwas Unbekanntem, Schrecklichem.

Die Tür bewegte sich keinen Millimeter, ruckelte nicht einmal in ihrer Befestigung, stand fest und unbarmherzig, ein mitleidloses Meisterwerk präziser Baukunst, egal, wie sehr sie auch daran rüttelte, wie oft sie auch auf das schwarze Viereck schlug.

Sie fuhr herum, glitt aus und rappelte sich krabbelnd, laufend wieder auf, stürzte durch das Wohnzimmer in den Flur und zur Eingangstür, packte den Türgriff.

Nein, nein, nein, nein, sie schüttelte den Kopf, weinte nun. Das war unfair, unfair! Der Türgriff ließ sich bewegen!

Der kurze Augenblick der Hoffnung ließ eine Erregung durch ihr System schießen wie eine Droge, doch dann traf sie die Enttäuschung umso härter. Der Türgriff bewegte sich zwar auf und ab, doch er griff nicht; die Mechanismen im Inneren des Schlosses verweigerten Ruth die Kooperation, wollten nicht ineinandergreifen, die Tür war ebenfalls verschlossen.

Ruth schlug mit den Fäusten gegen die Tür, wieder und wieder, dass es schmerzte. Die Tür, sie hatte sie für eine Holztür gehalten, doch sie musste aus Metall sein oder einem Verbundmaterial, vielleicht ein spezieller Kunststoff; Holz war organisch, fühlte sich anders an, so als habe es eine vage Ahnung von Menschlichkeit, von Leben, Gefühl, Vergehen, Mitleid. Doch nicht diese Tür, sie war unzerstörbar, strahlte kalte, mitleidlose Funktionalität aus.

Ihre Hände zitterten, sie hob und senkte die Arme, ein Ausdruck des verzweifelten Wunschs, mit Bill durch die Tür hindurch zu kommunizieren – ihr brennendes Verlangen, Bill möge sie verstehen, durch die Barriere zwischen ihnen hindurch, es kämpfte in ihr mit dem Wissen um die Sinnlosigkeit des Versuchs. Sie spürte die Tränen auf ihren Wangen und hielt den Atem an. Eine Hand ging zum Gesicht, wischte die Feuchtigkeit fort. Reiß dich zusammen, du Miststück, du hilfst niemandem. Sie dachte daran, wie ihr Bruder das zu ihr gesagt hatte, fast wortwörtlich, damals.

Reiß dich zusammen! Nun war es ein Befehl von *ihr* und an *sie* selbst. Du weißt, wie das ist, sagte sie sich. Du weißt, wie es ist, wenn keiner hört, keiner kommt! Also, finde dich damit ab – und löse es selbst! Du hast schon ganz andere Sachen geschafft in deinem Leben!

Ein Briefschlitz! Da war ein Briefschlitz in der Tür, ein merkwürdig verirrter Spalt Offenheit und Humanität in dem erbarmungslosen Bollwerk von Tür.

Sie stürzte so hastig auf die Knie, dass sie über den Boden rutschte, es brannte, als der Marmor ihr die oberste Hautschicht aufriss. Sie beugte sich vornüber und drückte die vergoldete Klappe auf, brachte ihre Augen ganz nah an die Öffnung, die Augäpfel spähten hinaus: Die Außenbeleuchtung erhellte den Bereich vor dem Haus, da waren der Zaun, das Tor darin, durch welches sie mit der Verwalterin gekommen waren, da stand ihr Auto.

Wie aus dem Nichts tauchte eine verzerrte Fratze in dem winzigen Rechteck auf, das ihr Fenster auf die Welt da draußen war: Bill! Bill!

Sie streckte die Finger der Hand aus, zwängte sie, so gut es ging, durch den Briefschlitz, die Metallumrandung der Klappe kratzte ihren Arm. Bills Augen waren weit aufgerissen, fiebrige, feuchte Augen waren es, Todesangst war darin zu lesen. Ihre Finger berührten sich, einen Augenblick lang sahen sie sich an. Ruth überkam eine Welle der Scham, sie wollte eine Bitte um Verzeihung in ihren Blick legen. Ohne genau zu begreifen, wieso, dachte sie, Bill wäre nicht dort draußen, wenn sie anders zu ihm gewesen wäre, wenn sie diese Nacht mit ihm geschlafen hätte.

Dann ließen seine Finger die ihren los, Bills Augen wanderten nach oben, verschwanden aus ihrem Blickfeld, seine Nase passierte den Briefschlitz, und der Mund rückte in das

Zentrum der Öffnung: Überdeutlich artikulierten Bills Lippen:

Es ist das Haus, das Haus ist böse! Sei vorsichtig, sei vorsichtig, halt dich fern von den ...

Das letzte Wort verstand sie nicht, Bill hatte mit dem Kopf geschwankt, und seine Lippen waren aus ihrem Sichtfeld geraten. Unwillkürlich wollte sie mit Gebärde eine Frage formulieren, doch als sie die Hände von innen vor den Briefschlitz hob, schlug natürlich die Klappe zu. So etwas Dummes! Sie hob die Klappe wieder an und spähte hinaus. Doch Bill hatte sich inzwischen halb aufgerichtet und sah über die Schulter nach links, beobachtete irgendwas. Dann, unvermittelt, sprang er aus der Hocke in den Stand, und in der Bewegung schienen seine Fingerspitzen erst die Lippen und dann kurz den Rahmen des Briefschlitzes zu berühren. Ruth war sich nicht sicher, ob sie es richtig beobachtet hatte, doch es hatte ausgesehen, als habe er ihr einen flüchtigen Kuss auf den Rand der Öffnung gedrückt.

Dann stürzte Bill davon, nach rechts außer Sicht.

Die Augen weit aufgerissen, verharrte Ruth vor der Öffnung, in angsterfüllter Erwartung. Bills Verfolger musste jeden Augenblick in dem kleinen Rechteck auftauchen. Sie wartete; nichts geschah. Ihre Augen wanderten von links nach rechts und zurück, wieder und wieder: Da war niemand.

Zitternd ließ sie von dem Briefschlitz ab, die Klappe fiel zu. Sie zog die Beine an und umfing sie mit den Armen, biss sich in die aufgeschürften Knie. *Denk nach, denk nach, du blöde Kuh!*

Sie musste Bill irgendwie hineinlassen … die Schlüssel! Sie musste versuchen, ob sich die Türen mit den Schlüsseln öffnen ließen, vielleicht war … verdammt! Verdammt! Sie hatte sie liegen lassen, außen, am Pool, beide Sätze Schlüssel, draußen auf dem kleinen Tisch. Was nun, was blieb ihr nun? Gut, die Frage war, ob die Schlüssel überhaupt funktioniert hätten.

Ob man mit ihnen von außen die Türen öffnen konnte? Aber sie konnte Bill nicht einmal durch den Briefschlitz oder vom Balkon aus zurufen, dass die Schlüssel dort am Pool auf dem Tisch waren. Hoffentlich fand er sie und probierte sie aus!

Denk nach, herrschte sie sich selbst an, los! Es musste eine andere Option geben, um Bill hereinzulassen … die Tür oben, die im Wintergarten, die zum Balkon führte! Sie hatte sich öffnen lassen!

Ruth sprang los, jagte durch das Wohnzimmer am Treppenlift vorbei, die Stufen hinauf. Vielleicht würde sie Bill etwas herunterlassen können, ein Seil, ein zusammengeknotetes Bettlaken, egal! Sie kam oben an, im Wintergarten, und riss an der Tür zum Balkon.

Sie war zu, die elende Tür war zu: Geh auf, bitte! Bitte, geh auf!

Okay! Das nutzte niemandem. Sie zwang sich selbst erneut zur Ruhe, atmete lange ein, atmete lang, sehr lang aus. Gut, was immer hier vorging, wieso auch immer die Türen sich verriegelt hatten, sie musste konstruktiv denken.

Das Fenster. Das Panoramafenster. Sie würde das Ding einschlagen und dann raus hier oder rein mit Bill, egal, zusammen würden sie dem, was Bill jagte, in den Hintern treten oder eben gemeinsam untergehen, doch zuerst musste sie die Sperre zwischen ihnen überwinden, sobald er nicht mehr ausgesperrt wäre, würden sie zurückschlagen.

Sie rannte die Treppe hinab. Inmitten des Wohnbereichs blieb sie stehen, suchte den Raum hektisch nach einem Objekt ab, mit dem sie die Scheiben bearbeiten konnte. Die Vase! Die Metallvase auf dem merkwürdigen Tisch. Sie stürzte über die Couch hinweg und griff das Gefäß. Aber es bewegte sich kein Stück, war fest mit der Tischplatte verwurzelt. Oh, wie hatte sie das vergessen können! Sie stand auf, suchte erneut, ihr Kopf zuckte umher wie der eines Wellensittichs.

In der Leseecke gab es eine metallene Stehlampe mit einem massiv anmutenden Standfuß, das war ideal! Sie trat zur Lampe, griff sie am Hals und hob sie hoch, sie war schwer, auch das war gut. Sie zog sie über den Boden, das kratzige Gefühl, welches das Metall auf dem Marmor verursachte, sprang über den Lampenhals direkt auf ihre Wirbelsäule über und jagte ihr eine Gänsehaut über den Körper. An der Panoramascheibe Richtung Garten angekommen, positionierte sie sich wie eine Golfspielerin, mit der Lampe als Schläger. Sie drehte sich einmal schnell um die eigene Achse und schwang die Lampe wie einen Hammer, hob ihn in die Luft und schlug ihn auf dem Höhepunkt ihrer Drehung, zum Zeitpunkt der höchsten Geschwindigkeit, voll in die Scheibe.

Das Glas absorbierte den Schlag, wabbelte in der Fassung und warf die Lampe dann zurück, die Wucht des Abprallens riss Ruth den Lampenhals aus der Hand, die Leuchte flog quer durch den Raum, traf den Boden und kam, über den Fußboden rutschend, schließlich zum Stehen.

Fassungslos starrte Ruth die Panoramascheibe an; was war hier gerade geschehen? Das war doch kein Glas! Sie trat an die Scheibe, ihre Doppelgängerin aus der Spiegeldimension kam ihr entgegen und hob die linke Hand, während Ruth die rechte ausstreckte, und schließlich berührten sich die beiden Zwillinge an der Scheibe: Ruth klopfte dagegen.

Es musste ein Kunststoff sein, vielleicht eine Art transparentes Plastik. Es saugte die Kraft eines Schlages auf und warf sie zurück; Ruth hätte mit einem Presslufthammer darauf losgehen können und sich dabei vermutlich nur selbst verstümmelt, wenn das Gerät auf sie zurückgeworfen worden wäre.

Sie brauchte etwas anderes … aber was? Vielleicht etwas, das schneiden konnte? Es war einen Versuch wert; sie brauchte ein Fleischermesser, ein Beil, eine Säge … die Küche!

Sie rannte zur automatischen Glastür, die sich vor ihr öffnete, stürzte in die hufeisenförmige Anordnung der Küche und riss einen Hängeschrank und eine Schublade nach der anderen auf, arbeitete sich von vorne nach hinten durch. Töpfe, Pfannen, Teller, Buttermesser! Verdammte nutzlose Buttermesser! Während sie sich nach und nach die Küchenzeile entlangtastete, hatte sie den Eindruck, ihr würde heiß, aber das mochte die Aufregung sein, sie brannte förmlich in ihr, auf ihr, unter ihren Fußsohlen.

Da, endlich hatte sie etwas gefunden: Hoch oben über sich, im obersten Fach eines Hängeschrankes, lag eine lange, scharfe Säge, vielleicht für Grillfleisch oder dergleichen, das mörderisch anmutende Messer lag schräg in seinem Fach, die Spitze ragte leicht über das Holzbrett hinaus. Ruth konnte sie sehen, aber nicht erreichen. Sie stellte sich auf die Zehenspitzen, doch sie kam nicht heran.

Plötzlich berührte sie etwas am Fuß, sie sprang ein Stück zur Seite, der Schock fuhr ihr durch den Körper und ließ ihr Herz schneller schlagen.

Der Saugroboter – es war der Saugroboter. Er hatte sie angestoßen. *Kleine Nervensäge, wenn es eines gibt, was ich jetzt nicht brauche, ist es noch mehr Adrenalin.*

Sie sah wieder nach oben, zum Objekt ihrer Begierde. Da rammte sie der Roboter erneut. Es tat ein wenig weh.

Sie sah ihn grimmig an. »Smarte Maschinen sind unfassbar dumm!« Das sagte Hali immer, der IT-Typ, der ihre Homepages machte. Hau ab, ich bin kein Staub, dachte sie und fixierte die kleine Maschine. Der Roboter fuhr rückwärts, das kleine Leuchtauge vorne pulsierte schnell rot. Dann hielt er kurz an und fuhr mit schneller Geschwindigkeit vorwärts, rammte erneut ihren Knöchel.

Verdammtes Mistding, dachte sie. Was ist dein Problem? Sie langte hinab und rieb ihren Knöchel; der kleine Schrotthaufen hatte ihr erstaunlich wehgetan.

Und jetzt fuhr er wieder rückwärts, sein Auge flackerte, es verlieh ihm eine bizarr zornige Ausstrahlung.

Und dann, nach einem halben oder einem Meter Rückwärtsgang, kam er wieder zu einem Halt und raste erneut nach vorne. Ruth sprang zur Seite, der Roboter verfehlte sie und hielt an. Ruth starrte ihn an … Was nun? Würde er … er tat es wirklich!

Der Saugroboter wendete auf der Stelle und wandte ihr erneut das rot flackernde Auge zu, ansatzlos schnellte er nach vorn, wieder auf ihre Füße zielend. Ruth machte einen Schritt zur Seite, wich erneut knapp aus, und als der Roboter zum Stehen kam, schob sie schnell ihren Fuß darunter und trat in die Luft.

Der Roboter wirbelte um die eigene Achse und kam dann auf dem Rücken zum Liegen, wie eine Schildkröte aus dem Elektroladen.

Die kleinen Rollen darunter drehten manisch durch, die Kehrrotoren ebenso, drehten sich schnell im Uhrzeigersinn, stoppten und rotierten dann gegen den Uhrzeigersinn weiter.

Ruth beugte sich leicht vor: Das pulsierende rote Roboterauge starrte sie an.

Würde sie es nicht besser wissen, dann hätte sie gedacht …

Er hasst mich, dachte sie. Der kleine Kerl hasst mich, weil ich ihn besiegt habe. Konnte das sein?

Das flackernde Auge schaltete um, auf Blau. Es blieb blau. Eine, zwei Sekunden, drei. Dann – schaltete es ab, die Rollen und Kehrrotoren erstarben, der Roboter war aus.

Ruth richtete sich wieder auf. Sie sah sich einmal um, doch nichts und niemand war da. Das war doch alles verrückt hier, verrückt!

Sie schüttelte den Kopf, um die Gedanken loszuwerden,

sie musste mental zurückkehren zu ihrem eigentlichen Problem: Sie wollte das Messer. Sie dachte nach. Ihr wurde immer heißer.

Der Hängeschrank mit dem mörderisch großen Messer befand sich direkt rechts neben der großen Küchenscheibe, die auf den Pool hinausging. Sie beschloss, vor dem Fenster, wo es keine Hängeschränke gab, auf den Tresen zu klettern und so an das Messer zu gelangen. Dort, wo sie hinaufklettern wollte, befand sich zwar direkt der Herd, doch das war egal, alle elektrischen Platten waren ausgeschaltet. Sie stemmte sich hinauf, zog erst das rechte, dann das linke Bein hinauf und stand auf dem Kochfeld.

Sie fluchte in sich hinein: Der Schrank ging nach links auf, und sie stand links davon, das machte es schwer, an das Messer zu gelangen. Wie sie sich auch reckte und streckte und verbog, sie kam nicht an der Tür vorbei, außerdem war es keine gute Idee, quasi blind nach dem Ding zu tasten, sie würde sich am Ende noch die Hand aufschlitzen.

Sie duckte sich unter der Tür hindurch und schlüpfte direkt vor den Schrank. Eine wacklige Angelegenheit: Anders als vor der Panoramascheibe hatte sie hier nur wenige Zentimeter Lauffläche für ihre Füße direkt an der Kante des Tresens. Sie musste darauf achten, nicht auszurutschen.

Doch es gelang ihr, sie tauchte unter dem Holz der Tür hinunter und positionierte sich vor dem geöffneten Schrank, sich an Tür und Regalbrettern festhaltend.

Da war es, das Mördermesser, in etwa auf Augenhöhe. Vorsichtig langte sie in den Schrank, packte es beim Griff: Es war schwer und hatte eine scharfe, aber dicke Metallschneide, vielleicht würde sie damit und mit viel Ausdauer ein Stück aus dem Kunststoff heraussägen können …

Sie schloss die Tür des Schranks und ging, über den Tresen laufend, zurück zur Herdplatte, von wo aus sie sich wieder herablassen würde, sie hatte keine Lust, hinunterzuspringen und sich dann noch den Knöchel zu verstauchen, der noch immer schmerzte, vom Zusammenstoß mit dem Saugroboter, dem vermutlich verrücktesten Angriff in der Geschichte der Küchengeräte.

Sie hörte nicht das Zischen und spürte nicht einmal den Schmerz sofort, aber augenblicklich schoss Ruth der Geruch ihres eigenen verbrannten Fleisches in die Nase, als sie die linke Fußsohle auf die Herdplatte setzte, Rauch stieg auf. Die Herdplatte war glühend heiß, sie zog den Fuß reflexartig zurück. Sie taumelte und stürzte beinahe hinab, auf den Küchenboden, doch es gelang ihr noch, die Tür des Küchenschranks zu packen. Sie ließ dabei das Messer los, es fiel zu Boden, war gleich darauf verschwunden. Die Schranktür schwang auf und sandte Ruth daran geklammert zurück Richtung Herdplatte, doch sie streckte die Beine und schaffte es, sie leicht hinter dem Herd, wo nur steinerner Küchentresen war, aufzusetzen. Die Tür machte einen Ruck und brach am oberen Scharnier aus.

Ruth klammerte sich mit den Händen an die Tür, die gestreckten Beine rutschten auf dem Tresen herum, sie hing in einer halsbrecherischen Verrenkung in der Luft. Und nun kam der Schmerz von ihrer linken Fußsohle zu ihr herauf, verdammt, tat das weh.

Das nächste Scharnier der Tür begann auszubrechen, die

Tür neigte sich weiter, Ruth musste hier herunter. Sie stieß sich mit den Beinen ab, weg vom Tresen und ließ die Tür los.

Sie kam eleganter als erhofft auf dem Fußboden neben dem erlegten Saugroboter zum Stehen, ging, den Sprung hinab abfedernd, leicht in die Hocke.

Ein stechender Schmerz fuhr von den Füßen aufwärts durch ihr Nervensystem. Zuerst dachte Ruth, es wäre einfach nur die Verbrennung, auf der sie gelandet wäre, aber der Schmerz ging von beiden Füßen aus. Der Boden war heiß, glühte förmlich, fast wie die Herdplatte. Deswegen war ihr so heiß gewesen!

Ruth riss die Füße hoch, abwechselnd, es war schlimmer, viel schlimmer, als die Füße auf stundenlang von der Sonne aufgeheizten Sand zu setzen. Sie fuhr herum und stemmte die Arme auf die riesenhafte Center der Mitte des Raums, drückte sich hinauf und schwang die Beine nach oben. Keuchend setzte sie sich darauf, neben ein großes Spülbecken. Sie ließ die Beine hinabbaumeln und sah nach unten. Da war der Saugroboter, bewegungslos, auf den Rücken gefallen, daneben das Messer, dessentwillen sie den ganzen Aufwand überhaupt betrieben hatte; der Boden indes ließ sich nicht anmerken, dass er glühend heiß war. Doch sie spürte die aufsteigende Hitze in ihrem Gesicht.

Es musste die Fußbodenheizung sein. Hatte sie jemand auf volle Stärke gestellt? Wieso? Und vor allem, wer? Erst der Saugroboter, dann die Herdplatte und schließlich der Fußboden … es war, als führe hier jemand im Verborgenen einen Krieg gegen sie und entsandte die elektrischen Geräte des Hauses als Soldaten in die Schlacht.

Bill … War es das, was auch mit Bill draußen geschah?

Ruth berührte ihre Füße, der rechte beruhigte sich wieder, doch der linke hatte die noch schwerere Verbrennung von der Herdplatte. Sie hob ihn an, wendete ihn, um genauer sehen zu können. Die Herdplatte hatte die beiden größten Zehen und etwas vom Ballen versengt. Ruth hob die Beine auf die Kücheninsel und drehte sich zur Spüle, langte nach vorn und ließ kaltes Wasser laufen. Sie testete es mit dem Finger, dann steckte sie den verbrannten Fuß in die Spüle. Sie wollte ihn gerade unter den Wasserstrahl halten – da versiegte das Wasser.

Sie stutzte, drehte an den Einstellrädern. Nichts. Sie zog den Fuß zurück – da fing das Wasser wieder an zu laufen, just als sie den Fuß aus dem Becken genommen hatte.

Ruth sah sich um … war hier jemand?

Sie kam sich wie die unfreiwillige Hauptdarstellerin in einem Prank-Video vor. Steuerte jemand die Hausgeräte fern? Das war doch möglich mit diesem Smart-Home-Kram, der ihr nicht ins Haus kommen würde, wie sie Bill gegenüber einmal betont hatte, er hatte sie ausgelacht und eine »Oma« genannt. Wer erlaubte sich mit ihnen beiden hier diesen … sollte man es Spaß nennen? Es war Terror. Sie dachte nach.

Da war das kleine Mädchen gewesen, das Ruth hinter dem Kamin gesehen hatte, zumindest hatte sie das geglaubt. Wer war sie? Und, das hatte sie fast vergessen, da waren die Sachen der Vormieter gewesen, die Koffer, die Klamotten überall. Was bedeutete das?

Waren sie … waren sie nie abgereist?

Taten sie das alles hier? Waren sie hier noch irgendwo im Haus?

Aber wo? Und wenn ja, was für einen kranken Humor hatten sie? Sie musste an Mick denken, einen der bekloppten Freunde von Bill, der auf solchen Mist stand: Scherze, Scherzartikel ... aber, nein! Der intellektuelle Horizont des Burschen endete bei Furzkissen, außerdem war Mick nicht hier. Die einzigen Menschen, von denen sie wusste, dass sie sich hier aufhielten, waren sie selbst und natürlich Bill.

Bill! Sie musste ihm helfen. Sie brauchte das Messer. Aber erst mal musste sie ihren Fuß ein wenig kühlen. Sie betrachtete den laufenden Wasserstrahl. Sie trat nach vorne, streckte den Fuß unter den Wasserstrahl – aus. Kein Tropfen traf ihren Fuß.

Ernsthaft? Sie zog den Fuß zurück – und erneut lief das Wasser.

Ruth dachte nach. Sie brachte, bedacht, nicht hinunterzufallen, die Beine hinter sich, sodass die Füße weg von der Spüle zeigten, und krabbelte auf allen vieren zum Becken: Da war ein Stöpsel. Sie brachte ihn im Abfluss an, und das Becken lief voll Wasser, rasch war es halb voll. Sie drehte sich um und wandte die Füße erneut dem Becken zu. Sofort versiegte der Hahn, als sie die Beine ins Becken steckte, aber nun war es voller kaltem Wasser. Sie stieß Luft aus und schloss die Augen, die Wonne gelinderten Schmerzes überkam sie.

Ruth öffnete die Augen. Was genau bedeutete das nun? Sie hatte das Wasser ausgetrickst. Aber wie eigentlich? Hätte jemand, der das Haus steuerte, nicht sofort wittern müssen, was sie vorhatte, als sie den Stöpsel nahm? Und deswegen das Wasser ausgeschaltet? War derjenige, der sie beobachtete, dumm? Oder gab es gar niemanden?

Sie ließ ihren Fuß noch einen Moment im kalten Wasser. Dann beschloss sie, dass es an der Zeit war, den Kampf erneut aufzunehmen.

Sie sah hinunter zum Boden, wo das Messer lag. Die Hitze, die vom Boden aufstieg und ihr entgegenschlug, ließ ihren Kreislauf taumeln. Sie würde etwas Schützendes für ihre Füße benötigen; hätte sie nur die Hausschuhe nicht oben gelassen.

Schweiß lief ihr über die Stirn, der Morgenmantel begann an ihr zu kleben, sie zog ihn, auf der Insel sitzend, aus.

Dann starrte sie das Kleidungsstück in ihrer Hand an: Das war etwas, der Mantel.

Sie beugte sich vor und zog einige Schubladen unter sich heraus, in einer fand sie eine Küchenschere. Sie breitete das Kleidungsstück auf den Knien aus und schnitt es mit der Schere in zwei Hälften. Dann band sie sich um jeden ihrer Füße eine Hälfte des Mantels, verschnürte sie jeweils oben auf dem Spann. Es sah aus wie die Schuhe eines Obdachlosen. Nur war sie nicht obdachlos: Sie war hier in einem Haus, aus dem sie verdammt noch mal nicht herauskam … was für ein Witz.

Sie rutschte an den Rand der Kücheninsel und ließ sich fallen. Der verbrannte Fuß schmerzte kurz bei der Landung, aber dann war es wieder okay, sie spürte zwar die Wärme durch die provisorischen Schuhe, doch wenn sie sich bewegte, sollte es gehen. Sie hob das Messer auf. Und jetzt los, zur Scheibe.

Ruth lief zurück zur automatischen Tür, die sich vor ihr öffnete.

Sie wollte schon hindurchlaufen, doch just in dem Moment, als sie fast die Tür erreichte, glitt ihr das Messer aus der Hand und fiel zu Boden. Sie stoppte, wandte den Kopf nach unten, wollte ihre verlorene Beute suchen, wenige Zentimeter vor der Tür stehen bleibend – und plötzlich ging das Licht aus.

Alles Licht im Haus. Sogar die Lichter an der Küchendecke, der wabernde, funkelnde Teppich aus Mondlicht-Reflexionen, den die Pool-Oberfläche gegen die Decke geworfen hatte, war verschwunden. Als sei auch der Mond erloschen. Es war verstörend, lähmend.

Sie riss den Kopf Richtung Wohnzimmer – und im selben Moment knallten vor ihr die zwei gläsernen Hälften der automatischen Tür zusammen, brutal und schnell wie eine Mausefalle, die das Genick des Schädlings brechen möchte, der so dumm gewesen war, sich das Käsestück zu schnappen. Der abrupte Luftstoß wehte ihr ins Haar, warf es durcheinander. Ein Spinnwebmuster aus Glassplittern erschien in den beiden Türenhälften, als sie in der Mitte kollidierten, von einem auf den anderen Augenblick waren beide Scheiben nur noch gestapelte Scherben in einer Fassung.

Ruth stolperte zurück und fiel hin.

Hätte sie das Messer nicht fallen gelassen, sie wäre weitergelaufen und hätte sich genau zwischen den beiden Türhälften befunden, als das Licht erlosch und die Glasscheiben zusammenschlugen.

Sie spürte das Herz bis in die Schläfen schlagen, als sie auf die Tür starrte. Die beiden Hälften glitten wieder auseinander und zogen sich nach links und rechts in die Wand zurück. Dabei brachen Teile des zersplitterten Glases aus dem dünnen Metallrahmen und fielen zu Boden. Die Fragmente zerbarsten beim Aufschlag in Hunderte und Tausende noch kleinerer Splitter. Und dann waren die lädierten Türhälften wieder in den Wänden verschwunden. Die Falle hat sich erneut gespannt.

Ruth wartete darauf, dass sich ihr in Alarmbereitschaft versetzter Organismus beruhigte. Zugleich gewöhnten sich ihre Augen an die Dunkelheit. Die Beleuchtung im Erdgeschoss und auch das Licht im Garten waren ausgeschaltet, nur etwas Mondlicht fiel durch die Fenster herein. Doch es reichte aus, um langsam die Konturen der Dinge deutlicher hervortreten zu lassen.

Was sollte sie tun? Was wusste sie? Alle Dinge und jede Sache hier schienen darauf aus, sie zu verstümmeln. Flüchtete Bill gerade draußen vor einem ähnlichen Feind? Oder war etwas anderes hinter ihm her? Etwas Menschliches?

Langsam richtete sie sich auf, den Blick auf die Wände links und rechts gerichtet, in die sich die Türen zurückgezogen hatten. Sie musste hier raus, aber wie? Das Messer! Es lag noch auf dem Boden, sie hob es auf, sie durfte nicht dieser amoklaufenden Küche entkommen und dann ihr Werkzeug hier vergessen. Sie packte das Messer am Griff und hob es hoch, als sie vorsichtig durch die Küche wanderte, bereit, auf alles, was sie als Nächstes überraschen würde, einzustechen.

In einer Ecke der Küche stand ein etwa ein Meter hoher Treteimer aus Metall für Küchenabfälle. Sie hatte eine Idee, das würde vielleicht funktionieren. Sie wollte den Eimer nehmen, zögerte jedoch. Mit dem Messer stupste sie den Behälter an, oben, mittig, unten. Als bei keiner der Berührungen etwas geschah, trat sie auf das Pedal, das den Deckel öffnete: Der Eimer war abgesehen von einigen Glasscherben leer und mit einer frischen Mülltüte versehen … und war nichts als ein Mülleimer. Gut.

Sie überlegte, was mit dem Messer zu tun sei, sie trug ein Höschen und ein Nachthemd, also klemmte sie es aufgrund der Abwesenheit von Taschen oder eines Gürtels zwischen ihre Zähne. Ruth nahm die Mülltonne und trug sie zur Tür. Mit der Klinge im Mund musste sie aussehen wie ein durchgeknallter Pirat.

Vor der Tür legte sie die Metalltonne auf die Seite und begann, sie langsam in den Türrahmen zu rollen. Ruth hielt ein wachsames Auge auf die Schlitze in den Wänden, die die Türhälften beherbergten. Zugleich war sie darauf bedacht, in keine der Scherben zu treten, und dann, tatsächlich: Nun schossen die Türhälften, nur noch aus Metallrahmen und Glassplitterresten bestehend, hervor und knallten gegen die Tonne, dellten das Metall leicht oben und unten ein. Die letzten Scherben im Rahmen fielen hinaus und ergossen sich auf den Boden, doch der Mülleimer steckte zwischen den Türhälften und blockierte sie wie ein Stock das Maul eines Raubtiers. Mit dem Messer im Mund sprang Ruth über die Tonne und hinaus aus der Küche. Die Türen zogen sich zurück, doch die Tonne, unrund geworden durch den Einschlag der Türen, blieb darin liegen, rollte nicht fort. Dieser Bestie hatte sie die Zähne gezogen!

Sie nahm das Messer wieder in die Hand und wandte sich der Panoramascheibe zum Garten zu. Verdammt, dachte sie, sie hätte mit dem Messer auch das riesenhafte Küchenfenster angehen können, das wäre näher gewesen. Aber sie hatte nichts anderes gewollt als raus, raus, raus, raus aus diesem Raum. Die Küche war ihr zu gefährlich. Greife niemals jemanden in dessen Küche an, sagte man doch – niemand wusste besser als Ruth, wie sehr das stimmte: Es war dieser Raum gewesen, in dem sie ihr Talent entdeckt hatte, jenes Talent, das sie bekannt gemacht hatte, dank dem sie entkommen war aus dem verfluchten Kaff ihrer Heimatstadt. Und kein anderer Raum war so voller Dinge, die sich als Mord- und Folterinstrumente entfremden ließen.

Mit Blicken ging sie im Halbdunkel den Weg ab von der Stelle, an der sie stand, bis zum Panoramafenster und zurück. Sie betrachtete den Boden, spürte die Hitze der aufsteigenden Fußbodenheizung, doch ihre selbst gebastelten Schuhe schützten sie recht gut. Dann schaute sie auf zur Decke: Gab es Dinge, die auf sie herabstürzen konnten? Falls das Haus den Versuch unternehmen wollte, sie mit einem Kronleuchter zu erschlagen? Nein, sie musste nur zwischen Sofa und Tisch vorbei und wäre da. Sofa und Tisch … nein, was sollten zwei Möbel ihr antun? Na ja. Woher sollte sie das wissen? Aber sie beschloss, es zu riskieren.

Langsam, behutsam und leise auftretend, bahnte sie sich einen Weg, vorbei an der großen Couch und dem merkwürdigen Tisch. Sie sah sich immer wieder scheu um, nach hinten, nach links, rechts, nach oben … Gehörlos zu sein, versetzte sie hier in eine empfindliche, unterlegene Position. Was immer es auf sie abgesehen hatte, wenn es von außerhalb ihres Sichtfeldes kam, hatte sie keine Chance, den Angriff vorher zu hören. So etwas konnte in Ruths Lage über Leben und Tod entscheiden. Sie fühlte sich ein wenig wie im Straßenverkehr, wo jede Straßenüberquerung eine Bedrohung war: Selbst wenn sie bei grüner Ampel loslief, brauchte es nur einen verpeilten Depp im Auto, der trotzdem über den Fußgängerweg brauste, oder einen unerwarteten Rettungswagen, der aus dem Nichts auftauchte, oder einen durchgeknallten Radfahrer. Sie kannte dieses Spiel, und sie hatte gelernt, es vorsichtiger und achtsamer zu spielen als all die anderen Menschen, die es jeden Tag gedankenlos taten. Sie dachte daran, wie Bill vor Straßen immer nach ihrer Hand griff.

Endlich stand sie vor dem Panoramafenster.

Sie überlegte, wo sie das Messer ansetzen sollte … Ruth versuchte, in die Ränder hinein zu sägen, dann mitten in die Scheibe, doch die kleinen, scharfen Sägezähne glitten an dem Kunststoff ab. Sie umklammerte den Messergriff mit beiden Händen, wie ein Samurai-Schwert, und stach es mit aller Kraft, die sie aufbieten konnte, in die Scheibe. Das Metall bog sich und brach ab, ein langes Stück scharfer Stahl fiel zu Boden, in ihrer Hand blieb der Griff mit etwa einem Drittel der Klinge zurück.

Die Scheibe hatte einen winzigen Kratzer abbekommen, eine kleine Einbuchtung, fingernagelgroß im Kunststoff.

Nein, das darf doch nicht wahr sein, dachte sie. Sie warf das Messer fort, Tränen stiegen in ihr auf. Sie kämpfte sie nieder. Reiß. Dich. Zusammen!

Sie spähte hinaus, schaute nach links und rechts, da war Gras, Dünen im Mondlicht, und vorn, da war der Zaun. Merkwürdig, der Zaun sah viel höher aus, als sie sich erinnerte, war bestimmt zweieinhalb, drei Meter hoch. War er nicht hüfthoch gewesen? Sie hatte es doch gesehen, als sie vorne durch das Tor hereingekommen waren bei ihrer Ankunft. Und dann noch mal später, als sie hinten durch ein anderes Tor zu ihrem verunglückten Spaziergang aufgebrochen waren.

Und immer noch war kein Bill zu sehen.

Sie stand da und wusste nicht, was sie nun tun sollte. Da fiel ihr etwas Ungewöhnliches auf. Es war in der Luft des Raums. Sie spürte etwas Ähnliches manchmal bei lauten Geräuschen, etwa neben Lautsprecherboxen: den Schall, die Luftveränderung. Sie hörte die Geräusche nicht, aber sie spürte sie, wenn sie laut genug waren, je tiefer, desto deutlicher. Und sie fühlte es auch jetzt – irgendwo hier gab es ein lautes Geräusch.

Sie drehte sich langsam um die eigene Achse und suchte. Ihr Blick wanderte hinauf, zum oberen Rand des Fensters, tatsächlich: Dort war etwas, das aussah wie ein kleiner schwarzer, länglicher Lautsprecher, er war oberhalb des Fensters angebracht, so geschickt, dass er fast mit dem Design des Rahmens verschmolz. Sie stellte sich auf die

Fußspitzen und streckte die Hand aus, hielt sie, so nah sie konnte, an den Lautsprecher. An ihren Fingerspitzen und der Handfläche spürte sie den pulsierenden Druck des Schalls. Das Ding sandte irgendwelche Worte in den Raum, die sie nicht hörte. Was war das? Eine Stereoanlage, die losgegangen war, oder war es irgendein Notfallsystem, irgendetwas, das eine Erklärung bereithielt für die Lage, in der Ruth steckte?

Scharf sog sie Luft ein, als ihr der Gedanke kam: ihr verdammtes Handy! Es lud doch noch auf ihrem Nachttisch. Das Handy hatte eine Spracherkennungs-App. Wenn sie es gegen den Lautsprecher hielt, würde sie vielleicht verstehen … verdammt, sie schlug sich gegen die Stirn: Polizei. Ruf die Polizei an, Mädchen!

Telefone, selbst Smartphones spielten in ihrem Leben eine deutlich unwichtigere Rolle als etwa in Bills, manchmal hatte sie gar keines dabei. Es gab noch immer keinen einheitlichen Weg, wie man gehörlos einen Notruf absetzte. Die Welt schiss noch immer weitgehend auf jede Form von menschlicher Einschränkung. Doch es hieß, die Polizei orte den Apparat, wenn man beispielsweise immer wieder und wieder auf das Mikro klopfte. Manche Polizeistellen, es war je nach Ort und Land unterschiedlich, akzeptierten wohl auch Notruf-SMS, Faxe oder Mails. Sie schnaufte spöttisch, als sie darüber nachdachte: Mails! *Betreff: » Werde gerade vergewaltigt. Dringend«. Anhang: Adresse Gebüsch.* Es gab wohl auch eine relativ neue App, mit der Gehörlose einen Notruf absetzen konnten, doch Ruth hatte sie nicht installiert, weil sie von Fällen gehört hatte, in denen irgendwelche Hacker zum Spaß Notrufe ausgelöst und den Nutzern die Polizei oder Feuerwehr auf den Hals geschickt hatten.

Aber vielleicht war jetzt die Zeit, dem Ding doch mal eine Chance zu geben. Dort oben war ihr Handy. Sie musste hinauf und dann einen Weg finden, wie man hier am Arsch der Welt am besten die Cops alarmierte. Sie dachte kurz nach. Schweiß rann ihr aus den Haaren; unter ihr stieg die Hitze der Fußbodenheizung an, die Versuchung, sich nackt auszuziehen, war groß.

In Gedanken ging sie den Weg ins Schlafzimmer ab: Treppe (sie sollte ungefährlich sein), der Wintergartenaufbau (hoffentlich war die Tür ins Innere noch geöffnet, der Balkon war verriegelt), dann der Flur (nichts, an das sie sich erinnerte, nur Lampen, aber was sollten die ihr antun können?) und schließlich das Schlafzimmer selbst. Es sollte klappen.

Sie ging zur Treppe. Am Treppenfuß angekommen, blieb sie stehen, sah nach oben und legte eine Hand an das Geländer, das rechts an der Innenseite hinauflief. Außen, gegen den Raum des Wohnzimmers hin, besaß die Treppe keine Sicherung und schwebte frei.

Ruth begann den Aufstieg. Sie bewegte sich vorsichtig, es war nicht besonders hell und Geländer und Stufen aus dunklem Material. Es tat gut, die Füße auf den Stufen zu haben, weg vom beheizten Boden, sofort ließ die Hitze nach.

Sie bewegte sich langsam vorwärts, setzte einen Fuß vor den anderen, spürte stets in das Dunkel vor sich hinein. Es war unmöglich zu sagen, ob dort oben nicht doch noch Fallen auf sie warteten, die sie nicht berücksichtigte: Apparaturen, Mechanismen, alltägliche und banale Geräte, die auf sie warteten, von deren Gefährlichkeit sie sich keinen Begriff machte, weil sie nicht ahnen konnte, dass sie sich gegen sie auflehnen würden. Lampen ... waren sie wirklich ungefährlich? Was wäre, wenn eine simple Glühbirne plötzlich explodierte, ihr einen Regen aus tausend kleinen Scherben in die vor Schreck aufgerissenen Augen schicken und sie blenden würde!

Sie musste aufpassen. Aufpassen, aber auch Bill retten. Sie beschleunigte ihre Schritte etwas, jedes Mal, wenn sie den linken Fuß aufsetzte, durchzuckte sie der Schmerz der Verbrennung vom Herd.

Noch drei Stufen trennten sie vom Treppenabsatz, an dem die Stufen eine 180-Grad-Wendung vollzogen. Es war dieser Moment, als sie eine Vibration im Geländer spürte; Ruth riss den Kopf hoch und sah vor sich einen Schatten aus der Dunkelheit auftauchen, er kam schnell um die Biegung der Stufen – doch es war kein Mensch, das Ding lief nicht, es glitt, schwebte. Und dann durchfuhr sie die Erkenntnis: Es war der verdammte Treppenlift, sie hatte nicht an den Treppenlift gedacht. Mit einer irrwitzigen Geschwindigkeit, die einem gebrechlichen Passagier sicherlich einige Knochen gebrochen oder einen Herzinfarkt beschert hätte, jagte er direkt auf sie zu; wie hatte sie das Ding nur vergessen können! Sie sprang nach links und stellte sich auf Zehenspitzen an die Stufenkante, die Fersen hinter ihr schwebten in zwei Metern Höhe über dem Wohnzimmerboden. Mit den Armen seitlich rudernd, hielt sie das Gleichgewicht.

Der Sessel des Treppenlifts raste mit seiner unmenschlichen Maschinenkraft an ihr vorbei, sie riss die Arme hoch, aus dem Weg, balancierte. Etwas Metallisches, vielleicht eine Armlehne, erwischte sie, schlug ihr in die Rippen und warf sie aus dem Gleichgewicht.

Ruth stürzte nach hinten die Treppe hinab, sich einmal um sich selbst drehend. Mit dem Oberkörper voran landete sie halb auf der Rückenlehne, halb auf der Sitzfläche eines Sessels aus der Leseecke. Ihre Beine schlugen auf der Kommode auf, fegten das Modell des Hauses hinunter, ein Fuß riss eines der Bilder von der Wand. Der Sessel fing Ruths Landung ab, aber Ober- und Unterkiefer schlugen zusammen, als ihr Kinn die Lehne traf, und sie biss sich ein kleines Stück Zungenspitze ab, das ihr zwischen die Zähne geraten war. Der Lesesessel stürzte zur Seite und warf sie ab, erbrach sie wie einen Fremdkörper auf den Fußboden. Die Hitze drang sofort durch Ruths dünnes Nachthemd.

Stumme Flüche zuckten durch ihren Schädel, als der Schmerz sie auffahren ließ und sie sich ungelenk, humpelnd, verwundet in einen schwankenden Stand erhob. Ruth spuckte etwas von dem Blut, das ihren Mund gefüllt hatte, aus und berührte die Zunge mit den Fingerspitzen. Es schmerzte, aber der Schaden schien nicht allzu schlimm zu sein. Ein kleines Stück indes fehlte; sie wusste nicht zu sagen, ob sie es geschluckt oder ausgespuckt hatte. Sie schmeckte den metallischen Geschmack des Bluts, etwas davon lief ihr aus dem Mund und das Kinn hinab. Schlimmer war der Schmerz in ihren Rippen, der Lift hatte ihr einen Haken in die Flanke verpasst. Sie humpelte fort von der Treppe und wandte sich um.

Der Treppenlift stand unten, ruhig, wartend.

Widerliches Monster, dachte sie. Sie stolperte in einem weiten Kreis um die Treppe herum und näherte sich dann, den Radius enger ziehend, wieder den Stufen an, wie ein Tier, das sich an seine Beute anpirscht. Sie heftete ihren Blick auf den Lift. Zwischen dem Sitz und dem äußeren Rand der freischwebenden Stufen war etwas Platz. Wenn sie die Treppe seitlich gedreht hinaufstieg, sollte genug Raum sein, um an dem Ding vorbei und nach oben zu gelangen.

Sie schnaufte, ein zorniger, angeschossener Tiger. Ruth spuckte Blut auf den Marmorboden und trat an die Treppe. Es war ihr, als fuhr ein kleines, kaum merkbares Rucken durch den Lift, als zucke er in Erwartung des nächsten Angriffs.

Ruth näherte sich weiter, drehte sich ein und setzte seitlich laufend den linken Fuß auf die unterste Stufe.

Sofort schoss der Treppenlift nach oben, die Treppe hinauf, um die Ecke und war verschwunden. *Er holt zum Schlag aus*, dachte sie.

Wie gekreuzigt, die Arme seitlich ausgestreckt, den Körper gestreckt, begann sie den Aufstieg. Sie war etwa dort angekommen, wo sie vorhin hinabgestürzt war, als der Lift erneut angriff: Er kam um die Ecke gerast, hielt auf sie zu – Ruth zog den Bauch ein und kniff die Augenlider zusammen.

Sie spürte den Hauch des vorbeirasenden Geräts, dann öffnete sie die Augen. Der Lift war unten zum Stehen gekommen.

Ruth fauchte trotzig. Sie begann zu sprinten, nahm zwei, manchmal drei Stufen auf einmal. Scheiß drauf, sich schmal zu machen, sie würde dieses Ding in einem altmodischen Wettlauf besiegen: trotziges Fleisch, zorniges Blut gegen die kalte, perfekte Gnadenlosigkeit der Maschine. Sie hechtete die Stufen hinauf, und ohne den Lift hören zu können, wusste sie, dass er kam, hinter ihr her war, sie spürte, wie die Stufen vibrierten, meinte sogar, den Windhauch in ihrem Nacken spüren zu können, wie die Welle aus Luft, die eine einfahrende U-Bahn vor sich hertrieb.

Noch fünf Stufen, drei, und dann … sprang Ruth hinauf – der Lift erwischte sie am Rücken, aber nur noch leicht, es waren die letzten paar Zentimeter seines Machtbereichs, und Ruth verließ ihn mit aller Geschwindigkeit, die sie aufbringen konnte, sodass der Lift sie nur noch leicht anschob, ihr einen Drall versetzte, der sie bei ihrer Landung im Obergeschoss auf den Wintergartenboden stürzen ließ. Doch sie konnte den Fall mit Händen und Unterarmen abfangen. Schnell fuhr sie herum und zog die Beine an, kroch weiter fort aus der Reichweite des elenden Dings. So saß sie da, auf Füße und Handflächen gestützt wie eine Krabbe.

Trotzig funkelte sie den Gegner an, den sie besiegt hatte.

Da fiel ihr Blick auf eine Box, oben am Geländer. Hier oben sah sie besser, das Mondlicht fiel direkt in den Wintergartenaufbau auf dem umlaufenden Balkon und erleuchtete ihn. Die Box musste eine Art Verteilerkasten sein, der den Treppenlift mit Strom speiste.

Ruth stand auf und trat an den Kasten heran.

Ich zieh dir den Stecker! So wie die gierige Verwandtschaft einem siechenden Erbonkel.

Sie schloss eine Faust um die Kabel, dann noch die andere. Der Sessel des Treppenlifts fuhr eine Armlänge zurück und vor, zurück und vor, als hoffe er, so über seine natürliche Reichweite des Geländers hinausreichen zu können, Ruth zu erwischen. Und Ruth riss an den Kabeln, sie brauchte mehrere Versuche, musste sie lockern, der Treppenlift jagte vor und zurück, doch er reichte nicht bis an ihre Hand heran. Und dann löste sich endlich ein Bündel Kabel aus der Box, Ruth hielt es wie einen Skalp in die Höhe. Der Lift erstarb, rutschte einige Zentimeter auf seiner Führungsschiene hinab und blieb stehen.

Ruth ließ die Kabel los, schlaff und leblos hingen sie von der Wand herab. Dem erlegten Ungeheuer noch einen letzten niederträchtigen Siegerblick schenkend, humpelte sie zu der Tür, die vom Wintergarten ins Obergeschoss führte. Sie war offen.

Sie lächelte, wollte hineinstürzen, in den langen Gang, der hinter der Tür nach links und rechts abging, doch dann zögerte sie. Ruth hielt die geöffnete Tür fest und reckte sich hinüber, zu der gläsernen Balkontür, langte nach der Klinke. Geschlossen. Es schien ihr, nein, es war so: Alle Türen nach draußen waren verriegelt, im Haus selbst dagegen konnte sie sich bewegen. Sie war eingesperrt, in einem riesenhaften Käfig. Aber wieso? Wieso hatte man sie nicht von

Anfang an beispielsweise im Schlafzimmer eingesperrt? Sie wusste es nicht, und sie konnte nun nicht darüber nachdenken. Ruth öffnete vorsichtig die Tür.

Der lange, schmale Gang war dunkler als alle anderen Zimmer, vielleicht, weil es hier nur die zwei kleinen Fenster weit rechts und links von ihr gab. Nur durch das eine, das zu ihrer Rechten, gelangte Mondlicht herein, zu ihrer linken Seite war es nahezu finster.

Sie trat in den Flur, sah sich um. Ganz langsam, verstohlen nur, wagte sie es, den Kopf zu wenden. Spähte in die Dunkelheit, wartete abermals darauf, dass sich ihre Augen etwas besser an die Lichtverhältnisse gewöhnten.

Sie fragte sich, ob Stille über dem Haus lag. Unten, im Erdgeschoss, plärrte offenkundig ein Lautsprecher. Und hier oben? Was erfüllte hier die Luft, das sich ihrer Wahrnehmung entzog? Schrie irgendwo dort draußen Bill um Hilfe? Lauerte irgendwo ein neues elektrisches Ungeheuer auf sie, das sie nicht würde kommen hören, erst spüren, wenn es sie erschlug, zerquetschte oder verbrannte? Sie wartete noch einen Moment, versuchte auch hier, den Raum zu fühlen. Schließlich war sie sich sicher, dass sie allein hier oben war. Doch das hatte sie unten auch schon geglaubt.

Langsam ging sie nach links, zur Schlafzimmertür, der merkwürdig einsamen Tür in dem langen Gang.

Sie öffnete sie.

Im Schlafzimmer war es dunkler, viel dunkler als bei ihrem letzten Aufenthalt hier, als sie aufgewacht und zu ihrer Suche nach Bill aufgebrochen war. Sie schlich zum Nachttisch. Da waren ihre Hausschuhe! Sie riss sich die

Lumpen von den Füßen und zog die puscheligen rosa Schuhe an. Im Kleiderschrank wäre noch stabileres Schuhwerk gewesen, doch da bekamen sie keine zehn Pferde rein, wer konnte wissen, was dort an Fallen lauern mochte.

Sie suchte den Nachttisch ab, aber da lag nur das Ladekabel, kein Handy. Das Handy war fort.

Wo zum Teufel hatte sie es gelassen?

Du blöde Kuh, dachte sie, selten dummes Miststück! Es fiel ihr ein.

Bill hatte recht gehabt: Reiche Leute vergaßen wirklich schnell Dinge. Erst die Schlüssel und nun das Handy. Es war direkt neben ihr gewesen, vorhin! Sie war ihm so nahe gewesen wie jetzt dem Nachttisch, noch bevor dieser Albtraum begonnen hatte, sie hätte nur hinsehen und die Hand ausstrecken müssen. Sie hätte alles beenden können, bevor es begann.

Es lag unten, unendlich weit entfernt.

Im Badezimmer auf dem Wäschekorb.

INNEN – AUSSEN

Bill erwachte. Die Schlafmaske, die er trug, riss er sich vom Kopf. Er sah sich um. Mondlicht, das Zimmer, sonst nichts. Neben ihm schnarchte Ruth in der Dunkelheit.

Ein nervöses Lachen entfuhr ihm. Das Schnarchen hatte ihn nicht aufgeweckt. Er fand es immer süß, ihr Frauenschnarchen.

Da war ein anderes Gefühl in ihm. Eine Bedrückung erfüllte ihn, die er aus der Traumwelt mit hierhergebracht hatte.

Aber war es ein Traum gewesen? Er versuchte, sich zu erinnern. Und tatsächlich fielen ihm Bruchstücke ein: Er und Ruth hatten ein Kind gehabt. Ein Baby in einem Kinderwagen. Sie hatten sich gestritten, er hatte den Wagen in einem dunklen Gang kurz abgestellt. Keine Ahnung, was sie dort verloren hatten. Doch dann hatte sich eine Tür in der Mauer geöffnet, und eine verhüllte Gestalt, eine Nonne vermutlich, hatte den Kinderwagen gepackt und hineingezogen. Dann war die Tür zugefallen, und sie hatten dagegen geschlagen und nach dem Baby gerufen. Doch die Tür blieb zu. Und schließlich erklärte eine andere Nonne ihnen, dass das Kind nicht mehr ihnen gehöre. Es sei nun Eigentum des Klosters. Weil sie den Kinderwagen dort abgestellt hatten.

Daraufhin waren Jahre vergangen, viele Jahre. Und immer wieder kamen sie an die Mauern des Klosters, um Ruth zu sehen. So hieß ihr Kind, es hieß auch Ruth. Es wurde älter und älter. Und sie beide auch. Ruth winkte ihrem Kind zu, weinend, und er rief das Mädchen. Es trug auch die Kleidung einer Nonne, und es reagierte nicht. Bis es ihn eines Tages ansah, ihn, Bill. Aus der Ferne. Dann zog es langsam die Haube vom Kopf. Und plötzlich stand es vor ihm, enthüllte sein Gesicht, und ein Monster sah ihn an. Es knurrte und fauchte und bellte.

Und dann war er erwacht. Das war es gewesen.

Er sah Ruth an. Sie schlief. Lag einfach da, unbekümmert. Er setzte die Maske wieder auf. Am liebsten wäre er wieder eingeschlafen, schnell. Doch auf einmal war da wieder das Bellen. Als wäre es ihm aus der Traumwelt gefolgt. Es war jedoch genau anders herum: Das Geräusch gehörte hierher, in diese Welt. Es kam von draußen, von den Dünen her. Und es war ganz nah. Man hörte es gedämpft durch die Scheiben. Und dann sah er ihn, durch das Fenster. Der Hund war wieder da. Er stand in den Dünen, ein schwarzer Fleck im hellen Sand.

Der schwarze Fleck bellte wie von Sinnen, bellte und bellte. Und er sah in Bills Richtung, kläffte das Haus an. Nicht nur das Haus, er bellte hinauf, zu ihnen, zum Schlafzimmerfenster.

»Was hast du, du verrückter Kerl?«

Er warf einen Blick auf Ruth, seine Augen sahen bereits deutlich besser in der Dunkelheit. Der Hund hörte auf zu bellen. Bill sah hinunter. Doch das Tier stand noch da, es sah zu ihm hinauf. Bill hielt den Blick des Tieres einen Moment lang.

00:49

Er legte seine Armbanduhr wieder auf den Nachttisch. Ruth drehte sich auf die Seite, sie schien etwas zu murmeln. Bill beschloss, nach dem Hund zu sehen. Vielleicht würde ihm die Hundemarke helfen, herauszufinden, wem er gehörte. Er schaltete kein Licht ein, er wollte Ruth nicht wecken.

Bill schlüpfte in seine Hausschuhe, verließ das Schlafzimmer und durchquerte den schmalen Gang. Dann gelangte er durch den Wintergarten und die Treppe hinab (vorbei am Treppenlift) ins beinahe dunkle Wohnzimmer. Nur Mondlicht und etwas Poolwasserglitzern von der Küchendecke her spendeten Licht. Doch das war gut; solange der Raum dunkel war, ließ sich hinaussehen, konnte man Ausschau halten.

Er stellte sich vor das große Panoramafenster, das auf die Dünen hinausging. Zunächst dachte er, den Hund verloren zu haben. Doch dann entdeckte er ihn: Er stand weit rechts von ihm, direkt am Zaun, dort, wo das Tor war. Durch das Tor waren sie gestern zu ihrem Spaziergang aufgebrochen.

»Hey!« Er ging langsam zur Terrassentür neben der Scheibe und drückte das schwarze Rechteck am Türrahmen. Die Tür sprang auf, er öffnete sie vollständig und trat hinaus auf den Rasen, die ganze Zeit bemüht, den Blick auf den schwarzen Hund gerichtet zu lassen. Doch der machte gar keine Anstalten zu verschwinden, stand noch immer da, hinter dem Grundstückszaun neben dem Tor, und schien überhaupt nicht weglaufen zu wollen.

»Na du!«, rief Bill und beugte sich leicht vornüber, machte sich bewusst klein. Er wollte harmlos wirken. Ein automatisches Licht sprang an. Es erhellte den Garten neben dem Haus etwas. Die Terrassentür fiel hinter Bill zu, mit einem satten Kühlschranktürengeräusch.

Da war der Hund, ganz nah nun, Bill hätte durch die parallel verlaufenden Stahlkabel des Zauns greifen und ihn berühren können. Aber er wollte ihn nicht ängstigen. Bill ging auf ein Knie, er hielt ihm den Handrücken hin. Der Labrador schnüffelte. Bill sah nun auch deutlich, dass er ein Halsband mit einer Marke daran trug. Er wagte es, den Hund etwas zu kraulen.

Das Tier nahm es hin, aber es wirkte angespannt. Unfähig, es zu genießen. Es war, als hindere seine Scheu den Hund daran, sich ganz hinzugeben. »Ganz ruhig, mein Süßer, oder …« Bill spähte unter den Bauch des Tieres, das da hinter dem Zaun vor ihm stand. Es war ein Rüde. »… ja, Süßer! Was hast du? Wieso bellst du mitten in der Nacht … Oh!« Nun bemerkte Bill die Verletzung: Eine verschorfte Wunde, am Kopf des Hundes, getrocknetes Blut klebte um sie herum im Fell. Es sah aus wie ein Schnitt, der begonnen hatte zu heilen. »Du Armer!« Sanft kraulte Bill weiter den Hundenacken, dabei langte er vorsichtig, bewusst beiläufig nach der Marke und las sie.

»Hey, einen schönen Namen hast du!«, flüsterte er. »Wo ist denn dein Herrchen? Oder dein Frauchen?«

Der Hund fing an zu fiepsen und senkte den Kopf, nahm eine demütig wirkende Haltung ein.

»Hey, was ist?«

Doch das Tier fiepste weiter. Lauter, schriller und schneller. Und nun lief er einige Schritte rückwärts, entzog sich Bills Griff.

Bill stand auf: »Warte, bleib! Bleib, ich komme zu dir, und dann finden wir raus, wem du gehörst!« Bill wusste nicht genau, wie man das wohl machte. Aber sicher konnte die Polizei über die Angaben auf der Marke irgendwie an den Hundesteuer-Zahler kommen. Außerdem waren Tiere doch immer gechipt, oder? Vielleicht hatte ein Tierarzt im Ort, ein paar Kilometer den Strand runter, ein Lesegerät. Doch jetzt durfte der Hund erst mal nicht abhauen.

Bill machte mit seinen flachen Händen Gesten, er hoffte, sie würden beschwichtigend wirken. Langsam näherte er sich dem Tor im Zaun, sein Blick blieb stets auf den Hund geheftet. Der zog sich weiter zurück, wollte sich umdrehen. Er gierte offenbar darauf, mit vollem Tempo loszulaufen.

»Hey, warte! Bleib!«, rief Bill immer wieder. Jedes Mal hielt der Hund inne und wandte sich Bill zu. Offenbar war er unschlüssig. Doch schließlich lief er los, in die Dünen ... Und war verschwunden.

»Warte!« Bill riss das Tor auf und rannte hinter dem Hund her. Doch schon bald sah er ein, dass es aussichtslos war. Im Mondlicht war es schwer, Steine, Unebenheiten im Boden oder kleine Büsche zu erkennen. Also konnte er nicht schnell rennen, oder er riskierte einen Sturz. Auch der schwarze Hund stach im Dunkel nicht wirklich hervor.

Und es wurde dunkler, je weiter man sich vom Haus entfernte. Obendrein ging die automatische Beleuchtung im Garten nach etwa einer Minute wieder aus. Wahrscheinlich schaltete ein Sensor nur bei Bewegung im Garten das Licht an. Bill stöhnte. Es war sinnlos. Er starrte noch einige Augenblicke suchend in die Dunkelheit, bevor er aufgab.

Er beschloss zurückzugehen.

Auf dem Weg drehte er sich noch einige Male um. Doch es blieb dabei, nichts, kein Hund. Am Zaun angekommen, hielt Bill inne. Er ging doch noch einmal hinab zum Strand. Er warf einen Blick nach links, die Richtung, aus der sie gekommen waren. Kein Hund. In der Ferne glitzerten ein paar wenige Lichter des Badeortes, doch das meiste lag in Dunkelheit da. Nachts war die kleine Stadt sicher ausgestorben. In der anderen Richtung meinte er, auf einer Landzunge ein einsames Licht in der Finsternis zu sehen. Er fragte sich, ob es wohl das Haus der Nachbarin war, mit der er heute gesprochen hatte? Mit Blicken suchte er den Strand auch in dieser Richtung nach dem Hund ab, vergeblich.

Es war schade. Er sah hinaus aufs Meer. Nachtkälte schlug ihm entgegen. Das gewaltige Wasser rauschte und donnerte vor ihm, nahezu unsichtbar in der Nacht. Er dachte an Ruth, als er wieder durch die Dünen und zurück zum Haus ging, das in Dunkelheit dalag.

Bellen empfing ihn. Es kam ganz aus der Nähe. Von innerhalb des umzäunten Grundstücks! Da war der Hund! Er stand im Garten, an der Seite des Hauses unterhalb des Schlafzimmerfensters, ein Schatten im Mondlicht, und kläffte hinauf. Oben musste Ruth noch immer schlafen.

»Was tust du denn hier? Wie bist du reingekommen?«

Das Tier sah Bill an. Dann kam der Hund auf ihn zu, blieb etwa zwei Meter vor ihm stehen. Bill war gerade am Tor angelangt, der Zaun trennte ihn und den Hund. Der fletschte die Zähne und knurrte Bill an. Der zog die schon nach dem Gartentor ausgestreckte Hand zurück und trat einen Schritt nach hinten: »Wow, Kumpel! Was ist? Was ist?«

Der Hund aber bellte nur weiter, bellte und bellte.

»Okay! Ich komme jetzt rein, ich komme zu dir!«

Er fand das Gartentor zugefallen, sodass es sich von außen nicht öffnen ließ. Aber er langte darüber hinweg und öffnete es von innen, das Tor hatte einen rechteckigen Knopf, wie die Terrassentür. Das Bellen verstummte, der Hund ging ein paar Schritte zurück. Er begann wieder zu fiepsen. Bill betrat den Garten, und das automatische Licht sprang wieder an. Es blendete ihn, er hielt die Hand über die Augen. Da fiel ihm auf, dass der Hund fort war.

Ein Bellen. Bill fuhr herum.

Da war er wieder. Jenseits des Zauns, diesmal auf der Poolseite. Er stand da und sah Bill an. Dann bellte er noch einmal, es war ein fast verzweifelter Laut. Schließlich drehte er um und rannte Richtung Dünen ins Dunkel davon.

Bill schritt auf den Pool zu, spähte in die Dunkelheit, doch der Hund war fort. Er wandte sich um, zurück zum Haus, als sein Blick etwas im Mondlicht funkeln sah: Die zwei Sets aneinandergefesselter Hausschlüssel. Sie lagen auf dem Tisch am Pool. Er nahm sie in die Hand und steckte sie in die Hosentasche. Doch er konnte nicht sagen, woher sie kamen.

Was war nur mit diesem Hund los? Wieso war er in der einen Sekunde zutraulich und dann in der anderen aggressiv? Er hatte sich aufgeführt, als wäre er der Wachhund und Bill ein Eindringling, als wollte er Bill daran hindern, das Grundstück zu betreten.

Nachdenklich zog Bill am Griff der Terrassentür.

Sie war verschlossen. Er probierte die Schlüssel. Einer davon, ein glatter, drei Finger langer und überraschend schwerer Metallstab, der überhaupt nicht aussah wie ein normaler Schlüssel, passte in einen kleinen rechteckigen Schlitz der Terrassentür, ließ sich dort aber weder drehen, noch löste er irgendeinen Mechanismus aus.

Bill zog den Schlüssel heraus, er war verwirrt. Wieso war die Tür zu? Wieso funktionierte der Schlüssel nicht? Er stand einige Sekunden einfach so da, dann ging das automatische Licht aus. Er sah sich um, vielleicht hatte er sich zu lange nicht bewegt oder stand außerhalb der Bewegungsmelder. Bill steckte die Schlüsselsets wieder ein und fuchtelte mit den Armen. Nichts. Er trat einige Schritte zurück, weiter mit den Armen winkend, dann ging die Außenbeleuchtung über der Terrassentür wieder an. Immerhin etwas.

Hatte jemand im Inneren die Tür verschlossen? Vielleicht wanderte Ruth dort umher, hatte sich etwas aus der Küche geholt. Und dann hatte sie die offene Tür gesehen und geschlossen. Hatte sie ihn ausgesperrt? Nein, eher nicht, dachte Bill: Sie hätte doch gemerkt, dass er fort war, wäre darauf gekommen, dass er irgendwo hier draußen war, und hätte nachgesehen.

Plötzlich hörte Bill erst ein Klacken, dann ein Quietschen. Ruth?, dachte er. Er lauschte. Aber er hörte nichts mehr.

Bill drückte die Nase gegen die Panoramascheibe, schirmte die Augen mit den Händen ab. Niemand war da. Bill trat einen Schritt zurück, dann trommelte er heftig mit den Fäusten auf die Scheiben. Manchmal wirkte das, manchmal konnte Ruth es spüren. Nach einer halben Minute etwa drückte er wieder das Gesicht ans Glas. Innen war es dunkel, niemand war zu sehen. Doch! Bill meinte, etwas entdeckt zu haben: eine Figur, einen Umriss. War das – war das ein Mädchen? Er hatte das Gefühl, hinter oder vor dem Kamin jemanden stehen zu sehen. Es schien ihm, die Person sei ihm zugewandt.

»Hey, hey, wer sind Sie?« Er begann von Neuem, gegen die Scheibe zu trommeln: »Wer sind ... wer bist du? Hast du mich ausgesperrt? Ich rufe die Polizei!« Er schrie, damit die Eingedrungene ihn innen hören konnte, noch immer gegen das Fenster schlagend.

Dann erstarrte er: Da waren erneut Geräusche. Erst ein Quietschen, ein unangenehmer lang gezogener Laut. Es hörte sich an, als stamme es von schlecht geölten Türscharnieren. Dann mündete das Geräusch in einem satten Schlag. Es war von vorn gekommen, vom Eingang. Ruth?

Er ging mit schnellem Schritt zur Vordertür und fand sie verschlossen. Am Bund suchte und fand er einen passenden Schlüssel, probierte ihn aus, doch auch dieses Mal tat sich nichts, die Tür blieb verriegelt.

Bill versuchte auch hier, mit roher Kraft einzudringen,

die Tür aufzureißen, doch es war hoffnungslos. Das massive Konstrukt schloss ohne einen Spalt, ohne Fuge oder ein Rütteln mit dem Haus ab, blieb komplett unbeeindruckt. Das Ding mochte obendrein hundert Kilo wiegen. Gut möglich, dass eine Eisenplatte im Inneren war, zum Schutz gegen Einbrecher.

Frustriert schlug er gegen die Tür, dann bemerkte er den Briefschlitz, beugte sich hinab. Er hob die Klappe an und sah hinein: Er erkannte den schmalen Gang zum Wohnbereich, doch er war nahezu dunkel.

Dann sah er einen Streifen Licht über dem Boden. Das Licht kam aus dem Bad. Ruth? Ruth! Sie muss aufpassen, es ist noch jemand im Haus, dachte er. Er ging auf die Knie, brachte die Augen an den Briefschlitz. Er musste sich bemerkbar machen, suchte den Boden vor der Tür ab, doch es gab nur eine ebenerdige gegossene Betonplatte und das Gras. Da! Dort war ein Stein, ein kleiner, schmaler Stein lag im Gras. Bill hob ihn auf und sah wieder durch den Briefschlitz ins Haus. In diesem Moment verschwand der Lichtstreifen, die Beleuchtung im Bad ging aus. Hieß das, Ruth kam heraus?

Bill warf den Stein mit einem Schlenker des Handgelenks durch den Schlitz, als sei er ein Kind, das den Stein auf einem See flitschen lassen wollte, vielleicht würde sie den Stein bemerken.

Und plötzlich zuckte Bill zusammen: Ein peitschendes metallisches Geräusch ließ ihn auffahren und sich umdrehen.

Die Pfähle des Zauns, jenes Zauns, der das Grundstück

umgab, waren förmlich in die Luft geschossen. Es musste eine Art Teleskopvorrichtung sein. Vor dem Hauseingang waren die Pfähle von etwa einem Meter auf gut zweieinhalb oder drei Meter Höhe angewachsen. Aber nicht an der Seite, die auf die Dünen hinausschaute, die Hausseite mit dem Schlafzimmerfenster ... hier geschah es gerade erst: Aus einem Zaunpfahl nach dem anderen schoss eine lange Metallstange hinaus, die wiederum eine weitere Metallstange senkrecht in die Luft ausspuckte. Wie Antennen sahen die Dinger aus. Und zwischen den Metallstangen fielen nun Drähte herab wie Vorhänge. Dann spannten sie sich. Die Drähte waren jeweils zwischen zwei Pfählen angebracht und mussten im Inneren verborgen gewesen sein, solange der Zaun noch eingefahren war. Wie die Leinen einer Wäschespinne, dachte Bill. Er dachte an den kleinen Garten seiner Eltern, wo ein solches Gerät gestanden hatte. Sein Vater hatte einmal die Wäsche aufgehängt. Mutter hatte geschimpft, wie »beschissen« er das gemacht habe, alles werde knittrig sein, wenn es so bliebe, keine Hilfe war das. Und hoffentlich werde Bill nicht so ein Idiot wie sein Vater. Bill erinnerte sich, er hasste es, wenn seine Mutter fluchte. Sie tat es noch immer, bei den seltenen Gelegenheiten, wenn er sie besuchte. Vater hatte das nie getan.

Einen Moment lang war Bill wieder ein Kind. Und fürchtete sich.

Was war das? Er hörte das metallische Peitschen, es wiederholte sich, immer wieder und wieder. Es wanderte einmal im Uhrzeigersinn um das ganze Grundstück. Der Zaun fuhr auf ganzer Länge auf das Mehrfache seiner Höhe aus.

Das Geräusch wanderte ab, wurde dumpfer und verschwand hinter dem Haus, dann kehrte es zurück, kam wieder näher. Bill fuhr herum: Nun war der Zaun auch auf der anderen Seite, die den Strand hinunter und weg vom Dorf führte, höher geworden.

Bill taumelte fort von der Eingangstür. Er betrachtete den Zaun, folgte seinem Verlauf bis dahin, wo der Garten auf die dunkle See hinausging.

»Was? Und wieso? Hat das was mit mir zu tun?«, stammelte er, als gäbe es in der Dunkelheit jemanden, der ihm diese Fragen hätte beantworten können. Er sah sich um. Der Garten war dunkel und blieb es auch. Er sah nur grobe Umrisse im Mondlicht. Bill fuchtelte wieder mit den Händen, doch die Bewegungsmelder verweigerten ihren Dienst. War das Licht kaputtgegangen?

»O Mann!«

Bill ließ Arme und Schultern sinken. Ihm war kalt, und er hatte Durst. Und Angst, vor allem Angst. Irgendetwas war falsch hier.

Der Zaun stand da, silbernes Licht glitzerte auf den Pfählen und Drähten. Bill ging langsam darauf zu, betrachtete die Konstruktion. Die Drähte zwischen den verlängerten Pfählen waren ebenso stramm gespannt wie die unteren, die schon zuvor da gewesen waren.

Bills Blick wanderte den Zaun hinauf und hinab. Wieso war das geschehen? Wieso konnte dieser Zaun so etwas? War das gegen Einbrecher gedacht?

Etwas irritierte Bill. Da war etwas, lag in der Luft. Bill schloss die Augen, lauschte. Er meinte, eine Art Sirren, ein

Knistern zu hören. Oder vielleicht spürte er es einfach auch nur, doch da war etwas, eine Spannung, eine ungute Energie. Unwillkürlich streckte er Zeige- und Mittelfinger der rechten Hand aus und berührte einen der gespannten Drähte im Zaun.

Er hätte wissen müssen, was geschehen würde. Im Grunde hatte er es gewusst. Es war gewesen wie bei einem Kind. Das Kind glaubte auch erst, dass die Flamme heiß ist, wenn es sie berührt hat. Also berührte er den Draht. Wie ein Kind. Und dann wusste er es.

Er spürte den Schmerz durch seinen Finger hindurch in den Unterarm fahren und durch den anderen Finger wieder hinaus. Es war der beißende, scharfe Schmerz eines Elektroschocks. Bill taumelte zurück, hielt sich den Arm. Ungläubig sah er den Zaun an.

Was war … was sollte das bedeuten …? Unschlüssig sah er sich um, sah zum Haus, hinauf zum Obergeschoss. Dort musste noch immer Ruth schlafen, unwissend, was hier unten geschah.

Doch eigentlich gab es keinen Zweifel daran, was das alles bedeutete. Seine Situation war klar und einfach. Und hoffnungslos. Er konnte nicht mehr hinaus, kam nicht mehr runter von diesem Grundstück. Und er konnte ebenso wenig zurück ins Haus. Aber wieso? Wieso geschah das? Wozu sollte das gut sein?

Bill schüttelte die Hand, er meinte, jeden einzelnen Nervenstrang in seinem Unterarm zu fühlen. Der scharfe Biss des Elektrozauns ließ den Schmerz nachglühen.

Er wollte brüllen, schreien. Aber wer sollte ihn hören?

Ruth nicht. Und dieses Haus war der einsamste Ort, den er sich vorstellen konnte: Es waren Kilometer bis zum Dorf (mal abgesehen davon, dass dort bestimmt kein Mensch mehr wach war). Es war ein halber Kilometer bis zum nächsten Nachbarhaus. Egal, in welcher Richtung: Alle, die ihm vielleicht helfen konnten, waren weit entfernt. Und die See war laut und stürmisch, er könnte sich die Seele aus dem Leib brüllen, und niemand würde ihn hören.

Was sollte er tun? Er konnte nichts tun! Nur warten, bis Ruth aufwachte. Sie musste ihn reinlassen und dann … dann müssten sie fort von hier, dieses Haus war doch … krank! Krank war es. Die Ratte, er erinnerte sich an das, was der Ratte geschehen war. Das wäre der Moment gewesen; in diesem Moment hätten er und Ruth ins Auto springen und abhauen sollen.

Moment, verdammt! Das Gepäck oben im Schrank. Die Vormieter! Hatten die Vormieter womöglich schlagartig das Weite gesucht? Das wäre eine Erklärung dafür, wieso ihr ganzer Kram noch hier war.

Er hörte ein kleines elektrisches Geräusch. Es kam vom Boden neben ihm. Da war die Ursache: Ein kleiner röhrenförmiger Gegenstand wuchs aus dem Rasen und reckte sich in die Höhe, etwa eine Hand breit. Ein Rasensprenger. Und dann, einige Meter daneben: noch einer. Und noch einer, weiter fort, nahe dem Kompost, kurz vor dem Baum, der sich an die abgewandte Ecke des Hauses lehnte und dessen Zweige den Balkon streichelten.

Bill drehte sich im Kreis. Dutzende kleiner, versenkbarer Rasensprenger hatten ihre Köpfe ferngesteuert aus dem

Boden erhoben, rund um ihn herum, verteilt im ganzen Garten.

Ein dünner, harter Strahl aus Wasser schoss ihm ins Gesicht, verfehlte knapp die Augen. Er hätte nicht gedacht, dass Wasser derart schmerzen könnte. Plötzlich verstand er, wieso die Polizei Wasserwerfer einsetzte. Ein anderer Strahl traf ihn in den Magen, dann ein weiterer in den Rücken. Er verschränkte beide Arme vor dem Gesicht und lief in Richtung des Tores im Zaun, eine kopflose Flucht. Auch hier erwarteten ihn Sprenger. Zwei. Von links und rechts schossen sie auf ihn. Es waren kurze Schüsse Wasser. Von links, von rechts. Sie zielten auf sein Gesicht, auf die Augen wahrscheinlich. Es war, als hätten ihn ein paar Schläger in die Mitte genommen und würden ihm abwechselnd Haken verpassen.

Bill geriet gefährlich nah an den Zaun, seine Kleidung war bereits vollgesogen. Es war sicher kein gutes Erlebnis, klitschnass gegen einen Elektrozaun zu stolpern. Er musste fort. Die Augen mit den Händen abschirmend, scannte er den Garten. Er suchte nach einem Ort ohne Sprenger, nach einem toten Winkel. Es musste doch einen Ort geben, wo ihn diese Dinger nicht ins Kreuzfeuer nehmen konnten.

Sein Blick fiel auf den Komposthaufen hinter dem Pool. Dort kreiste ein Schwarm Insekten in der Luft, noch immer, selbst jetzt, in der Nacht. Aber da war noch etwas. Dort stand etwas, neben dem randvollen Holzkasten mit Gartenabfällen und dem Häcksler. Es waren Vasen, Blumenvasen und Übertöpfe für Pflanzen. Ineinander gestapelt wie diese russischen Puppen. Jemand hatte offenbar die Blumen in den Kompost ausgeleert und die Töpfe dann dort stehen lassen.

Bill hatte eine Idee.

Er rannte durch das Sperrfeuer der Rasensprenger, vorbei am Pool, Richtung Kompost. Er war ein Soldat unter Beschuss. Ein harter, gezielter Strahl traf ihn zwischen die Beine, es war wie ein Tritt. Der Schmerz aus den Hoden schoss mit Verzögerung durch seinen Körper. Bill stolperte und ging auf alle viere. Wütend, leidend kroch er vorwärts. Die Sprenger schossen weiter auf ihn, in die Rippen, in den Hintern. Okay, dachte Bill. Ihr wolltet es so!

Er packte einen Stapel tönerner Blumentöpfe und hielt ihn wie ein Schutzschild vor das Gesicht. Dann stürmte er gegen den nächsten Sprenger an und stülpte einen Übertopf darüber. Der Sprenger schoss von innen wieder und wieder gegen seine tönerne Hülle. Seine Kameraden nahmen Bill weiter unter Beschuss, doch Bill nahm es trotzig hin. Er war nicht mehr wehrlos: »Da schaust du, was?«

Mit den Töpfen unter dem Arm rannte er im Zickzack von Sprenger zu Sprenger. Er versuchte, den Wasserschüssen auszuweichen, hielt den Blick gesenkt, um die Augen zu schützen. Und so warf er einen Tontopf nach dem anderen auf einen Sprenger nach dem anderen. Schließlich hatte er beinahe alle eingesperrt. Ein paar, weiter entfernt in den äußeren Bereichen des Gartens, waren noch frei. Doch diese unternahmen keine Versuche, mit Wasser auf ihn zu feuern. Nur die, denen er nahe war. Und die waren alle unter Töpfen gefangen. Ab und zu hörte er, wie ein scharfer Wasserstrahl von innen gegen einen Topf schoss.

Doch dann, mit einem Mal, gaben die Sprenger ihre Attacken auf. Es war, als hätten sie gelernt, dass es vergeblich war.

Er betrachtete sein Werk, doch bald wich die Zufriedenheit. Der Kampf hatte ihm eine Aufgabe gegeben, Ablenkung, Frieden in der Schlacht. Nun kam die Angst zurück.

Er musste wieder handeln, handeln war gut, stillstehen war tödlich. Hier, in diesem Garten vielleicht wortwörtlich. Wer wusste, was als Nächstes geschehen würde. Er musste ins Haus. Dann würde er die tobende und zeternde Ruth packen. Sie würde ihm die ganze Zeit entgegenbrüllen, dass er doch spinne. Aber er würde sie ins Auto werfen, und dann weg hier!

Hektisch wanderte sein Blick umher: Gab es hier keine Regenrinne, er könnte versuchen, an einer Regenrinne hinaufzuklettern … Doch er sah keine.

Bill kam nicht dazu, weiter über Wege zur Erstürmung dieser Festung nachzudenken, denn plötzlich flammten alle Lichter im Garten auf, gleißend hell. Bill stand dort, wie ein einsamer Spieler im Flutlicht einer Sportarena. Die Lampen strahlten heller als zuvor. Er kniff die Augen zusammen, doch plötzlich – stand er wieder in der Finsternis. Alles Licht war erloschen, doch vor seinen Augen tanzten noch rot glühende Punkte, er war geblendet. Ächzend rieb er sich die Augen. Dann hörte er das Geräusch. Er kannte es, hatte es schon einmal gehört, hier, vor kurzer Zeit erst – doch fiel ihm nicht sofort ein, was seine Ursache war.

Irgendetwas näherte sich da aus der Dunkelheit, es kam von jenseits der Ecke des Hauses, an welcher der Baum wuchs. Bill aber konnte kaum etwas erkennen, er war noch immer geblendet, blutig rote Glühwürmchen tanzten vor seinen Augen.

Das Geräusch war unauffällig, leise. Aber es wurde lauter, klang elektrisch und sauber. Und zugleich war es auf irritierende Weise metallisch, schmutzig, schartig. Es wurde noch lauter, Bill rieb sich erneut die Augen und sah zur Hausecke. Langsam konnte er wieder besser sehen.

Und dann kam, flach und klein und stählern, der Mähroboter um die Ecke. Unter seinem rot glühenden Auge wirbelten die Schneidemesser im Kreis. Die Maschine tauchte aus dem Dunkel hinter dem Haus auf, fuhr aus dem Schatten hinaus ins spärliche Mondlicht.

Der Mähroboter drehte sich Bill zu. Sein rotes Auge wurde kurz blau, pulsierte. Es war wie das zuckende Augenlid eines Wahnsinnigen. Und dann wurde es wieder rot. Die Rotation der Schneiden beschleunigte sich, ihre Konturen lösten sich auf. Wie Küchenmixer-Klingen wirbelten sie.

Bill schluckte, der Mähroboter fuhr los, hielt auf ihn zu, schnell war er, beängstigend schnell. Bill begann zu rennen.

Er sprintete links am Pool vorbei und hielt auf den Hauseingang zu. Er versuchte, sich nicht umzudrehen und sich auch nicht auszumalen, was dieses Ding mit ihm anstellen würde, wenn es zum Beispiel über seine Füße fuhr. Über seinen Kopf, wenn er stolpern und hinfallen sollte.

Bill hastete um die Ecke und an der Front des Hauses vorbei. Er hörte den eigenen Herzschlag in den Ohren, sein Keuchen, aber nicht mehr seinen Verfolger, dessen Elektromotor so unmenschlich leise war, dass Bills panischer Organismus all seine Laute überdeckte. Schwer zu sagen, wo die Maschine gerade war. Die nassen Klamotten klebten an Bills Körper und machten die Flucht noch anstrengender.

Bills Blick suchte während seiner Flucht hektisch den Zaun ab: Vielleicht gab es irgendwo eine Schwachstelle, vielleicht war er an einer Stelle noch niedrig. Der Hund, dachte Bill, der Hund war rein- und rausgekommen. Wie? Doch er schaffte es nicht, den Gedanken weiter zu verfolgen. Gerade war seinem Überleben am meisten gedient, wenn er sich konzentrierte: darauf, schnell zu rennen, so schnell wie möglich. Und auf gar keinen Fall hinzufallen.

Er warf einen Blick über die Schulter, als er an der Eingangstür vorbei und fast an der nächsten Hausecke angekommen war: Der Mähroboter glitt weniger als zwei Meter hinter ihm über den Boden, in ziemlich genau derselben Geschwindigkeit, in der Bill rannte. Der Rasen war dermaßen makellos glatt und eben, dass das Gerät nicht einmal schaukelte oder hüpfte. Diese Unbeirrbarkeit der Maschine und ihre stählerne Hülle verliehen ihr etwas von einem Kampfpanzer. Kurz hatte Bill darüber nachgedacht, das Ding zu packen, um zu versuchen, es auf den Rücken zu werfen. Doch er war sicher, dabei würde nichts herauskommen, außer vielleicht ein Bill ohne Hände.

Er sprintete um die Ecke und sah sich einem großen, eckigen Schemen im Halbdunkel der Mondnacht gegenüber, es war das Gartenhaus!

Bill blieb ein Sekundenbruchteil, bis er an der Tür ankommen würde. Fieberhaft dachte er nach, was er tun sollte: Das Haus war der einzige offensichtliche Zufluchtsort, doch was, wenn es verschlossen war? Der Mähroboter brauchte weniger als einen Herzschlag, um ihn einzuholen; Bill musste die Tür sofort aufbekommen, oder das Ding würde ihm die Füße abfahren. Da war die Gartenhütte, kam näher, war fast auf seiner Höhe. Bill versuchte, im Dunkeln zu erkennen, ob er ein Vorhängeschloss an der Wellblechtür sehen konnte; nein, offenbar gab es keines, aber was sagte das schon in der Dunkelheit, während einer wilden Flucht! Bill traf seine Entscheidung.

Er spreizte die Beine im Lauf und bremste so schnell es ging ab, indem er ein paar trippelnde Schritte machte, das Gewicht auf die Fußspitzen verlagert. Dann packte er die Tür, es war eine Schiebetür aus zwei Hälften, er versuchte, sie zu den Seiten hin aufzureißen.

Sie öffnete sich, Bill schlüpfte hinein und schlug die beiden Wellblechtürhälften scheppernd hinter sich zusammen.

Er taumelte zurück gegen ein Regal mit Werkzeugen oder dergleichen, es schepperte metallisch in der Dunkelheit. Einen Moment lang fürchtete er, der Mähroboter würde die Tür öffnen, doch dann dachte er: Das wäre einer jener Momente gewesen, wenn Ruth ihm vorschlug, nicht alles auszusprechen, was er dachte. Doch konnte das Ding hier herein? Indem es einfach weiterfuhr, durch das Wellblech brach, es zerfetzte mit seinen Klingen?

Er stand da und hielt die Luft an, so schwer ihm das auch fiel, er musste lauschen ... er hörte nichts.

Bill stand regungslos da, versuchte, kein Geräusch zu

machen. Er wusste nicht, worauf dieses Ding reagierte …
Konnte es ihn hören? Konnte es ihn sehen?

Er versuchte, flach zu atmen, doch das war schwer, die Erschöpfung brannte in seiner Speiseröhre, stach in seiner Flanke. Zwischen den beiden Türhälften war ein Spalt. Er war ein ganz kleines bisschen heller als das Innere der Hütte. Bills Augen spähten hindurch, wanderten hinab zum Rasen. Doch er konnte nichts erkennen. Er sah zwar den Boden vor der Hütte. Aber es war zu dunkel, um zu sagen, ob der Mähroboter dort stand. Er ging in die Hocke, langsam, das Herz wummerte, und sein Atem ging schwer, es war eine schmerzhafte sportliche Übung auf engstem Raum. Er beugte sich vor, brachte den Kopf so weit hinunter, wie es ging.

Dort war er! Bill erkannte, wie sich die Formen des Roboters vor dem hellen Hintergrund der Hauswand abzeichneten. Und dort leuchtete auch das rote Auge. Das Ding lauerte ihm auf, wartete vor der Gartenhütte auf ihn. Aber immerhin: Es hatte gestoppt.

Bill richtete sich auf. Er ließ seiner Atmung Zeit, sich zu beruhigen, den Schmerzen in seiner Seite einen Augenblick, um nachzulassen. Dann sah er sich um, doch es war zu dunkel. Er tastete vorsichtig umher, denn er hatte keine Lust, in eine Kreissäge zu fassen. Über seinem Kopf spürte er etwas von der Decke baumeln, war es … ja! Er drückte daran herum, mit allen Fingern, bis er schließlich den Schalter gefunden hatte: Es war eine Akkulampe, sie hing an einem Haken vom First herab. Das Licht war fahl, aber vollkommen ausreichend. Da tat es unvermittelt einen blechernen Schlag: Der Mähroboter stieß gegen die Türen. Bill erstarrte. Doch es blieb dabei, der Roboter verharrte erneut in Bewegungslosigkeit; hatte das Licht, der neue Reiz, ihn kurz getriggert? Wie funktionierten diese Dinger? Was war das für ein Spiel, und wie lauteten die Regeln?

Als nichts mehr geschah, begann er, sich umzusehen, er suchte eine Waffe. Doch die Hütte war spektakulär unergiebig. Da waren eine alte, große Feile und ein paar eingetrocknete Farbeimer, ein Werkzeugkasten, der so eingerostet war, dass Bill ihn kaum geöffnet bekam, und als es ihm endlich doch gelang, war nur der Schrott drin, der sich gern auf dem Boden von Werkzeugkästen sammelt, so wie Fusel auf dem Boden einer Damenhandtasche: Schrauben verschiedener Größen, kleine Zettel, Unterlegscheiben, ein Ding, aus dem zwei Drähte kamen. Ein paar Schraubenzieher waren das Einzige, das wirklich nützlichem Werkzeug nahe kam.

Er seufzte. Neben ihm stand eine kleine Trittleiter. Zwei Stufen auf jeder Seite, mit einer Fläche zum Draufstehen in der Mitte. Komplett nutzlos, um damit am Haus hinaufzuklettern.

Er setzte sich auf die Leiter und beschloss nachzudenken.

Er konnte hier übernachten. Und dann hoffen, dass Ruth ... dass Ruth von diesem Ding zerfleischt wurde, wenn sie morgens aus dem Haus kam, um ihn zu suchen? Würde es sie auch angreifen? Er wusste es nicht. Nein, es kam also nicht infrage, hier zu warten.

Er rieb sich das Gesicht, sah genervt, flehentlich gegen die Decke.

Das Dach schien aus zwei von der Mitte aus abwärtslaufenden Wellblechstreifen zu bestehen, die an einen Rahmen geschraubt waren. An diesem Rahmen waren an den Seiten, vorne und hinten auch die Wände der Hütte montiert. War es möglich, die Schrauben zu öffnen und dann durch das Dach zu entkommen? Wenn er hinter die Hütte sprang, vielleicht würde ihn das Ding nicht sehen. Und wenn es Bewegungsmelder nutzte – oder eine Kamera … vielleicht würde er im Dunkeln entkommen können. Es war möglich, sich so langsam zu bewegen, dass ein Bewegungsmelder nicht ansprang. »Daher der Name Bewegungsmelder«, hatte ihm sein Vater einmal erklärt, als sie es mit einer Supermarkttür ausprobiert hatten und bevor Mama gesagt hatte, sie sollten mit dem Mist aufhören: »Bewegt man sich zu langsam, gibt es nichts zu melden.«

Okay. Bills Plan stand: Dach auf, dann hinter die Hütte, leise und langsam weg, sodass das Licht im Garten nicht anging.

Er schnappte sich einen der Schraubenzieher aus dem Werkzeugkasten, stellte sich auf die Trittleiter und begann seine Arbeit. Die Hände zitterten, es war schwierig für ihn, die Schrauben zu treffen. Doch er wollte sich beeilen, er wusste nicht, wie lange die Akkulampe noch Licht spenden würde; vielleicht eine ganze Nacht lang, vielleicht würde sie in ein paar Minuten ersterben.

Er musste beinahe ein Dutzend Schrauben lösen, bevor er, auf dem Tritt stehend, das Dach anheben und hinaussehen konnte.

Er wandte sich langsam nach vorne und spähte über den

Rand der Hütte: Da unten stand er, der Mähroboter. Lauerte geduldig vor der Tür, wie ein Hund, der auf die Heimkehr seines Herrchens wartet.

Bill hatte eine Idee. Wenn sie funktionierte: gut. Wenn nicht, würde er etwas über dieses Ding lernen und wie es funktionierte.

Er warf den Schraubenzieher in hohem Bogen Richtung Haus, nach vorne zur Ecke, hinter der es zur Eingangstür ging.

Das Werkzeug traf die Hauswand, es gab ein hohles Scheppern, als es auf das Dämmmaterial traf. Bill sah hektisch zum Roboter, doch der bewegte sich nicht.

Der Schraubenzieher landete im Gras, hüpfte noch einmal, dann blieb er liegen. Es sah schon so aus, als wollte nichts mehr geschehen. Aber dann erstrahlte ein automatisches Licht an der Hausecke, die Bewegung musste es ausgelöst haben. Der kleine Teil des Gartens darunter stand in hellem Licht. Der Roboter, eben noch ganz dunkel und bewegungslos, erwachte zum Leben. Sein böses Auge flackerte blau, dann wurde die Lampe an seiner Front wieder rot, als er auf der Stelle wendete und in Richtung des Lichtes fuhr. Anscheinend wollte der Roboter den Ursprung des Geräusches untersuchen.

Los, nichts wie los! Bill setzte einen Fuß auf die Oberkante der Wellblechwand und drückte sich mit beiden Händen aus dem Gartenhäuschen hinaus. Doch eine seiner Hände, die linke, blieb an einer spitzen Kante, vielleicht einem abstehenden Stück Metall hängen. Das scharfe Blech schlitzte die Hand auf einer Länge von mehreren Zentimetern auf. Bill, der schon zum Sprung angesetzt hatte, geriet aus dem Gleichgewicht. Er stürzte mehr hinab, als dass er sprang.

Er landete seitlich, der Aufprall presste die Luft aus seiner Lunge, sein Kopf stürzte auf einen unter Spannung stehenden Draht des Elektrozauns zu, Bill spürte, wie seine Haare den Draht berührten. Doch sein Kopf blieb um wenige Millimeter außerhalb der Reichweite. Gerne hätte Bill kurz ausgeruht, doch er richtete sich so schnell und so geräuschlos auf, wie er nur konnte. Er ging in die Hocke und krabbelte auf Händen und Füßen hinter die Hütte, langsam und leise atmend.

Er hörte, wie der Roboter wendete und das leise Geräusch des elektrischen Antriebs wieder lauter wurde, der Mähroboter kam zurück.

Doch dann stoppte das Geräusch. Der Roboter schien seinen Beobachtungsposten vor der Hütte wieder eingenommen zu haben.

Er wartete darauf, dass Bill herauskam. Bills Finte hatte funktioniert. Wenn er nun leise, ganz leise und dicht am elektrischen Zaun entlangging, dem Verlauf der Grundstücksgrenze folgte … vielleicht würde ihn der Roboter nicht bemerken. Vielleicht würde er stur weiter die Hütte bewachen. Wieder hing alles davon ab, wie genau das Ding arbeitete. Es konnte offenbar Geräusche wahrnehmen. Oder auch nicht. Es schien sehen zu können. Oder auch nicht; das war Bill unklar. Er sog ein paar Mal ruhig und flach Luft ein, versuchte, den Schmerz wegzuatmen. Bill betrachtete seine Hand, die Handfläche war inzwischen komplett in Blut getaucht. So war es schwierig, die eigentliche Verletzung auszumachen. Er suchte in seinen Taschen etwas Nützliches und fand die Schlafmaske. Er konnte sich nicht erinnern, sie eingesteckt zu haben. Doch sie kam gelegen: Bill nahm sie in die verletzte Hand und ballte eine Faust darum, die Welle von Schmerz war kurz, aber unerhört niederträchtig. Er würde eine Spritze benötigen, damit er nicht an irgendeiner lächerlichen, eigentlich von der Menschheit überwundenen Vergiftung starb, so wie Leute in Filmen.

Bill stellte sich auf, er rückte so nahe es ging an den Zaun, das Gesicht den Drähten zugewandt. So ging er seitwärts, Schritt für Schritt, langsam, so langsam es seine Muskeln und sein Gleichgewichtssinn eben hergaben, weg von der Gartenhütte. Er folgte dem Verlauf des Zauns und näherte sich dem Baum, der von vorne gesehen an der rechten hinteren Ecke des Grundstücks wuchs. Die Außenbeleuchtung sprang nicht an, offenbar ging seine Rechnung auf. Sein Vater hatte damals keine Ahnung gehabt, damals, als sie in der Supermarkttür herumgealbert hatten. Hatte nicht ahnen können, dass das einmal Bills Leben retten würde.

Solange er nur konnte, starrte Bill dumpf geradeaus, in den Zaun. Er schlich mit dem Körper seitwärts voran, ging so nahe an den Drähten entlang wie möglich. So würde die Hütte noch am längsten auf einer geraden Linie zwischen ihm und dem Roboter bleiben und Bill Deckung geben.

Die Neugierde überkam ihn schließlich, er schielte nach rechts. Da war er, lauerte. Bill sah erst nur einen Teil von ihm. Der Mähroboter stand in dem spitzen Winkel aus

Bills Sichtlinie und dem Zaun, die Gartenhütte verdeckte ihn noch immer halb. Bill blieb kurz stehen und starrte. Dann ging er langsam weiter, beobachtete den Roboter, der nicht wusste, dass die Hütte, die er so treu bewachte, keinen Gefangenen mehr enthielt. Bill sah zurück zum Zaun und erstarrte: Er war dem unter Spannung stehenden Draht gefährlich nahe gekommen; Bill hatte sich versehentlich weiter Richtung Zaun bewegt, als er nach dem Roboter gesehen hatte. Nun war er nur noch ein oder zwei Zentimeter davon entfernt, ihn zu berühren, er konnte das Knistern der Elektrizität in der Luft spüren.

Er korrigierte seinen Kurs und näherte sich dem Baum. Als er auf einer Höhe mit dem mächtigen, knotigen Gewächs war, sah er noch einmal zur Hütte, der Roboter saß noch immer da, ein kleines, tödliches elektrisches Hündchen.

Bill sprang rückwärts in die Sicherheit des Baums, presste sich dagegen. Das war unvorsichtig, die schnelle Bewegung könnte den Bewegungsmelder auslösen und das Licht einschalten. Bill hielt die Luft an, lauschte … Doch nichts geschah, es blieb dunkel, still.

Er untersuchte kurz seine Hand. Die Schlafmaske hatte sich mit Blut vollgesogen, klebte in dem Schnitt. Er löste sie unter brennendem Schmerz von der Handfläche. Es war schwer zu sagen, ob die Wunde noch blutete oder verschorft war. Er drückte die Schlafmaske mit der anderen Hand fest aus, Blut tropfte heraus, dann umschloss er sie wieder mit der verletzten Hand.

Bill beschloss, unter dem Baum entlang zur Hauswand

zu pirschen und seinen Weg, eng an das Haus gepresst, fortzusetzen, so sollten die Sensoren der Außenlichter über ihn hinwegsehen. Und er konnte in die Fenster schauen, die Türen erneut überprüfen, vielleicht war irgendeine auf wundersame Weise nun geöffnet.

Zwischen Baum und Haus waren nur wenige Meter mit freier Sicht auf die Hütte und den Roboter davor zu überwinden. Außerdem sah das Ding nicht in seine Richtung, aber erneut sagte er sich: Das bedeutete nichts. Er wusste nicht, wie die Technologie in diesem Ding arbeitete.

Bill schlüpfte in Zeitlupe hinter die Hausecke und in die brüchige Sicherheit, die sie bot. Außerhalb der Sicht des Roboters ging er schneller, dicht an der Hauswand entlang, seitlich laufend wie am Zaun, aber schneller. Er erreichte das große Küchenfenster, warf einen Blick in den Raum. Doch da war nichts in der Dunkelheit.

Nach ein paar weiteren Schritten stand er vor der anderen Terrassentür; nicht jener, durch die er das Haus vorhin Richtung Dünen verlassen und die ihn ausgesperrt hatte, sondern der, die zum Poolbereich führte. Hier hatte er sein Glück noch nicht versucht.

Verschlossen. Was auch sonst!

Er presste das mit den Händen abgeschirmte Gesicht gegen die Scheibe. Da! Im Bad war wieder das Licht eingeschaltet, ein helles Viereck fiel aus der Tür auf den Marmorboden davor, die Tür war weit offen. Ruth? War Ruth dort drin? Ein Schatten bewegte sich in der viereckigen Lichtpfütze, irgendjemand war im Bad, wer sollte es sein, wenn nicht Ruth?

Bill ging schnell seitwärts weiter, an das Haus gedrückt, ließ die nächste Ecke hinter sich und kam vor dem Panoramafenster mit der Couch dahinter an. Von hier aus hatte er einen besseren Blick auf das Bad.

Und dann sah er Ruth: Sie stand auf einem Bein, sah aus, als habe sie Schmerzen. Mit den Händen betastete sie ihre Fußsohle. Und dann fuhr sie zusammen, sah nach links, ins Wohnzimmer. Er winkte ihr, versuchte, auf sich aufmerksam zu machen. Was auch immer mit Ruth war, er würde ihr helfen, doch erst einmal musste er zurück ins Haus, musste dem Ausgesperrtsein entkommen.

Bill ruderte mit den Armen, winkte. Die blutige Schlafmaske fiel aus seiner geöffneten Hand und landete mit einem satten Geräusch auf dem Boden, wie ein vollgesogener Blutegel. Ruth schlug die Hände vor den Mund, sie wirkte schockiert. Doch sie sah Bill noch immer nicht.

Er begann, auf die Scheibe zu trommeln, vergaß die Nutzlosigkeit jeden Gebrülls und schrie, schrie immer wieder »Ruth!« Das Licht außen ging an, sein Winken musste den Bewegungsmelder ausgelöst haben; würde der Roboter das bemerken? Wüsste auch der Rasenmäher, wo Bill war, wenn es der Bewegungsmelder wusste?

Ruths Kopf fuhr herum, in seine Richtung. Endlich, endlich sah sie ihn an. Sie riss die Augen auf, stürzte durch den Raum und an die Scheibe. Er presste die Hände von außen dagegen, die verletzte Hand rutschte etwas ab und verschmierte Blut auf dem Glas. Ruth drückte ihre Handflächen von innen gegen die seinen.

Bill, formten ihre Lippen. Dann gebärdete sie ihm: *Warte,*

ich komme raus zu dir! Sie machte Anstalten, die Terrassentür neben dem Panoramafenster für ihn zu öffnen.

Er winkte ab, sie hielt inne: *Komm nicht raus, bleib drin! Lass mich nur rein, aber komm nicht raus! Bleib drin!* Bill stellte sich vor, wie Ruth hinausstürzte, in seine Arme und ehe er es verhindern konnte, die Terrassentür auch hinter ihr zufiel und sie beide aussperrte. Das wäre der Albtraum! Er wagte nicht, darüber nachzudenken, was dann geschehen würde.

Sie hielt inne, sichtlich verwirrt.

Was?

Was zum Teufel sollte er ihr sagen? Dass der Rasenmäher und alle anderen Gartengeräte durchgedreht waren und Hackfleisch aus ihm machen wollten? Er wusste nicht einmal, welche Gebärde *Rasenmäher* bedeutete, ob es eine dafür gab? Er zeigte ihr in Gebärde an: *Es jagt mich!*

Ruth sah ihn an. Fassungslosigkeit lag in ihren geweiteten Augen, groß geworden wie Comic-Figuren-Augen waren sie. Ihre Hände rutschten kraftlos von der Scheibe.

Plötzlich sprangen im Wohnzimmer alle Lichter an. Gleißend hell, dass es in den Augen schmerzte. Er kniff die Lider zusammen, aber er konnte noch sehen, wie Ruth den Kopf gen Boden abwandte und blinzelte, geblendet.

Dann sah sie in seine Richtung, doch sie stellte keinen Augenkontakt mehr her. Verwirrt winkte Bill ihr zu. Dann dämmerte es ihm: Sie sah ihn nicht mehr, es war zu hell geworden im Wohnzimmer.

Bill beobachtete durch die Scheibe, wie Ruth zurücktaumelte. Er winkte ihr, signalisierte und formte zugleich mit den Händen die Worte: *Ich bin noch hier! Ich bin hier!*

Er sah, wie sie nach vorne sprang, gegen den Öffner der Terrassentür schlug. Er machte sich bereit, sie abzufangen, in den Raum zurückzustoßen, jede Sekunde konnte der Mähroboter erneut angreifen, dieses Mal dann auch Ruth, das würde er nicht zulassen!

Doch so weit kam es nicht, die Tür ging nicht auf, Ruth schlug auf den Rahmen, zog an der Tür, stemmte einen Fuß gegen die Wand, sie sah aus, als wolle sie die Terrassentür aus dem Rahmen reißen.

Doch nichts geschah. Sie sah ihn nicht, sie konnte nicht zu ihm.

Was war das? Etwas wollte sie trennen! Etwas war hier, bei ihnen, auf dem Grundstück, zugleich drinnen und draußen, überall. Anders konnte es nicht sein. Und es wollte verhindern, dass sie wieder zueinander fanden, es wollte sie einzeln erlegen.

Er sah, wie sie zurücktaumelte, ihre Brüste hoben und senkten sich, als sie zurücktrat. Dann wandte sie sich nach links, stürzte zur dem Meer und Pool zugewandten Seite des Hauses.

Bill drückte sich gegen das Glas der Tür, rutschte so weit es ging in die entgegengesetzte Richtung, so konnte sein Blick ihr besser folgen. Doch er rührte sich nicht vom Fleck, es war sinnlos und gefährlich, er wusste, was geschehen würde. Und so trommelte er gegen die Tür, dachte: Nein, vergiss es, lass es! Sie wird auch nicht aufgehen!

Und so kam es, er sah, wie Ruth auch mit der anderen

Terrassentür kämpfte, ihre Schultern bebten, es sah aus, als wollte sie weinen, kämpfte es aber dann doch nieder.

Bill sah sie herumfahren, ihr Blick nahm etwas auf der gegenüberliegenden Hausseite ins Visier: Die Eingangstür, Ruth wollte zur Eingangstür. Er sah, wie sie durch den Raum rannte.

Er begann, ebenfalls zu rennen, die Flanke des Hauses entlang, um die Ecke und zur Eingangstür. Seine nassen Klamotten klebten an ihm, und die kalte Nachtluft sog an ihnen, drang in die Kleidung, zog die Wärme aus seinem Körper. Er ließ die Hausecke hinter sich und stürzte auf die Knie, vor den Briefschlitz. Da war Ruth! Ruths Augen sahen durch den Schlitz hinaus, ihre Finger drückten die Klappe auf.

Sein Atem rasselte, die Luftröhre schmerzte, und die Haut war wie Eis, er konnte förmlich spüren, wie sich in ihm eine Erkältung zusammenbraute. Doch was brachte es, jetzt darüber nachzudenken? So wie es aussah, hatten die Bazillen, die sich gerade in seinem Körper breitmachten, eine längere Lebenserwartung als er.

Bill brachte seine Augen vor den Briefschlitz, sah in die von Ruth. Schmerzhaftes Erkennen leuchtete darin auf, sie streckte die Hand noch weiter durch die Klappe, er berührte ihre Fingerspitzen mit seinen.

Bill musste Ruth schnell so viel erklären, wie es nur ging. Wer konnte sagen, wie viel Zeit ihnen blieb, bevor er wieder angegriffen wurde? Aber was sollte er ihr erklären? Er ließ ihre Finger los und brachte den Mund vor den Briefschlitz, damit Ruth seine Lippen lesen konnte: »Es ist das

Haus, das Haus ist böse!« Was konnte er ihr sonst Besseres sagen, außer vielleicht … ja! Die Erkenntnis schoss ihm durch den Schädel, er brachte seinen Mund noch näher an den Briefschlitz, drückte seine Lippen förmlich hinein.

»Sei vorsichtig«, sagte er und schnappte zwischen den Worten nach Luft. »Sei vorsichtig, halte dich fern von den …« Da war etwas! Sein Kopf fuhr herum. »Elektrogeräten!« Bill hatte das letzte Wort in die Leere des Vorgartens hinter ihm gemurmelt, abgewandt von Ruth. Ein Geräusch, er hatte ein Geräusch gehört, ein metallisches Rumpeln, das Summen eines kleinen, aber brutal starken Elektromotors und das Rotieren scharfer Klingen, sie wirbelten im Kreis und durchschnitten die Luft.

Er sah noch einmal in Ruths Augen, diese wunderbaren, traurigen Augen. Er liebte sie. Er küsste seine Finger und drückte im Aufstehen den Kuss auf den Rand des Briefkastenschlitzes, rennend, flüchtend.

Im Lauf warf er einen Blick über die Schulter, und da war er!

Der Mähroboter hatte seine Verfolgung wieder aufgenommen, hatte gemerkt, dass Bill ihn hereingelegt hatte, dass keine Beute mehr in der Hütte war.

Schnell jagte der Roboter ihm hinterher, eine elegante und unerbittliche Maschine, kalter Stahl in Verfolgung von warmem Fleisch, er kam bis auf einen Meter an Bill heran.

Bill sprang nach rechts hinter die Hausecke, nur das Mondlicht leuchtete ihm den Weg und der Pool, in dem Unterwasserscheinwerfer leuchteten, links und rechts jeweils eine Reihe kalt-weiß glühender Fischaugen, sie führten einen verzerrten Tanz unter der Wasseroberfläche auf.

Bill hielt auf den Pool zu, rannte links an ihm vorbei, den schmalen Streifen zwischen Zaun und Beckenrand entlang, der Mähroboter hatte aufgeholt, das Ding war allenfalls noch eine Armlänge weit entfernt, gleich würde er Bill erreichen, seine Fersen in den zerfetzenden Schlitz einsaugen.

Bill sprang diagonal über das letzte Drittel des Pools hinweg, von der breiten zur schmalen Seite, flog quer über das Wasser und landete. Er drehte sich im Lauf zu seinem Verfolger um: Der Sprung hatte Bill ein oder zwei Meter Vorsprung verschafft, der Mähroboter musste um den Pool herumfahren, was ihn etwas Zeit kostete. Doch kaum hatte er Bill wieder auf freier Linie im Visier, schien er nur noch schneller zu werden. Bill stolperte rückwärts, sein Herz raste, was sollte er noch tun, wie lange konnte er das noch aushalten ... Der Baum? Vielleicht würde er auf den Baum entkommen können. Aber würde er es bis dorthin schaffen?

Und dann, er konnte nicht sagen, ob er gesprungen oder einfach fehlgetreten war, war überall Wasser um Bill, er war in den Pool gestürzt.

Der kurze, überraschte Laut, den er ausstieß, verstummte schlagartig, als sich das Wasser über ihm schloss. Bill hatte im Sturz eine Drehung um die horizontale Achse vollzogen und fiel, den Kopf voran, ins Wasser. Die leuchtenden Augen der Unterwasserscheinwerfer starrten ihn an. Er hatte jede Orientierung verloren, wo unten und oben war, Wasser drang in seine Luftröhre. Er versuchte aufzutauchen, hektisch fuchtelnd, mehr ein Kampf gegen das Wasser als Schwimmen. Alles, was die Welt ihm eingab, war Terror, und sein System spuckte Panik aus. Da sah er eine Gruppe kleiner kugelrunder Reisender vor seinem Auge, die einem gemeinsamen Ziel entgegentanzten: Luftblasen. Im Verein wanderten sie vor seinen Augen nach rechts, dort war oben! Er musste ihnen folgen.

Sekunden später durchstieß sein Kopf die Wasseroberfläche, er hustete gechlorte Flüssigkeit aus, viel davon. Dann, kaum hatte er sich gefangen, zuckte sein Kopf hin und her, von einem Beckenrand zum anderen, er suchte den Roboter und fand ihn: Einen Moment lang hatte Bill gefürchtet, die Maschine würde ihm ins Wasser folgen, wie ein U-Boot mit Stahlzähnen Jagd auf ihn machen, doch nein. Der Roboter verharrte draußen, etwa einen Meter weit entfernt und einen halben Meter oberhalb von Bills Kopf, seine Front schloss in einer Linie mit dem Beckenrand ab, die Reihe aus rotierenden Klingen war zum Stehen gekommen. Das Roboterauge flackerte blau. Dann sprang es wieder zurück auf ein stetes Rot. Bill trieb im Wasser, seine Augen und das des Roboters starrten einander an.

Er lernt, er beobachtet, dachte Bill.

Bill schwamm ein kleines Stück nach hinten, zum Beckenrand auf der dem Mähroboter gegenüberliegenden Seite, jener am Grundstückszaun. Kurz flackerte das Licht wieder blau – Bill schwamm weiter. Doch dann sprang das Auge zurück auf Blutrot, der Mähroboter drehte sich nach rechts, und wie ein ferngesteuerter Kinderrennwagen jagte das Gerät den Beckenrand entlang, Bills Blick folgte ihm auf dem Weg. Der Roboter fuhr die lange Seite entlang, drehte sich an der Poolecke nach rechts, jagte die schmale Seite entlang, drehte noch einmal, und schon stand er auf der gegenüberliegenden Beckenseite, genau dort, wohin Bill hatte schwimmen wollen, um einen Ausstieg aus dem Pool zu versuchen.

Und dabei hatte Bill seine Flucht noch nicht einmal wirklich geplant gehabt, hatte sie selbst noch nicht zu Ende gedacht. Doch der Roboter hatte es begriffen, hatte Bills nächste Bewegungen vorweggenommen.

Gut, okay, dann geht unser Spiel in die nächste Runde, dachte er. Ein morbider Ehrgeiz war in Bill entfacht worden. Er würde den Roboter besiegen – oder bei dem Versuch ... nein, er würde ihn besiegen.

Bills Augen zuckten nach rechts, zu der Stelle, an der eine in den Beckenrand gehauene Treppe aus dem Pool hinausführte. Noch im gleichen Moment positionierte sich der Roboter neu, er richtete sich nach rechts aus und fuhr ein Stück in Richtung der Treppe. Dann richtete er sich wieder auf Bill aus, die Klingen rotierten einmal kurz, dann erstarrte er wieder in seiner Kerkerwächterhaltung.

Er ahnt voraus, was ich machen werde ... dachte Bill. Er beobachtet mich ... Bill dachte nach. Nein, Unsinn. Er ist kein lebendiges Wesen. Er ahnt gar nichts. Er berechnet. Er beobachtet auch nicht. Er analysiert Daten. Bewegungen ... Blicke ... Berechnungen können falsch sein, Daten irreführend.

Er starrte das rote Auge des Bots an. Dann fixierte er erneut die Treppe und machte, so schnell es der Widerstand des Wassers zuließ, einen Ausfallschritt in ihre Richtung. Der Mähroboter drehte sich und fuhr los, doch Bill stoppte noch im selben Moment, tauchte ab und schwamm unter Wasser in die entgegengesetzte Richtung, bis seine ausgestreckten Schwimmerarme gegen die Beckenmauer stießen. Er stieß sich vom Boden ab, schnellte aus dem Wasser heraus und stemmte die Handflächen auf den Beckenrand. Unter seiner linken fühlte er etwas Weiches, aus Gummi vielleicht, doch er hatte keine Zeit nachzudenken, was es sein mochte, er versuchte einfach, sich in die Trockenheit zu hieven und dann, schnell, schnell zum Baum!

Bill hatte sich gerade mal halb hinaufgedrückt, da tauchte wie aus dem Nichts neben ihm der Rasenmäher auf, das rote Auge glühte, und die Klingen droschen Luft.

Bill stieß den Atem aus, in einem erstickten, dumpfen Schreckenslaut, er klang wie Ruth, so als habe er die Sprache verloren. Er riss die Hände fort, an den Körper und ließ sich zurück ins Wasser fallen.

Der Mähroboter preschte an ihm vorbei, über die Stelle, an der gerade noch Bill gewesen war. Am Beckenrand lag ein zusammengerollter Schlauch, der zu einem Wasseranschluss nahe dem Zaun führte, das war das Gummi gewesen, das Bill unter den Händen gespürt hatte! Der Mähroboter fuhr über die Schlauchschnecke hinweg und wendete, positionierte sich wieder direkt vor Bill.

Bill betrachtete den Schlauch. Er hatte sich keinen Millimeter bewegt, doch dort, wo der Mähroboter darüber hinweggefahren war, war eine Schneise entstanden, ein Stück Gummi war verschwunden, vernichtet. Es sah aus, als hätte jemand ein Rechteck aus der Fotografie eines Schlauchs ausgeschnitten, so perfekt hatten die Klingen einige Reihen Gummi herausamputiert.

»Fuck! Fuuuuck!«, rief Bill. Er gönnte sich nicht oft den Luxus eines Fluchs, so war er nicht erzogen worden, doch jetzt ließ er es sich durchgehen. Das Ding hätte seine Hände und vermutlich ein Stück vom Unterarm so sauber abgetrennt wie ein Chirurg.

Er war in diesem Pool gefangen. Und es war nicht warm hier. Wieso eigentlich nicht? Er hatte die Poolheizung nicht abgeschaltet, wusste nicht einmal, wie und ob das überhaupt ging. Hatte sie eine Zeitschaltuhr? Wie lange würde er im kühlen Wasser in dieser kalten Nacht aushalten können, bevor sein Organismus schlappmachte? Ruth konnte ihm nicht helfen, niemand konnte ihnen beiden helfen. Wie lange würde es dauern, bis jemand hierherkäme und sie beide aus ihrer Lage befreite, wenn überhaupt jemand käme? Sie wussten nicht, ob das Haus nach dem Wochenende erneut vermietet war. Vielleicht kam schlicht und ergreifend niemand mehr für Wochen hierher, oder für Monate. Und selbst wenn: Würde derjenige ihnen helfen können oder einfach am Elektrozaun verenden, wie eine Mücke?

Er konnte mit niemandem rechnen, nur mit sich selbst. Oje. Nicht unbedingt die Person, auf die er gesetzt hätte. Aber so war es nun einmal.

Direkt neben dem Gartenschlauch, an dem nun der Mähroboter Wache hielt, lag noch etwas im Gras, etwas aus Holz. Bill ließ sich auf den Beckengrund sinken, stieß sich ab und sprang im Wasser in die Höhe, um den Gegenstand erkennen zu können. Es war ein Käscher, an einem langen Holzstab, zum Reinigen des Pools.

Bill hatte einen Einfall, vielleicht klappte es.

Er näherte sich im Wasser dem Mähroboter, ließ sich langsam auf die Stelle zutreiben, wo der kleine Teufel stand.

Das rote Auge sprang auf Blau um. Es blieb blau. Bill kam näher, immer näher, bis er auf wenige Zentimeter an die Klingen in der Schnauze des Bots herangekommen war. Was, wenn ihn das Ding jetzt ansprang, sich einen blutigen Tunnel durch sein Gesicht grub? Bill fürchtete, vor Angst in den Pool zu pinkeln, aber gut. Wer würde sich beschweren, außer seine Selbstachtung.

Er war nun unmittelbar vor dem Roboter angekommen, dessen Licht noch immer blau leuchtete. Bill setzte ein Grinsen auf und kniff die Augen zusammen. Dann zuckte er kurz mit den Schultern nach rechts und, ohne die Augen zu öffnen, langte er an dem Roboter vorbei und packte den Käscher, zog ihn rasch zu sich in den Pool. Bill riss die Augen auf.

Der Roboter leuchtete noch immer blau, er drehte sich schnell ein winziges Stück zur einen und dann zur anderen Seite, bevor er wieder erstarrte. In Bills Händen lag der lange hölzerne Stab des Käschers. Er betrachtete stolz seine Beute, er hatte seinen Gegner ausgetrickst. Bill hielt den Käscher mit dem unteren Ende voran über den Kopf, beide Hände packten ihn versetzt, an der Mitte und kurz vor dem Ende, wie einen Speer, den er bereit war, in seinem Gegner zu versenken.

Bill schrie auf, als er zustieß, er trieb den Holzstab ins Maul des Roboters, das Holz musste seine Klingen zerstören!

Die Öffnung des Mähroboters sog den Holzstab ein, Splitter flogen, und Bill wurde seine Waffe aus der Hand gerissen. Der Stab verschwand im Schlund zwischen den Klingen wie ein Dokument in einem Reißwolf. Dann, auf halbem Weg, verkantete sich das Holz, drehte sich nach oben, über den Roboter. Der Stab zersplitterte wie Hähnchenknochen und flog, mit dem Käscher noch am anderen Ende, wirbelnd durch die Luft, landete irgendwo im Gras, die untere Hälfte war aus der Welt geschreddert.

Die Klingen stoppten, der Roboter stand in einer Pfütze aus Sägespänen.

Bill stand da, wie eingefroren, die Hände noch zum Stoß mit dem Stab erhoben, als hielte er der Welt nutzloseste Waffe weiter in Händen. Wahnsinnsidee, dachte Bill. Als hätte ich versucht, einen Elefanten zu töten, indem ich ihn mit Erdnüssen bewerfe.

Das war also schon mal kein Weg aus dem Pool.

Der Mähroboter stand wieder einfach nur da, rotäugig, unmenschlich geduldig und wartete auf den nächsten Zug seines menschlichen Gegners. Oder wartete er vielleicht gar nicht? Vielleicht war ihm auch einfach alles egal. Woher sollte Bill wissen, was diesen Roboter antrieb, was ihn … steuerte. Steuerte … Bill überlegte, ob der Roboter vielleicht von jemandem gelenkt wurde? Unwillkürlich sah er sich um, ließ seinen Blick durch den Garten wandern, am Haus entlang – und da entdeckte er es: ein weiteres rotes

Licht. An einer der Überwachungskameras. Sie war direkt auf ihn gerichtet. Das rote Licht blinkte hin und wieder. Bills Blick wanderte zum roten Geschwisterauge des Roboters vor ihm. Redeten die beiden miteinander? Oder gehorchten sie demselben Herrn? Saß irgendwo jemand in einem geheimen Raum, mit einem Gamecontroller und machte sich einen kranken Spaß mit Ruth und ihm?

Bill dachte darüber nach, was die beiden verschiedenen Möglichkeiten jeweils für ihn bedeuteten. Wenn ein Mensch hinter all dem steckte, dann war vielleicht noch Hoffnung. Menschen kannten Mitleid, Maschinen nicht.

Andererseits, vielleicht war ein Mensch, ein perverser, bösartiger Mensch, ein Folterknecht aus Fleisch und Blut doch die schlimmere Variante. Denn Maschinen kannten vielleicht kein Mitleid, aber auch keine Grausamkeit. Sie war eine Eigenart der Menschen.

Nun, jetzt gerade änderte das nichts für ihn. Es war aktuell die falsche Frage. Die richtige Frage lautete: Was blieb Bill übrig? Was konnte er tun? Er sah noch mal das Auge des Roboters an. Dieses Monstrum war vor allem eines: ein elektrisches Gerät. Das war es, nicht mehr und nicht weniger, so musste er es sehen, sonst würde er es nicht bekämpfen können.

Elektrizität und Wasser vertrugen sich nicht. Gab es eine Möglichkeit, den Roboter ins Wasser zu bekommen, einen Kurzschluss zu verursachen? Nein, bloß nicht. Hinterher lief das auf ein Fön-Badewannen-Szenario hinaus. Oder das Ding konnte am Ende doch schwimmen und tauchen, was dann? Bill hatte keinen Bedarf, einen elektrischen Piranha im Pool bei sich zu haben. Außerdem musste er ihn erst mal zu fassen bekommen, ohne in die Klingen zu greifen.

Der Roboter hatte einen Akku. Was würde eher schlappmachen? Bill im Pool oder die Batterie der Maschine in der Kälte? Wenn der Mähroboter dort einfach nur wartete, würde er wohl kaum Strom verbrauchen, was aber … was aber, wenn Bill das Ding dazu brachte, ihn weiter den Beckenrand entlang zu verfolgen? Vielleicht machte der Akku dann schlapp … Es war einen Versuch wert …

Was war das?

Bill hörte ein Quietschen und ein hohles Scheppern, Geräusche wie von aneinanderschlagendem Leichtmetall. Es kam ganz aus der Nähe.

Und dann sah er, wie eine weiße Fläche auf ihn zugekrochen kam. Sie kam von der schmalen Poolseite neben ihm und lief links und rechts in zwei Führungsschienen unterhalb des Beckenrandes: Es war eine elektrische Schwimmbecken-Abdeckung. Bill versuchte noch, zu verarbeiten, was das nun für ihn bedeutete, da war der Pool schon halb zu, das spärliche Licht von oben verdunkelte sich. Bill sah zu, wie die Abdeckung über ihn hinwegglitt, zwischen der Wasseroberfläche und den Lamellen der Abdeckung mochten vierzig oder fünfzig Zentimeter Platz bleiben, genug zum Atmen, immerhin. Das letzte bisschen Mondlicht, das auf Bill fiel, erstarb, als der Pool zu drei Vierteln und schließlich vollständig geschlossen war. Bill war allein mit dem Wasser und dem Licht der Bullaugen-Scheinwerfer. Nun war er ganz und gar gefangen. Aber immerhin sicher vor dem Roboter.

Alles, was er noch hörte, war das Gluckern des Wassers, wie es dumpf gegen die Beckenwände schlug und das Klappern seiner Zähne. Bill wusste nicht, ob es auf seine Angst oder die Kälte zurückging.

Er streckte einen Arm aus und berührte das Dach aus Lamellen, das sich über ihm geschlossen hatte. Es gab leicht nach, war aber stabil. Zwischen den Lamellen der Abdeckung waren winzige Lücken, ein wenig Mondlicht und vielleicht auch ein bisschen Luft drangen durch sie herein, er würde also nicht hier im Pool ersticken.

Doch gerade als er das dachte, meinte er, etwas zu spüren. Zunächst hielt er es nur für eine Einbildung, Wahn. Doch dann konnte er es nicht mehr abtun. Bill beobachtete den Beckenrand, fixierte die Wasserlinie. Und dann war es Gewissheit. Das Wasser im Pool stieg.

Und noch in der Sekunde der Erkenntnis, stieß Bills Kopf gegen die Abdeckung über ihm. Das Wasser hob ihn an. Hatte es ihm gerade eben noch nur bis zur Brust gestanden, reichte es nun bis zu seinem Kinn. Der Abstand zwischen Wasseroberfläche und Lamellen war auf weniger als zwanzig Zentimeter geschrumpft.

Und schon musste er das Kinn recken, damit kein Wasser in seinen Mund geriet, es blieben noch etwa zehn Zentimeter bis zur Abdeckung. Er presste den Mund auf eine Lücke zwischen zwei Lamellen, um weiter an Luft zu kommen. Er atmete tief ein, so tief er konnte.

Doch dann stieg das Wasser weiter, schloss mit der Abdeckung ab, und schließlich stieg es sogar noch darüber hinaus. Bill war unter Wasser.

Er drückte mit beiden Händen so fest er konnte gegen die Poolabdeckung, sie hob sich vielleicht einen oder zwei Zentimeter, stand jedoch weiter unter Wasser. Er war darunter gefangen, ohne Raum zum Atmen, die Luft angehalten.

Wie lange konnte ein Mensch maximal die Luft anhalten, dachte er; doch sofort kam Bill sich dumm vor, das war schon wieder die falsche Frage. Die richtige war: Wie lange würde *er* das können?

INNEN

Es war Ruth vorgekommen, als hätte sie mehrere Stunden für den Weg hinab zum Badezimmer im Erdgeschoss gebraucht, den Ort, an dem sie ihr Handy hatte liegen lassen. Bei jedem Schritt auf dem Weg von oben hierher hatten zwei Gewalten an ihr gezerrt und sie fast zerrissen. Die eine war der simple Wunsch gewesen zu überleben, nicht in eine neue Falle zu tappen, die ihr dieses böse Haus in seiner unerschöpflich kreativen Grausamkeit stellen konnte.

Und auf der anderen Seite trieb sie der Wunsch voran, Bill zu retten, ihren Bill, der dort draußen gegen einen für sie unsichtbaren Gegner kämpfte. Wie viel Zeit durfte sie sich lassen, wie viel Vorsicht sich gönnen? Jeder Schritt, den sie machte, jeder Gegenstand, den sie sah, die Wände, Decken, die Türen, vor allem die Türen, waren aufgeladen mit der Aussicht auf Schmerz, Verstümmelung, Tod. Keine Stufe war einfach nur eine Stufe, keine Steckdose nur eine elektrische Vorrichtung und der Kamin nicht nur eine Feuerstelle, alles war möglicher Feind geworden. So musste man sich fühlen, wenn man paranoid war, an einer Angststörung litt; nur hatte sie recht, sie hatte recht, wenn sie dachte, dass alles hier sie umbringen wollte!

Und so war sie irgendwann endlich vor der Badezimmertür angekommen, die noch von ihrem letzten

Besuch offen stand. Dort drinnen war ihr Telefon. Wenn sie es richtig anstellte, konnte sie in ein paar Minuten alles beenden, die Behörden alarmieren, den Albtraum abbrechen. Sie musste nur herausfinden, wie die Notrufzentralen vor Ort tickten, ob man im Umgang mit Gehörlosen geschult war, wenn ja, würde alles schnell gehen, aber selbst wenn sie an den dümmsten Macho-Idioten in der Geschichte der beigen Cargohose geriet, Ruth würde dafür sorgen, dass er sie hörte.

Und sie würde Bill retten.

Sie musste nur den Mut zu diesem letzten Schritt aufbringen, dem Schritt ins Bad. Doch gerade der fiel ihr schwer, sie hatte das irrationale Gefühl, irgendetwas zu übersehen, irgendetwas nicht zu berücksichtigen, was ihr dort drinnen das Genick brechen konnte.

Etwas stimmte nicht mit diesem Bad, sie wusste nicht, wieso sie das dachte, aber sie war sich sicher.

Das Messer fiel ihr ein. Jemand hatte ein Messer mit hineingenommen und dann unter dem Unterschränkchen des Waschbeckens liegen gelassen. Was war dort drin geschehen? Hatte es einen Kampf gegeben? Oder aber, das wäre eine tröstliche Aussicht, hatte sich jemand dort drin versteckt mit dem Messer? Weil es der sicherste Ort war?

Denk nach, du dumme Nuss, dachte sie. Streng dein Chefkoch-Unternehmer-Gehirn an. Wasser … Wasser war gefährlich. Sie musste sich fernhalten von der Dusche und dem Waschbecken, vielleicht würde der böse Geist, der dieses Haus lenkte, egal, welchen Ursprungs er war, wo er auch wohnte, vielleicht würde er es für lustig befinden, sie in der

Duschkabine einzusperren und bei lebendigem Leibe zu kochen? Doch sonst fiel ihr nicht viel ein. Wegbleiben von den Armaturen! Und jetzt rein, rein da!

Sie stieß die Tür auf und drückte den Lichtschalter.

Das Bad lag still und leer vor ihr. Sie trat ein und zog vorsichtig die Tür ein Stück vor. Da stand der Wäschekorb, hinter der Tür. Und da lag das verdammte Handy!

Ruth nahm es in die Hand, trat schnell einige Schritte zurück, in die Mitte des Raums, fort von den Geräten, der Dusche, dem Waschbecken, den aufeinandergestapelten Trockner samt Waschmaschine, weg von allem, was vielleicht irgendwie gefährlich sein konnte. Sie sah auf ihr Handy. Sie hatte keinen Empfang.

Sie fluchte in sich hinein. War das Zufall? Hatte sie wirklich keinen Empfang hier drin? Oder war das ein Teil des Plans? Verhinderte Was-auch-immer, Wer-auch-immer sie hier eingesperrt hielt, dass sie sich so einfach aus ihrer Gefangenschaft hinaustelefonieren konnte?

Was es auch war, sie hätte darauf kommen können, dass es nicht so simpel war, diesem Horror zu entfliehen. So funktionierte das nicht.

Sie dachte nach. Vorausgesetzt, es war einfach Zufall, vorausgesetzt, es gab einfach nur in diesem Bad keinen Empfang, dann bestand die Möglichkeit, es anderswo im Haus zu versuchen, vielleicht blockte das fensterlose Bad schlicht das Signal ab, sie konnte es im Wohnzimmer ausprobieren oder oben, vielleicht gab es im Wintergarten, an erhöhter Position, besseren Empfang. Sie hatte draußen am Strand Empfang gehabt.

Verdammt – die Maklerin! Sie hatte ihr doch etwas erzählt, vom WLAN! Das Passwort ... das Passwort stand auf einer Karte, die auf dem Tischchen im Flur lag, direkt draußen vor der Badezimmertür. Ruth lief hinaus, und nach drei schnellen Schritten sah sie die Karte dort liegen. Sie schnappte sich den kleinen visitenkartengroßen Zettel und zog sich damit wieder ins Bad zurück.

Reichard
Rosenblatt58

Das erste musste das Wifi-Netz sein und das zweite das Passwort. Überraschend floral, dachte Ruth. Sie öffnete die WLAN-Liste auf dem Handy – Reichard war das einzige Netzwerk, das es hier gab, Ende der Welt eben. Sie wählte es aus und hämmerte das Passwort hinein. Das Gerät versuchte, eine Verbindung herzustellen. Dann erschien unter dem WLAN-Namen der Hinweis:

Kein Internet

Okay, was war das nun? Aber gut, manchmal geschah das. Die Menschheit hatte immer noch keine einheitliche Antwort darauf, wie man Internet möglichst schnell und einfach auf sein Smartphone bekam, eher würde es Weltfrieden geben. Sie würde es noch mal versuchen ... doch, Moment. Eine Internetseite öffnete sich. Wer sagte es denn, wahrscheinlich musste sie einfach irgendwo einen Haken setzen, unter blödsinnigen AGBs, die kein Mensch ernsthaft las, der seiner eigenen Lebenszeit nicht böse war. Die Seite baute sich auf:

Sie sind nicht autorisiert!
 Bleiben Sie, wo Sie sind!
 Versuchen Sie keinerlei weitere Angriffe!

Bitte, was? Was für ein nerdiger IT-Nonsense war das denn nun? Ruth versuchte es weitere Male, veränderte in den Verbindungseinstellungen des WLAN-Menüs verschiedene Parameter, die sie nicht begriff, weil keiner diesen Blödsinn begriff, doch es blieb dabei: kein Internet, nicht autorisiert.

Bleiben Sie, wo Sie sind.

Okay, wenn ihr irgendetwas aus diesem Haus mitteilte, sie solle bleiben, wo sie war, war es höchste Zeit, ihren Standort zu wechseln. Oder war gerade das die Absicht hinter der Botschaft?

Ruth ließ das Handy sinken, sie musste sich zusammenreißen, durfte sich vom Impulsüberschuss an Energie, den der Zorn durch ihre Muskelbahnen schickte, nicht verleiten lassen, das Handy gegen die Wand zu werfen.

Sie starrte ins Nichts, dachte nach. Dann trat auf einmal der Trockner in ihr Bewusstsein. Bisher war er unsichtbar gewesen, im Nebel ihrer wie wild wirbelnden Gedanken verborgen, doch nun sah sie ihn auf einmal. Der Wäschetrockner, das war es gewesen, was sie im Kopf gehabt hatte, als sie an das Bad gedacht hatte, nicht nur das Messer. Der Trockner war eingeschaltet gewesen, als sie kamen. Und der Staubsauger. Alles führte hierher, alles hierher ins Bad.

Irgendetwas stimmte mit diesem Haus nicht, aber vor allem mit diesem Bad. Sie trat vorsichtig an den Trockner, das Handy in der einen Hand, und öffnete behutsam mit der anderen die Luke.

Leer.

Der Staubsauger. Die Maklerin hatte ihn aufgeräumt, in den Schrank dort drüben. Sie trat an den Schrank und öffnete ihn. Dort waren Reservehandtücher, Putzmittel, Klopapierrollen … und der Staubsauger. Sie packte ihn am langen Hals und nahm ihn heraus. Ruth betrachtete ihn. Was hatte es mit diesem Gerät und dem Trockner auf sich gehabt? Wieso waren sie eingeschaltet gewesen, als sie gekommen waren …

Die Putzfrau. Ruth öffnete den Mund und stöhnte auf, als sie die Erkenntnis traf. Die Putzfrau sollte hier aufräumen, aber sie war … war sie mitten in der Arbeit getürmt? Waren deswegen die Geräte eingeschaltet gewesen? Hatte sie das Messer geholt, um sich zu verteidigen? Und sich hier verbarrikadiert? Aber wieso sollte sie sich bei eingeschalteten Elektrogeräten im Bad verstecken? Das wäre doch, als riefe man seinen Verfolger förmlich herbei. Und wo war sie? War sie entkommen? Hätte sie dann nicht das Messer mitgenommen?

Ruth wusste genau, dass diese Dinge ihr eine Geschichte erzählen würden, wenn sie nur in der Lage wäre, sie zu verstehen; doch das war sie nicht. Der Sauger, der Trockner, das Messer … Wie passten diese drei Dinge zusammen, was war die Philosophie hinter diesen Informationen? Ruth machte einen Schritt mit dem Staubsauger und dem Handy in der Hand auf den Trockner zu, als könne sie das Gerät beschwören, sein Geheimnis preiszugeben.

Und dann erlosch das Licht im Bad schlagartig.

Sie zuckte erschrocken zusammen, der Staubsauger fiel ihr aus der Hand. Kurz stand sie in Finsternis da, dann schaltete sich eine blaue Beleuchtung ein, flackerte kurz und sprang auf Rot um. Erst blau, dann rot, so wie das Auge des Saugroboters, dachte Ruth. Aber wo kam dieses farbige Licht überhaupt her? Sie drehte sich im Kreis und suchte die Decke ab: Da waren die Lichtquellen. Ein umlaufendes Lichtband aus winzig kleinen Dioden war genau in die Stelle eingelassen, wo Decke und Wände zusammenstießen. Es tauchte die Fliesen, den Marmorboden, die Duschkabine, alles in ein blutrotes Licht, die abwaschbaren Oberflächen wirkten mit einem Mal wie das Innere eines Schlachthauses kurz nach Feierabend.

Sie musste sofort raus hier, sofort. Ihre Hände schlossen sich wie Krallen um ihr Smartphone, sie wollte zur Tür stürzen, doch als sie sich in die Richtung wandte, sah sie eben noch, wie diese ins Schloss fiel. Kein Quietschen, das sie hätte vorwarnen können, kein Laut, als sie schließlich ins Schloss fiel – nicht für Ruth.

Sie sah, wie sich die Verriegelung (ein Drehknopf unterhalb des Türgriffs) von selbst drehte, als habe ein Geist sie betätigt.

Ruth stürzte zur Tür und rüttelte an Griff und Knopf. Der erste ließ sich bewegen, aber öffnete nicht die Tür, der zweite verharrte bewegungslos in der geschlossenen Position.

Sie trat einige Schritte von der Tür zurück, begab sich in

die Mitte des Raums und drehte sich im Kreis. Sie scannte erneut die Einrichtung. Hatte sie etwas übersehen? Bevor sie hereingekommen war, hatte sie nichts entdeckt, das gefährlich aussah, doch das Lichtband war ihr entgangen, auch dass die Tür sich selbst verschließen konnte. Sie wandte sich zur Tür und betrachtete sie eingehender. Oben am Rahmen war kein Türschließer angebracht. Wie zum Teufel hatte ... – die Scharniere! Jetzt sah sie es: Die Tür hatte drei Scharniere, oben, mittig und unten, und sie waren außergewöhnlich dick und jeweils von einer metallenen Einfassung ummantelt. Vermutlich befanden sich dort drin kleine Motoren, ferngesteuert. Das, oder es spukte hier.

Was hatte sie noch übersehen?

Ruth stand da und wartete auf den Angriff. Bewegungslos, nur die Augen zuckten in den Höhlen. Nichts geschah. Ruth lief es eiskalt den Rücken herunter, eine Gänsehaut überzog ihre Arme. Das waren der Schock, die Angst. Sie wartete weiter. Immer noch nichts, nur dieses ekelhafte triefende Blutlicht. Ruth wurde bewusst, dass sie schon seit einiger Zeit die Luft anhielt. Sie atmete langsam aus.

Ihr Atem kondensierte in der Luft, eine Dampfwolke wie von Miranda Kaplans E-Zigarette hing in der Luft und löste sich wieder auf. Es war eiskalt geworden. Sie schämte sich für den Gedanken, kaum dass er ihr durch den Kopf geschossen war, doch kurz musste sie unwillkürlich denken: Es ist doch ein Geist hier drin, das ist Spuk! Denn das geschieht doch, wenn ein Geist im Zimmer ist, es wird eiskalt im Raum. Und nun realisierte sie, dass sie am ganzen Leib begonnen hatte zu zittern.

Die Temperatur im Bad stürzte regelrecht ab. Ruth spürte einen Luftzug, ganz leicht war er, kam von der Seite. Erst jetzt fielen ihr die Lüftungsschlitze oben in der Wand, unterhalb der Decke auf. Sie waren schmal, etwa nur drei Finger hoch und vielleicht zwei Armlängen breit. Sie hatten eine kupferfarbene Einfassung, die in der Maserung des Marmors kaum zu erkennen war.

Ruth, verdammt. Schon wieder etwas, was sie übersehen hatte. Sie trat hinüber, stellte sich auf die Zehenspitzen unter die Lüftungsschlitze und streckte die Finger aus. Nahezu stechend kalte Luft kam aus den Öffnungen.

Ruth sank zurück. Das Bad war eine Kältekammer geworden, und sie war darin gefangen. Sie hatte keine Ahnung, dass Bill in eine ähnliche Falle getappt war, konnte nicht ahnen, dass es schon eine halbe Stunde her war, dass sich die Poolabdeckung über ihm geschlossen hatte und ihm das Wasser über den Kopf gestiegen war.

Sie rieb sich die Arme, sie musste etwas tun, schnell. Es war ein Risiko, aber was war mit warmem Wasser? Konnte sie sich eine heiße Wanne einlassen? Sie ging zur Wanne neben der Duschkabine und streckte einen Arm zu den goldenen Armaturen aus, vorsichtig, das Warmwasserrad nur mit den Fingerspitzen aufdrehend, als könne es explodieren, wenn sie es berührte.

Es kam, wie sie gedacht hatte: Das Wasser floss nicht. Es war wie in der Küche, als ihr das kalte Wasser den Dienst versagt hatte, ihre Verbrennung zu kühlen. Sie presste die Augenlider zusammen, schüttelte sich. Fokussieren, Ruth. Los!

Was zum Teufel tat man, wenn man erfror? Musste man in Bewegung bleiben? Das hatte sie mal irgendwo gelesen. Oder sollte man sich nicht bewegen, weil es zu viel Energie verbrauchte? Das war mal in einer Krimiserie vorgekommen, in der die Heldin und der Held in einer Kühlkammer gefangen waren. Was stimmte denn nun?

Tja, egal, was man machte, man machte es nicht im Nachthemd. Sie griff sich den Bademantel von einem Hänger an der Innenseite der verriegelten Tür, doch das Ding war tatsächlich von ihrer Dusche letzthin noch feucht und eiskalt. Bildete sie sich das nur ein, oder entstanden schon die ersten Eiskristalle in dem Frotteestoff? Sie brauchte etwas anderes. Der Schrank, die Handtücher!

Sie riss den Schrank auf, aus dem sie den Staubsauger geholt hatte, und nahm so viele große Handtücher heraus, wie es dort nur gab, und wickelte sich darin ein. In dem roten Licht sahen die schneeweißen Tücher aus wie blutige Verbände. Das Handy steckte sie seitlich über dem Hüftknochen in ihr Höschen und verbarg es ebenfalls unter einem stramm um die Hüfte gewickelten Handtuch.

Als sie die Beine und den Körper umhüllt hatte, setzte sie sich noch einen Handtuch-Turban auf und verschränkte die Arme vor der Brust. Ruth stampfte von einem Bein auf das andere, sie hatte sich dafür entschieden, in Bewegung zu bleiben.

Doch bald schon schmerzte sie das bloße Atmen, sie spürte, wie ihre Luftröhre förmlich jedes Mal gegen sie rebellierte, wenn Ruth einen Zug der eisigen Luft hinunterschickte. Ihr Körper war binnen kurzer Zeit von einem milden Zittern, wie sie es aus dem Winter kannte, zu einem fast schon krampfigen Schütteln übergegangen.

Sie beschloss, noch einmal zu versuchen, ob sie vielleicht die Tür öffnen konnte. Sie legte die Hand an die Klinke und zog daran.

Und sie ging auf, das verdammte Ding ging auf. Ruth wollte gerade hinausrennen, als sie stutzte. Etwas stimmte nicht, die Badezimmertür führte nicht auf den Flur hinaus, nicht mehr, sondern in … in die Dusche. Ruth stand vor der Dusche, sie hatte die Kabinentür geöffnet. Verwirrt sah sie sich um: Da! Da drüben war die Tür. Etwa, nun – wie viel mochte das sein, zehn, zwanzig, hundert Meter weit weg? Sie ließ ab von der Duschkabine und stolperte auf die richtige Tür zu, zumindest hoffte sie das. Sie taumelte, alles hatte begonnen, sich zu drehen. Sogar die Gedanken waren nicht mehr auf ihrer Seite, sie brachen mittendrin ab, als stottere ihr Gehirn.

Ruth sackte in sich zusammen, jeder Schritt wog tausend Tonnen, sie ging auf ein Knie. Nur einen Moment so ausruhen, nur einen Moment, dachte sie.

»Reiß dich zusammen, du Miststück!«, sagte Robert.

Sie sah zu ihm hoch. Er war wieder dreizehn. Typisch für den Scheißkerl, jünger zu werden statt älter, so wie alle anderen es taten.

»So redest du nicht mehr mit mir!« Ruth konnte wieder sprechen, das immerhin, das war schön. Sie mochte ihre eigene Stimme. Sexy. Sie musste sie Bill vorführen. »Ich bin kein kleines Kind mehr, du mieser Provinztyrann.« Aber stimmte das? Sie sah an sich hinab, dann warf sie einen

Blick in den Spiegel. Sie war klein, ein junges Mädchen. Ein bleicher blonder Engel, doch sie sprach mit der Stimme, dem Wissen und dem Verstand einer Erwachsenen. Trotzig funkelte sie Robert an. »Du weißt es noch nicht, aber eines Tages bin ich reich, berühmt, weit weg, und du verkaufst den Einheimischen statt Papa die Mettwurst!«

»So hilfst du niemandem!«, sagte Robert und schnaufte verächtlich. »Wie üblich«, sagte er. Er war im Spiegel und grinste. Dann war er weg. Besser so.

Sie hörte das Weinen. Da war Smilja. Sie schniefte und rieb sich die Augen. Die langen eisblonden Haare fielen ihr glatt über den Rücken und über das weiße Kleid, das sie trug. Sie sah aus wie eine kleinere Doppelgängerin Ruths. Unter Smiljas linkem Arm klemmte der Teddy, die Hand am rechten war zu einer Faust geballt und klopfte mit den Knöcheln die Wände ab, so als poche sie gegen eine Tür.

»Was machst du, Smilja?«, wollte Ruth fragen. Doch es kamen keine Worte mehr aus ihrem Mund. Sie konnte nicht mehr reden. Wieder. Das war unfair! Es hatte sich so schön angefühlt, wieder eine Stimme zu haben, als wäre diese elende Hirnhautentzündung niemals über sie hergefallen. Ruth hatte sich so sehr darauf gefreut, all das zu sagen, was sie sagen wollte, all die Entschuldigungen, die Dankeschöns, die Botschaften der Liebe. Warum hatte sie mit Robert reden können und nun nicht mehr mit Smilja? Das ergab keinen Sinn. Die treue, gute Smilja, auf der sie den ganzen Zorn abgeladen hatte, weil es so einfach gewesen war bei der kleinen Schwester. Gerade ihr hätte sie so viel zu sagen gehabt.

Ruth stampfte auf, damit Smilja sie ansah. Ihre Schwester wandte sich ihr zu, Ruth fragte erneut, diesmal in Gebärde: *Was machst du, Smilja?*

»Ich suche. Ich helfe dir raus, dann schimpfst du vielleicht mal nicht mit mir!«, las Ruth von den Lippen des kleinen Mädchens.

Ich schimpfe doch nicht, protestierte Ruth. Smilja hörte auf zu klopfen: »Doch dauernd, dauernd. Anstatt mich lieb zu haben, wie eine große Schwester das macht!« Sie drehte sich wieder zur Wand und klopfte. »Robert schimpft dich dauernd, und du hasst es! Und trotzdem machst du es auch mit mir!«

Scham überkam Ruth. Sie wollte um Verzeihung bitten, doch alles, was ihr einfiel, war: *Was suchst du denn?*

»Einen Ausgang! Du weißt doch, die Zimmer stimmen nicht, das hast du gesagt! Oben stimmen sie nicht. Etwas fehlt. Dann muss es hier unten doch auch fehlen, die Grundrisse sind gleich. Und dann gibt es vielleicht einen Ausgang. Vielleicht einen geheimen.« Smilja lächelte und beugte sich vor, sodass sie sich ein verheultes Auge mit der Hand reiben konnte, die auch den Teddy hielt. »Das wäre doch total spannend! Wie im Hörspiel, weißt du?«

Ruth stutzte und sah sich um. Sie verstand. *Bitte, hör mir zu, Smilja,* setzte sie in einem zweiten Versuch an. Doch Smilja war fort.

Ruth fühlte sich, als würde ein Licht in ihrem Inneren aufleuchten, und es sandte ein wenig Wärme und Hoffnung in den ganzen Körper aus. Vermutlich war es nichts anderes als ein profaner Adrenalinstoß, ein wenig Körperchemie, ein Prozess, der ein enger Verwandter oder Nachbar des biochemischen Vorgangs gewesen war, der ihr die Halluzinationen gesendet hatte, doch es brachte sie wieder auf die Beine, schwankend, die eigene Trägheit verfluchend, doch Ruth war wieder da.

Sie begann, die Wände abzuklopfen. Sie startete rechts neben der Badezimmertür, arbeitete sich am Turm aus Waschmaschine und Trockner vorbei und klopfte gerade den Spiegel über dem Waschbecken ab, als sie etwas innehalten ließ.

Was zum Teufel machte sie da, hinter dieser Wand war das Wohnzimmer!

Oben, im Bad im Obergeschoss – es musste sich doch direkt über ihr befinden, oder? –, dort hatte sie bemerkt, dass etwas nicht stimmte, nicht korrekt war mit der Aufteilung: Zwischen begehbarem Kleiderschrank und Bad fehlte ein Stück Raum. Aber das war die andere Seite des Raums, gegenüber! Das hatte Smilja doch gesagt … Wieso zum Teufel klopfte sie hier herum, dumm war das, dumm. Ihr unterkühltes Gehirn begann langsam, den Dienst zu quittieren. Wie lange hatte sie noch?

Sie setzte einen Fuß vor den anderen, die Arme um die Brust geschlungen, und legte den unendlichen Weg zur gegenüberliegenden Wand zurück, die Kälte schmerzte in den Füßen, die Finger wurden taub, sie rieb sie an den Oberarmen. Irgendwo an ihrem Rücken befand sich eine freie Stelle, war nicht richtig eingewickelt in die Handtücher, sie spürte die Kälte hereinkriechen, fühlte ihren frostigen Biss in der Nierengegend.

Nach einer nicht enden wollenden Wanderung durch die blutrote Kälte kam sie an der gegenüberliegenden Wand an. Tatsächlich fanden sich hier nur der Schrank mit den Utensilien darin, ein Tischchen mit einer Blumenvase darauf, aber keine Toilette, keine Badewanne, all das war an den anderen Wänden angebracht. Das hätte dir ein Hinweis sein müssen, sagte sie sich. Vermutlich gab es in den Wänden keine Leitungen oder Rohre! Das war nicht nur ein Hinweis, das war ein Zipfel Hoffnung, der vor ihr flatterte, sie ergriff ihn und verkrallte sich darin.

Ruth klopfte an die Wand über dem Tischchen.

Es klang dünn, hohl, wie Gipskarton. Das war eine nachträglich eingezogene Wand, nichts Tragendes. Dahinter befand sich irgendetwas, Smilja hatte recht gehabt, es musste ein verborgener Raum sein. Und diese Gipswand war die schwächste Mauer im Bad, wenn es ein Entkommen gab, dann hier.

Doch was jetzt? Es war immer noch Gips, sie konnte nicht ein Loch hineinprügeln. Es gab hier keine Werkzeuge, keinen Vorschlaghammer. Sie klopfte weiter die Wand ab. Sie fühlte. Hohl, hohl, hohl … sie kam an dem Regal an, das gegen die Wand gelehnt stand.

Und dann, plötzlich, fühlte es sich anders an. Sie beugte sich vor und kniff die Augen zusammen. Da war etwas, es war im roten Licht kaum zu sehen, doch … eine Schraube. Und eine dünne, fast unsichtbare Fuge. Eine Platte war mit der Wand verschraubt, direkt hinter dem Regal, sie konnte den Verlauf der Fuge nachverfolgen, es war eine rechteckige Platte, die an vier Stellen mit der Wand verschraubt war, etwa zwei Meter hoch und einen Meter breit. Zwei Schrauben, jeweils eine oben und eine unten, waren direkt neben dem Regal angebracht, ein Stück der Platte ragte hier hervor. Die anderen Schrauben versteckten sich gemeinsam mit dem Rest der Platte hinter dem Regal.

Das kleine Licht in Ruth flammte erneut auf, begann zu gleißen. Es erfüllte sie mit dem Leuchten eines Menschen, der beschlossen hat, den Überlebenskampf nicht nur aufzunehmen, sondern auch zu gewinnen, und hüte sich, wer sich ihr in den Weg stellen wollte! Ruth war es gewohnt, für selbstverständliche alltägliche Dinge zu kämpfen: Aufmerksamkeit, einen normalen Umgang, ohne Mitleid, Befremden oder gar Genervtheit, manchmal auch nur um einen Blick in die Augen oder darum, von jemandem verstanden zu werden, der hinter einem Schreibtisch hockte und über sie entscheiden durfte, ohne sie zu verstehen. Jetzt musste sie eben um das alltäglichste und kostbarste Recht kämpfen: jenes, zu überleben. Also gut.

Sie packte das Regal und riss es um, es landete auf dem Boden, zwei oder drei Handtücher fielen von Ruth ab und setzten sie nackt der aggressiven Kälte aus, doch das war egal, sie würde es hier raus schaffen, und zwar schnell.

Nun sah sie die rechteckige Platte frei vor sich, sie war fast unsichtbar, denn sie war, ebenso wie die Schrauben, die sie befestigten, in der Wandfarbe gestrichen. Offenbar hatte jemand hier eine Öffnung in der Gipskartonwand im Nachhinein mit einer Platte abgedeckt.

Ruth drückte einen ihrer Fingernägel in den Schlitz der Schraube oben rechts und begann zu drehen. Der Nagel splitterte und brach ab, hinterließ eine rot lackierte Ruine mit zackigem Rand an ihrem Fingerglied, Teile des Nagelbetts lagen frei.

Sie fluchte, es tat weh und war obendrein Beleg der Aussichtslosigkeit ihres Vorhabens.

Sie lutschte an dem zersplitterten Nagel, was hatte sie sich nur dabei gedacht, sie würde den Nagel abfeilen müssen und …

Ruth stürzte an den Badezimmerspiegel, packte ihren Kulturbeutel und nahm die Nagelfeile heraus. Sie ging zurück zur verschraubten Platte. Die Feile war zu spitz, rutschte aus dem Schlitz der Schraube heraus. Ruth betrachtete sie kurz, dachte nach, ihr Blick wanderte zu ihrem zerstörten Nagel.

Sie schob die Spitze der Nagelfeile in den schmalen Spalt zwischen Platte und Wand, dann brach sie einige Zentimeter der Feile ab.

Sie nahm die Bruchstelle in Augenschein, es hatte erstaunlich gut geklappt, die Bruchstelle verlief leicht diagonal, aber weitgehend glatt. Du bist mein Schraubenzieher, dachte sie.

Sie drückte die Kante der Nagelfeile in den Schraubenschlitz links oben und begann zu drehen: Die Schraube löste sich, Farbsplitter platzten ab und fielen zu Boden. Bald hatte sie den Kopf und etwas vom Gewinde aus der Wand gedreht. Sie legte die Nagelfeile weg und löste den Rest der gelockerten Schraube mit den Fingern, es war schwierig, die Fingerspitzen waren gefühllos, scheinbar angeschwollen, wie die Betäubungswangen, die man nach einem

Zahnarztbesuch hatte, doch sie schaffte es, die Schraube ganz zu lösen. Ruth setzte die Arbeit an der unteren Schraube fort, angsterfüllt, diese könnte sich ihr verweigern, könnte beschließen, in der Wand zu bleiben, festgeklebt von der getrockneten Farbe oder im Gewinde verdreht.

Doch auch sie löste sich. Ruth schob die Fingerspitzen in die Fuge, sie bekam keinen richtigen Griff, also half sie mit der Feile nach, die sie als Hebel nutzte. Die Platte ließ sich etwas anheben, Ruth brachte die vier Finger der beiden Hände oben und unten in den Spalt und bog die Platte in den Raum hinein, zu sich. Das dünne Metall verzog sich, ein dunkler Spalt tat sich auf, ihr Fluchtweg. Sie riss an der Platte, bog sie weiter, dann, endlich brachen auf der anderen Seite die beiden verbliebenen Schrauben aus, die Platte hing nur noch lose an der Wand, Ruth riss sie herunter und schleuderte sie fort.

Vor ihr tat sich ein finsteres Rechteck auf, zwei mal ein Meter, umspült vom blutroten Licht im Badezimmer. Es führte in einen Raum, den es eigentlich nicht geben durfte.

Ruth trat durch die Tür.

Kaum war sie über die Schwelle und in die Finsternis eingetaucht, schien sie mit dem roten Licht auch die tödliche Kälte hinter sich gelassen zu haben, es war hier drin zwar kühl, aber angenehm. Die Luft hatte ein andersweltliches Aroma von maschineller Wärme und künstlicher Kälte im Widerstreit.

Und dann sah sie die Augen. Es waren Dutzende, rot, blau, grün, sie zwinkerten, verschwanden, tauchten wieder auf.

Ruth stöhnte auf: Das Handy! Das verdammte Handy, die Lampe daran! Sie wollte das Smartphone aus dem Bund ihres Höschens ziehen, doch ihre tauben Finger ließen es fast fallen. Sie klemmte es unter die Achsel und öffnete und schloss die Fäuste, um Blut in die Finger zu pumpen, die feinmotorische Aufgabe des Schraubenlösens hatte den erfrierenden Fingerkuppen den Rest gegeben.

Als sie ihre Finger ein wenig ins Leben zurückgeholt hatte, nahm sie das Handy, hoffentlich hatte die Kälte nicht den Akku leer gefressen. Die Lampe ließ sich anschalten. Ruth hielt das Telefon vor sich und leuchtete.

Sie stand in einem Serverraum. Sie kannte so etwas von Hali, dem Webmaster ihrer Restaurant-Homepages, er lebte im Grunde in so einem Ding.

Sie sah sich um: Die Wände waren mit Kabinetten aus Glas und Metall vollgestellt. Hinter dicken Panzerscheiben waren Geräte voller bunter Lichter zu Türmen gestapelt. Die Rechner umstanden Ruth wie eine schaulustige Menge ein Unfallopfer, produzierten Hitze, die von Klimaanlagenluft gemildert wurde. Ruth leuchtete den Grundriss ab: Der Raum war etwa zwei Meter tief und verlief parallel zum Bad. Alles war mit Computerschränken vollgestellt, nur am hinteren Ende des Raums gab es eine Apparatur, die Ruth nicht richtig einordnen konnte, aber sie vermutete, dass es die Klimaanlage war, die den Serverraum kühlte. Wahrscheinlich war es dieselbe Anlage, die auch dafür gesorgt hatte, dass die Luft im Bad auf lebensfeindliche Minusgrade abgekühlt war.

Ruth trat an einen der Serverschränke. Was war das für

ein Raum, in dem sie sich befand? Enthielt dieses Geheim-zimmer die Antwort auf die Frage, was hier ablief? War das der Feind? War es diese Elektronik hier, die dieses Haus voller Todesfallen steuerte? Oder bediente sie jemand? Wer? Hier war niemand. Reichard musste diesen Raum erbaut haben, offenbar im Nachhinein, nachdem das Haus schon fertig gewesen war. Doch wozu?

Sie klopfte gegen eine Glasscheibe, versuchte, sie zu öffnen, doch alle Serverschränke waren sicherheitsverglast und abgeschlossen. Was hätte sie auch genau tun sollen? Sie wusste nicht, ob diese Armada an Elektronik wirklich etwas mit ihrer Lage zu tun hatte, ob vielleicht alles nur noch schlimmer werden würde, sollte sie hier randalieren.

Und nun, wie kam sie hier heraus? Sie leuchtete die Decke, den Boden und die Schränke ab, hier schien es keinen Ausweg zu geben. Doch dann entdeckte sie etwas anderes: eine Leiter.

Sie war an der Wand am anderen Ende des Raums angebracht. Von der Decke herabsteigend, lief sie durch diesen Raum und durch eine Öffnung im Boden nach unten … in den Keller?

Ruth leuchtete in das Loch, folgte mit ihrem Blick den Sprossen: Sie führten in eine perfekte Dunkelheit, die zu vertreiben ihre Handylampe nicht ausreichte. Aber sie sah, dass die Leiter irgendwann endete, und glaubte, die Ahnung eines Fußbodens darunter zu erkennen. Es war aber genauso gut möglich, dass die Stufen mitten in der Luft im Nirgendwo aufhörten und man danach viele Meter tief abstürzen würde. Doch das war ja wohl eher unwahrscheinlich, warum sollte jemand eine Leiter so bauen? Verflucht, wenn sie hören könnte, hätte sie einfach etwas hinabfallen gelassen, damit der Aufprall ihr anzeigte, wie tief es hinab ging.

Ruth leuchtete nach oben: Die Leiter über ihr endete kurz vor einer stählernen viereckigen Luke in der Decke von etwa sechzig mal sechzig Zentimetern. In dem perfekten Quadrat war ein Schloss eingelassen. Die Luke sah stabil und undurchdringlich aus wie eine Tresortür.

Ruth hielt sich mit einer Hand am Rahmen der Leiter fest und kletterte zwei Sprossen hinauf. Sie legte das Handy auf einer der oberen Sprossen ab, die Lampe nach oben, sodass sie ihr leuchtete, und klopfte gegen die Metalltür. Die Tür war so massiv, dass sie kaum eine Schwingung von sich gab. Ruth drückte dagegen, doch sie bewegte sich kein Stück. Ohne einen passenden Schlüssel sah sie keine Chance, dort hineinzukommen, nicht einmal mit einem Schneidbrenner.

Sie wusste auch gar nicht, ob sie das wollte. Was würde sie hinter der Tür finden? Sicherheit? Oder nur noch schlimmeres Grauen? Sie dachte kurz nach: Das Bad hier im Erdgeschoss musste sich direkt unter dem Bad im Obergeschoss befinden. Sie war also nun offenbar genau unter dem Eingang zu einem versteckten Raum dort oben. Und der befand sich im Obergeschoss zwischen dem begehbaren Kleiderschrank und dem Bad. An genau der Stelle, die sie vor nur wenigen Stunden mit den Füßen abgemessen hatte und dabei zu dem Ergebnis gekommen war, die Anordnung der Räume stelle eine Anomalie im Grundriss des Gebäudes dar.

Sie hatte recht gehabt. Doch es nützte ihr nichts.

Was war dort oben?

Nun, das war eine rein akademische Frage, sie würde nicht dorthin gelangen. Also blieb nur der Weg nach unten, in den Keller.

Sie nahm das Handy in die rechte Hand und kletterte hinab, die linke Hand am Rahmen der Leiter. Sie leuchtete hinab, während sie langsam abstieg, immer erst sorgsam beide Füße auf eine Sprosse stellend, bevor sie die nächste betrat, erst mit links, dann mit rechts. Schließlich war sie auf der letzten Stufe angekommen. Sie drehte, weiter auf der Leiter stehend, den Oberkörper und leuchtete ins Dunkel des Raums hinter ihr.

Rohre, ein großer Kessel, Leitungen mit Drehrad-Ventilen und Plunder: ein Werkzeugkasten, Plastikkanister, leer oder teilweise mit geheimnisvollen Flüssigkeiten gefüllt, Spinnweben, eine Werkbank mit nicht identifizierbarem Krempel darauf – es war ein Heizungskeller, stockfinster mit Ausnahme des trüben Kreises, den das Handylampenlicht der Finsternis entriss.

Sie verharrte auf der Leiter und schätzte den Raum ab. Ruth war allein, da war sie sich sicher, aber das hatte ihr bisher auch nichts genützt. Die Frage lautete, was ihr dieser Raum wohl alles antun könnte. Theoretisch war das ein Albtraum, ein Heizungskeller: Was, wenn sich ein Ventil öffnete und sie mit Dampf beschoss? Oder wenn die Heizung beschloss zu explodieren, vielleicht würde der bösartige Geist, der hinter Ruth her war, die totale Vernichtung des Hauses ja für ihren Tod in Kauf nehmen …

Doch aus irgendeinem Grund meinte sie zu spüren, dass sie hier sicher war … nein, das war zu viel, bestimmt nicht sicher, aber immerhin sicherer als oben. Dieser Keller wirkte, als sei er das, was er war: ein Keller und keine Todesfalle. Die funktionale, uneitle Gestaltung, diese Abwesenheit von Design schien keine Geheimnisse vor ihr zu verbergen. Die Designerküche oben kam Ruth dagegen rückblickend so technizistisch verschlagen vor, als habe sie gleich ahnen müssen, dass dem zu Tode gestalteten Raum dort oben nicht zu trauen war.

Oder sie war einfach blöd. Fiel in die Falle des trügerischen Vertrauens zur Einfachheit, das einer wie ihr wohl unterlief, einer Emporgekommenen, die gerade einmal in der ersten Generation der Unterschicht entflohen war.

Sie sprang von der Leiter und fühlte den Boden unter ihren Hausschuhen: einfach nur kalt und normal, Staub, Krümel, aber keine glühende Fußbodenheizung, keine beißende Eiseskälte.

Sie leuchtete die restlichen Teile des Raums mit dem Handy ab. Da war eine Tür, eine feuerfeste Metalltür, sie war einen Spalt weit auf, jemand hatte unten einen Keil zwischen Türblatt und -rahmen geklemmt. Gut. Gut, gut! Dann konnte sie auf jeden Fall hinaus hier, sie musste kein elendiges Rätselraten veranstalten, wie man aus diesem Raum entkommen konnte.

Sie atmete durch. Und als habe der Körper gespürt, dass er sich nun eine kleine Pause von der ständigen Alarmbereitschaft gönnen, dass er sich einer winzigen Schwäche hingeben durfte, überkam sie sofort Schwindel. Noch immer schmerzten ihre Verletzungen, die verbrannte Fußsohle, die Wunde an der Zunge und die geprellten Rippen; ganz zu schweigen davon, dass sie gerade eben noch aus brütender Hitze heraus in einen eisigen Raum verpflanzt worden war. Sie ging in die Knie, sackte vornüber, das Handy fiel zu Boden, landete mit der Lampe nach unten, sodass Dunkelheit Ruth umfing. Ruth stützte die Oberarme auf dem Boden ab, ihre Schultern bebten. Fast erwartete sie, Smiljas tröstende Hand auf dem Rücken zu spüren. Smilja hatte sie gestreichelt, wenn sie geweint hatte.

»Wird wieder gut, nimm es nicht so schwer. Robert meint es nicht so!«

»Was weißt du, du bist ein Baby, ein Baby!«

Ruth presste die Augenlider zusammen, die Erinnerung löste zurückgehaltene Tränen, wie Wasser aus einer Frucht, die man zerdrückt. War das alles ein Gericht? Ihre Abrechnung?

Sie hatte all das hier verdient. Und die anderen hatten etwas viel Besseres verdient. Eine bessere Schwester. Eine bessere Frau.

Bill. Wo war er? Hoffentlich ging es ihm gut. Wenn sie hier herauskäme, gesund, mit Bill, dann würde sie Smilja anrufen. Und Bill würde sie jeden Tag das Gehirn rausvögeln, bis er ständig so breit grinste, dass man sich auf der Straße nach ihm umdrehen würde. Und sie musste Smilja anrufen. Bitte, dachte sie, richtete ein Stoßgebet an die höheren Mächte, an die sie nicht glaubte: Bitte lasst mich das überleben. Nur lange genug, um alles geradezubiegen wenigstens. Doch erst mal musste sie hier raus.

Sie richtete sich auf, wischte sich mit den Fingern über die Augen. Dann nahm sie das Handy und setzte ein Bein auf, drückte sich hoch.

Ruth gab einen leisen, ungeübten Schrei von sich und machte einen Satz zurück, stieß gegen die Leiter, die ihre metallische Vibration auf Ruth übertrug. Sie war in der Dunkelheit gegen etwas gestoßen, als sie einen Schritt in die Richtung getan hatte, in der sie die Tür vermutete. Es war weich gewesen, in Stoff gehüllt. Das Handy leuchtete noch immer zu Boden, sie schloss beide Hände darum und hob es vor sich, richtete es wie einen Revolver in die Dunkelheit.

Der männliche Körper im Poloshirt schaukelte im Licht der Lampe noch immer leicht vom Zusammenstoß hin und her. An den Füßen der Beine, die aus kurzen Hosen ragten, und an den Fingern der leblos herabhängenden Arme hatten sich schwarze Stellen gebildet, dort, wo sich das Blut zu Leichenflecken gesammelt hatte. Ein Seil, mit dem anderen Ende an einem Rohr unter der Decke befestigt, war um den Hals gezogen und hielt den Erhängten etwa einen halben Meter weit über dem Boden in der Luft. Er hing direkt neben der Leiter, war ihr die ganze Zeit so nahe gewesen, dass sie an dem Körper vorbeigeleuchtet hatte.

Ruth presste die Hand auf den Mund, atmete heftig durch die Nase ein und aus.

Sie zwang sich zur Ruhe, versuchte, ihre Atmung zu entschleunigen, ihrem Herz und ihrem Mageninhalt zu untersagen, gemeinsam die Speiseröhre hinaufzuwandern.

Irgendwann war es ihr halbwegs gelungen, Ruth ließ die

Hand sinken und leuchtete dem Toten ins Gesicht. Ein Mann, etwas jünger als sie, aber älter als Bill, gepflegt, in geschmackvoller Kleidung in dezenten Farben.

Ruth erkannte den Stil seiner Kleidung wieder, sie hatte perfekt dazu passende Mode zwei Etagen weiter oben gesehen, im begehbaren Wandschrank, Kleidung, wie sie eine Frau mit Geschmack für ihren Mann aussucht.

Und da wusste es Ruth, ohne jeden Zweifel. Sie sah hier die eine Hälfte jenes Ehepaares vor sich von der Decke baumeln, das vor ihnen diese Wohnung gemietet hatte. Zumindest der Ehemann war wirklich niemals abgereist. Ruth stutzte. Im Gürtel des Toten steckte etwas. War das … ein Brief?

AUSSEN

Bill schwamm unter der Poolabdeckung entlang, es mochten zwanzig Sekunden vergangen sein, seitdem er seinen letzten Atemzug getan hatte. Er tastete die Lamellen der Abdeckung ab, versuchte, sie auseinanderzuschieben, es war hoffnungslos, so würde er hier nicht hinauskommen … Aber wie dann? Er ruderte mit Armen und Beinen, um nicht auf den Grund zu sinken, möglichst langsam und ruhig, doch er spürte Panik aufkommen; er war hier lebendig begraben, in einem großen Sarg, gefüllt mit Wasser.

Denk nach! Denk nach!

Er schloss die Augen, das Chlor brannte in ihnen.

Los, denk endlich nach! Was konnte man tun, was konnte man in so einer Situation tun? Sterben. Ja. Und was noch?

Er öffnete die Lider wieder, die weiß glühenden Augen der Unterwasserscheinwerfer sahen ihn an, unscharfe leuchtende Scheiben im Blau des Pools, das ihn umfing. In den Filmen schienen die Leute unter Wasser immer sehen zu können, aber man sah nur Unschärfe, war jenseits von einigen Zentimetern Entfernung nahezu blind.

Bill schwamm zum Beckenrand. Er tastete die Wände des Pools ab, er wusste nicht, was er suchte. Eine Düse vielleicht, die Sauerstoff in den Pool pustete, vielleicht gab es so etwas, die Filteranlage? War das möglich? Doch selbst wenn, spritzten diese Dinger nicht einfach nur gereinigtes Wasser zurück in den Pool? Er wünschte, er wäre zusammen mit einer großen Luftmatratze in den Pool gefallen, dann hätte er versuchen können, die Luft aus der Matratze zu atmen, doch er war hier allein, hier gab es nichts, nichts, nichts, nichts!

Er spürte einen Albdruck in sich aufsteigen, einen Durst nach Leben mit dem Geschmack von Tod, die aufkeimende Ahnung des nahenden Erstickens.

Bill war ein Kind gewesen, da hatten er und seine Freunde getestet, wer am längsten unter Wasser bleiben konnte. Das Ende, die letzten Sekunden waren jedes Mal gleich gewesen, dieses immer schlimmer drückende Leid ohne Schmerz, diese Angst, man würde nie wieder atmen. Bill war dennoch immer noch ein bisschen länger unter Wasser geblieben, selbst wenn die Angst und die fehlende Luft ihn schon würgten. Doch irgendwann war es einfach nicht mehr gegangen, er hatte auftauchen müssen. Und jedes Mal war es dasselbe gewesen, jedes Mal, wenn er nach oben strebte, der Wasseroberfläche entgegen, schien sie ein Stück weiter weg zu sein, als er gedacht hatte, jedes Mal hatte das erlösende Auftauchen sich scheinbar nicht einstellen wollen, und für einen Moment hatte er sich gefragt: Was, wenn er es nicht nach oben schaffen würde? Was, wenn er tausend Meter tief fort war von der rettenden Luft über dem Wasser, wenn er tief, ganz tief getaucht war, ohne es zu merken ...? Und dieser Moment der höchsten, drückendsten erstickenden Angst, das war der Moment gewesen, in dem er dann doch durch die Wasseroberfläche gestoßen war und sich seine Lunge in einem erleichternden, rettenden Atemzug mit Luft gefüllt hatte!

Doch diesen Moment würde es vielleicht nicht geben. Nicht dieses Mal – nie wieder!

Bill begann, hektisch zu werden, die Hektik machte alles schlimmer, aber er konnte nicht anders, er tastete die Wand ab, schlug um sich, in Zeitlupe, verzögert vom Wasser, das ihn überall umgab, ihn ganz in seine tödliche Umarmung nahm, darauf wartete, in ihn einzudringen, wenn nur seine Verteidigungsmechanismen endlich kollabierten und das Tor in seine Lunge öffnen würden.

Seine Hände schlugen gegen die Beckenwände, gegen die Lamellen über ihm, ohne Sinn, ohne Effekt, er spürte, wie ihm schwindlig wurde … Verdunkelten sich die Lichter? Wurde ihm schwarz vor Augen? Er kratzte mit den Fingernägeln über die Wände des Pools, ohne Hoffnung zu überleben und zugleich zu trotzig, um kampflos zu sterben, ein zerreißender Spagat.

Da gerieten seine Hände in eine kleine Mulde in der Beckenwand, kurz unterhalb der Abdeckung. Es war so etwas wie eine Einbuchtung, vielleicht zwei Hand breit. Vermutlich der Eingang eines Filtersystems. Nutzlos, eine Entdeckung vor dem Tod, ganz ohne Wert.

Doch dann fühlte er etwas, es war dünn, schmal und länglich, es hing in der Öffnung der Filteranlage fest, hatte sich verkeilt. Seine krampfende Hand zog es heraus. Unter Wasser brachte er es ganz nah an seine Augen.

Es war ein Strohhalm.

Einer der Strohhalme von den Drinks, die er gemacht hatte, aus dem Glas, das in den Pool gefallen war; das Glas hatte er herausgeholt, den Halm hatte er nicht finden können.

Punkte tanzten vor seinen Augen, als er ihn zwischen die Lippen steckte und nach oben schwamm, zur Abdeckung. Seine Finger tasteten nach dem Schlitz an der Stelle, wo zwei Lamellen zusammenstießen. Er fand eine Lücke, nahm das andere Ende des Strohhalms und fummelte es in die Öffnung hinein, auf das andere biss er fest, um es im Mund zu halten. Er schaffte es, den Strohhalm durch die Ritze in der Abdeckung zu schieben, und brachte seinen Mund unter Wasser so nahe es ging an die Lamellen heran, schob den Strohhalm hindurch. Es war ein Plastikhalm, üblich, ordinär, mit Knick am oberen Ende. Wie lang konnte so ein Ding sein, vielleicht zwanzig Zentimeter? Das Wasser brauchte nur einundzwanzig Zentimeter weit über der Abdeckung zu stehen, und Bill wäre am Ende.

Sein Kopf stieß gegen die Lamellen, er schloss die Lippen um das Plastik und lockerte seinen Biss darauf.

Dann pustete er das Wasser im Halm heraus und zog an dem Röhrchen.

Luft! Luft strömte in seine Lunge!

Wenig, es war wenig Luft. Bill hatte für die ersten paar Sekunden den Eindruck, das bisschen, was da aus dem Strohhalm kam, machte das Ersticken nur noch schlimmer, verzögerte es, statt es aufzuhalten, so als verhungere man vor der Auslage eines Süßwarenladens. Doch dann begann die süße, wunderbare Luft, ihn zu nähren, hob ihn hoch aus dem schattigen Tal und hinauf ins Licht. Er stieß Luft aus und saugte erneut an dem Röhrchen. Einmal verlor er fast den Halm, weil er lachen musste: ein irres, trotziges Lachen. Noch nicht, noch nicht!

Irgendwann war das Gefühl des Erstickens abgeebbt. Er begann, sich an das Atmen durch die winzige Öffnung zu gewöhnen. Das Herz hörte auf zu rasen. So klemmte er dort unter der Abdeckung, das Gesicht dagegen gepresst, die Füße ruderten sanft unter ihm und hielten ihn oben. Es war eine delikate Position für einen Überlebenskampf, er musste ständig achtgeben, dass ihm der Strohhalm nicht verloren ging, doch er schaffte es.

Bill wusste nicht genau, wie viel Zeit er so zugebracht hatte, als die berauschende Freude des Überlebens ihre Kraft verlor und ein neuer Konflikt seinen Verstand erfüllte: Wie sollte er hier herauskommen? Was würde als Nächstes geschehen? Ruth! Wie sollte er Ruth helfen? Überleben war nicht genug. Es reichte nicht aus, Ruth brauchte seine Hilfe.

Er spielte Ideen durch. Er hatte Zugang zu Luft, damit waren gewaltsame Lösungen, alles, was an Kräften und Luftvorrat zehrte, wieder zurück im Spiel. Vielleicht konnte er irgendwie seine Finger zwischen die Lamellen bringen und versuchen, einige herauszubrechen oder die Abdeckung zu verschieben. Solange er nur den Strohhalm nicht verlor, dieses unbezahlbare, unendlich wertvolle Stück Plastik, das wahrscheinlich keine fünf Cent wert sein mochte. Hätten wir uns nicht gestritten, dachte Bill, hätte ich den Strohhalm vermutlich aus dem Pool geholt. Und wäre tot.

Er begann, mit den Fingern an einer Lücke in der Poolabdeckung herumzuarbeiten. Da setzte sich die Abdeckung unvermittelt in Bewegung. Sie glitt zur Seite – der Pool öffnete sich.

Bill rupfte schnell den Strohhalm aus der Öffnung und biss darauf, um ihn nicht zu verlieren, nicht dass ihm sein Lebensretter auskam. Er ließ sich auf den Grund sinken: Ein schmales Rechteck fahler Mondhimmel tauchte links über ihm auf, unscharf, wabernd, verschwommen, wurde größer, zu einem Quadrat, schließlich zu einem breiten Rechteck.

Bill dachte kurz nach, dann wusste er, was er tun musste. Er nahm den Strohhalm in die Faust und drehte sich auf den Rücken, streckte die Gliedmaßen aus und stellte sich tot. Die Luft in seiner Lunge ließ ihn nach oben steigen, er stieß an die Abdeckung, die sich weiter im Rückzug befand. Bald hatte sie das Becken ganz freigegeben, verschwand in der kleinen Einfassung am schmalen Ende des Pools. Bill trieb im Wasser und bewegte sich nicht, versuchte, als Leiche durchzugehen, atmete so flach, wie es nur ging, und hielt die Augen geschlossen. Wasser umspülte seine Lippen, ständig drohte er unter die Wasserlinie zu sinken, doch er kämpfte mit Körperspannung dagegen an.

Er war sich ziemlich sicher, dass er verstand, durchschaute, was hier geschah: Wer oder was auch immer hier gegen ihn kämpfte, es sah nun nach, ob er auch tot war.

Bill lauschte, wagte es nicht, die Augen zu öffnen.

Dann hörte er ein leises elektrisches Summen vom Beckenrand, es wurde leiser. Der Mähroboter. Er hatte die ganze Zeit dort gewartet, nun zog er sich zurück.

Bill wagte es, ein Auge einen Spalt weit zu öffnen, er spähte hinaus ins Dunkel des Gartens. Gerade noch sah er, wie der kleine stählerne Roboter im Halbdunkel des Gartens verschwand. Er würde sich vermutlich nun in eine Nische zurückziehen, die ihm gehörte. Aufladen, etwas Elektrizität trinken und damit den Sieg über seinen menschlichen Gegner feiern. Natürlich nicht. Bill wusste, dass Maschinen so nicht funktionierten. Sein Vater hatte es ihm erklärt, Maschinen waren Maschinen, kein Gefühl, verstehst du? Sie spüren keinen Hass. Das hatte sein Vater gesagt.

Ist das gut, Papa? Oder ist das schlecht?

Es ist, Willi, es ist einfach nur, hatte sein Papa gesagt. Es kommt darauf an, was du daraus machst, kleiner Mann! Bill aber war inzwischen ein großer Mann und klüger: Kein Hass, ja, vielleicht stimmte das – aber sie spürten ebenso kein Mitleid.

Bill begann, mit Armen und Beinen winzig kleine, hoffentlich unsichtbare Schwimmbewegungen auszuführen. Er wollte an den Beckenrand. Und dann ... der Baum. Er würde rennen, als wäre der Teufel samt buckliger Verwandtschaft hinter ihm her.

Zum Baum.

Den Baum hoch. Und dann auf den Balkon. Und dann würde er weitersehen. Nein. Idiot. Ruth würde ihn schimpfen. So ging das nicht. Er brauchte einen Plan, denn »sonst wird das alles nichts, du kannst dich nicht ewig treiben lassen. Sonst bleibst du ein Kellner mit reicher Freundin.« Das wolle er doch nicht, oder?

Was also war der Plan? Hinauf auf den Balkon, das war ein halber Plan. Wie aber kam er ins Haus hinein? Garantiert war oben alles zu. Türen, Fenster. Einschlagen? Ob das klappte?

Würde Ruth nicht schon längst bei ihm hier draußen sein, wenn es so einfach wäre? Bestimmt waren die Scheiben aus so was wie Panzerglas.

Er brauchte irgendetwas Hartes, um es wenigstens zu versuchen. Vielleicht kam man über das Dach rein, vielleicht gab es einen Schornstein? Nein, was für ein Blödsinn, für wen hielt er sich? Für den Weihnachtsmann?

Er musste sich damit abfinden, er konnte nicht planen, was geschehen würde. Aber wenn er es auf den Baum schaffte und dann weiter auf den Balkon, wäre er erst mal sicher. Kein Swimmingpool, kein Mähroboter. Oben hatte er Zeit und Ruhe, um zu sehen, wie es weitergehen würde.

Er stieß gegen den Poolrand. Bill, die Wasserleiche, war an ihrem Ziel angekommen. Wurde er noch beobachtet? Er musste sich so verhalten als ob. Schnell raus aus dem Pool und dann den Baum hinauf, sicher würde der Mähroboter nach wenigen Augenblicken zur Stelle sein.

Die Hand. Die mit dem Riss, den er sich bei der Flucht aus der Gartenhütte geholt hatte. Sie schmerzte. Würde er damit klettern können? Er musste. Schmerz durfte keine Rolle spielen. Sonst wäre er tot. Und Ruth vielleicht auch. Kein Schmerz wäre so schlimm wie das!

Hör auf zu denken, mach! Irgendwann kommt man im Kopf nicht weiter, nur auf den Füßen.

Die Leiche erwachte zum Leben, er schnappte nach dem

Rand des Pools und zog sich hoch, brachte den linken Fuß hinauf und drückte sich auf den Rand. Gut, gut hatte das geklappt!

Er begann zu rennen, auf den Baum zu, der sich in gerader Linie vor ihm befand.

Die automatische Außenbeleuchtung ging an und tauchte ihn in helles Licht, weiter, schneller! Sein Geheimnis war keines mehr, der Vorteil des unerwarteten Überlebens dahin.

Der Baum kam schnell näher, es waren nur noch ein paar Meter, da sah Bill einen Stein am Zaun liegen, er war faustgroß; Bill machte einen Ausfallschritt in dessen Richtung und beugte sich laufend hinab, sammelte den Stein im Lauf auf und hielt auf den Baum zu.

Bill rannte gegen den Stamm, federte sich mit den vor die Brust gehaltenen Händen ab, statt abzubremsen, die eine Hand hielt den Stein, er steckte ihn schnell in die Tasche. Der Stein war schwer, zog ihm die Hose runter. Bill spähte ins Dunkel, suchte nach dem Mähroboter, während er hastig das Band im Hosenbund der Schlafanzughose enger zog und eine Schleife band.

Kein Mähroboter. War er ein für alle Mal tot für seinen Gegenspieler?

Bill begann den Aufstieg auf den Baum, seine verletzte Hand brannte, doch er biss es weg. Das war etwas, was er konnte: Er konnte gut klettern, schon immer. Mädchen hatten das gemocht, ihm dabei zuzusehen. Klettern konnte er.

Die verletzte Hand war ein Ärgernis, doch nicht mehr.

Bill schaffte es, den Schmerz hinzunehmen, er war wie ein störender Begleiter beim Aufstieg, doch auf eine merkwürdige, verdrehte Art befeuerte er Bill noch: Jedes Mal, wenn er einen Ast packte oder den Stamm umklammerte, brannte es in der Wunde, das Brennen entfachte seinen Zorn, und der Zorn trieb ihn an. Wenn er sich selbst quälte, war es, als quäle er alle seine Widersacher, den Mähroboter, das Haus, den Pool, der ihn hatte ersäufen wollen, die ganze Situation, in der sie gefangen waren.

Bald war er in der Baumkrone angekommen. In der Dunkelheit unter ihm führte eine blutige Spur den Stamm hinauf.

Er kauerte auf einem Ast und sah sich um. Bill schätzte ein, was der beste nächste Schritt sein würde. Einige Äste reichten bis an die Brüstung des einmal rundum laufenden Balkons heran. Doch es waren dünne Äste. Sie würden sein Gewicht nicht tragen, Bill sah das auf den ersten Blick. Aber es gab einen dicken, gebogenen Ast, der an einer Stelle bis auf etwa anderthalb Meter an den Balkon heranreichte. Vielleicht würde Bill es schaffen, von dort aus zu springen. Normalerweise wäre die kurze Distanz kein Problem für ihn, aber er konnte keinen Anlauf nehmen. Und viele seiner Muskeln wären damit beschäftigt, ihn auf dem Ast im Gleichgewicht zu halten. Das würde ihm Kraft für den Sprung rauben. Er sah nach unten. Wenn er den Sprung vermasselte und abstürzte, würde er drei Meter oder mehr fallen. Das konnte man überstehen, es konnte ihn aber auch mit gebrochenen Beinen zurücklassen. Wenn dann der Mähroboter beschloss, wieder vorbeizuschauen, würde er keine Chance haben. Verdammt, ein verstauchter Knöchel wäre schon ein Todesurteil. Gut, es war klar: Er durfte einfach nicht hinunterfallen.

Bill bahnte sich seinen Weg durch die Baumkrone, zwischen den Blättern und dünnen Ästchen hindurch, manchmal in der Hocke, dass es in den Gesäßmuskeln brannte, dann auf allen vieren. Schließlich erreichte Bill den Punkt, an dem der dicke Ast dem Haus am nächsten war. Die obere Kante der Balustrade des Balkons war etwa auf einer Höhe mit seinen Füßen. Er befand sich leicht links von der Ecke des Hauses, an welcher der Balkon im rechten Winkel abbog, zur schmalen Gebäudeseite, wo auch die Gartenhütte stand. Auf der anderen Seite, knapp zehn Meter rechts von Bills Absprungpunkt, befand sich der Wintergartenaufbau. Wenn er den Sprung hinbekäme, würde er oberhalb des Küchenfensters auf dem Balkon landen.

Er ging in die Hocke und richtete sich dann schwankend auf, er stand nun frei auf dem Ast, ohne einen Halt für seine Hände. Er war dem Balkon ganz nahe. Er hielt inne, dann fasste er erst in die linke Hosentasche und dann in die rechte: Dort fand er den Stein und den doppelten Satz Schlüssel, den er noch immer mit sich trug, doch er musste nun jedes Gramm Ballast loswerden. Die nassen Klamotten waren schon schwer genug, sie hafteten an ihm, eiskalt war es in ihnen in der Nachtluft. Er warf erst den Stein hinüber auf den Balkon, dann den Schlüsselbund. So würde ihr Gewicht ihn nicht hinabziehen. Aber er konnte auf sie zurückgreifen, nachdem er den Sprung geschafft hatte.

Er ging in eine halbe Kniebeuge und brachte die gestreckten Arme hinter seinen Körper, er würde sie benutzen, um sich Schwung beim Absprung zu geben.

Bill peilte den Boden hinter der Balustrade als Punkt für seine Landung an. Das war ehrgeizig. Es konnte gut sein, dass er seine Kraft überschätzte. Dann würde er wohl gegen die Balustrade prallen.

Kurz überlegte er, ob er vielleicht eher die Außenseite des Balkons als Ziel wählen sollte. Er könnte sich im Sprung an der Balustrade festhalten und dann hinüberziehen. Doch das kam ihm gefährlich vor: Wenn er mit dem Kopf gegen den Stein prallte, würde er sofort k. o. gehen. Oder wenn er nicht den Rand des Balkons zu fassen bekam, würde er einfach abstürzen. Er war sportlich, aber er war kein Parkourläufer: Selbst wenn er den Rand zu fassen bekam, musste er sein eigenes Gewicht, das nach dem Packen der Brüstung an ihm reißen würde, abfedern und halten können. Gut möglich, dass es ihm dann einfach die Schulter auskugelte.

Nein, er musste auf den Balkon.

Er stöhnte. Dann flüsterte er leise: »Okay!«

Er ließ sich nach vorne fallen, halb hockend, die Arme hinter dem Körper, dann streckte er die Beine mit aller Schnellkraft durch, die er mobilisieren konnte. Sofort spürte er, wie ihn die klamme Kleidung daran hinderte, die volle Bewegungsenergie zu entfalten, doch nun hatte er sein Ticket mit dem Schicksal gelöst.

Bill warf die Arme nach vorne und trat seine Reise durch die Luft an. Er sah die Balkonbrüstung auf sich zufliegen und dann, zu früh, etwas zu früh, nach oben abwandern, als er begann zu stürzen. Die Kante jagte auf seine Mitte zu; er hatte keine Wahl, das musste er nun aushalten.

Bill landete, mit dem Bauch voran auf der schmalen Balkonbrüstung, der brutale Hieb des harten Materials trieb ihm die Luft aus dem Körper, er verlor den Hausschuh am linken Fuß, er segelte hinab Richtung Boden.

Sein Körper verlor alle Muskelspannung, der Schmerz fraß sie mit einem Mal auf. Bill lag über der Brüstung, schlaff, er begann abzurutschen, Richtung Garten.

Er versuchte, mit den über die Brüstung hängenden Händen etwas zu packen, doch er glitt am Beton der Brüstung ab. Er zog die Beine an und begann, mit den Füßen an der Außenwand hinaufzulaufen, sie rutschten beide ab, kaum zu sagen, welcher Fuß schlechteren Halt fand, der mit oder der ohne den Hausschuh. Er streckte die Arme und drückte sie von innen gegen die Brüstung, so als ob er im Fitnessstudio die Stange einer Kabelzugmaschine vor der Brust herabzöge: Das war effektiver als der hoffnungslose Versuch, Halt zu finden, sein Körper rutschte nach vorne, über die Kante, neigte sich mit dem Kopf voran nach unten, und Bill stürzte über die Brüstung, landete auf dem Balkon.

Er keuchte heftig, dann schoss etwas aus seinem Magen nach oben, und er übergab sich auf den Balkon.

Als er fertig war, schmerzten seine Eingeweide noch immer von dem heftigen Schlag, den er in die Körpermitte bekommen hatte, seine Speiseröhre brannte von der Magensäure, ihm war bitterkalt, und seine Hand blutete immer weiter. Aber er war hier oben.

Langsam rappelte er sich auf, setzte erst ein Bein auf, dann das andere. Mit der gesunden Hand stützte er sich an der Balustrade ab und drückte sich schwankend in den Stand. Er warf einen Blick hinab. Unten war es dunkel und ruhig. Hatte der Mähroboter endgültig die Verfolgung aufgegeben? Hielt er Bill tatsächlich für erledigt? Das mochte hier oben nicht mehr wirklich eine Rolle spielen, aber es war dennoch ein schöner Gedanke. Den Jäger getäuscht zu haben, war der dürftige Triumph des angeschlagenen Stücks Beute, das Bill war.

Er trat zurück. Vor ihm auf dem Balkonboden lagen Stein und Schlüssel. Bill beugte sich vornüber, nahm den Stein in die Hand und steckte den Schlüsselbund ein. Seine Bauchgegend schmerzte so sehr, dass er sich am liebsten noch mal übergeben hätte, doch der Magen war leer.

Den Stein im Griff und mit dem Geschmack seines eigenen Magens im Mund, drehte er sich um, dem Haus zu. Blut tropfte aus der Faust, die er um den Stein geschlossen hatte.

Auf der ganzen dem Meer zugewandten Seite gab es im Obergeschoss keine Fenster. Es sei denn, man wertete den Wintergarten als Fenster.

Bill dachte nach, erinnerte sich daran, wie er mit Ruth im Obergeschoss gewesen war. Auf dieser Seite musste der Korridor verlaufen. Von ihm ging mittig nur eine einzige Tür ab, ins Schlafzimmer. Der enge Korridor hatte nur rechts und links schmale, fast schießschartenartige Fenster. Bill sah nach links, wo der Balkon um die Ecke führte, direkt dahinter musste eines der Fenster zum Korridor sein. Hier würde er seinen ersten Angriff unternehmen.

Doch Augenblick! Er hielt inne und wandte sich dem Wintergarten zu, hinter dem sich die Treppe ins Erdgeschoss verbarg, die Tür … Nein, es war, wie er es erwartet hatte, sie ließ sich nicht öffnen, auch nicht mit einem der Schlüssel.

Also folgte er dem Verlauf des Balkons um die Ecke des Hauses, hin und wieder spähte er mit einem schnellen Blick hinunter in den Garten. Aber: nichts.

Hinter der Ecke kam das schmale Fenster zum Korridor. Er betrachtete es kurz, klopfte dagegen. Es gab einen dumpfen, fremdartigen Klang von sich. Er legte die Handfläche darauf. Irgendetwas war merkwürdig an dem Material. Sollte er versuchen einzubrechen? Es musste hier oben noch mehr Fenster geben. Bill beschloss, erst den Balkon auf ganzer Länge abzulaufen, bevor er den ersten Einbruchsversuch unternahm. Er ging weiter, links unter ihm lauerte die Gartenhütte, die eine Hälfte des Daches aufgebogen, im Halbdunkel. Er ging auf die Vorderseite des Hauses zu, bog noch einmal ab. Da unten in der Einfahrt vor dem Haus stand ihr Wagen, unerreichbar hinter dem elektrischen Zaun. Unmöglich, von hier hinabzuspringen, er würde allenfalls im Zaun hängen bleiben und gegrillt werden.

Das war ja verrückt: Nach vorne hinaus gab es ebenfalls kein einziges Fenster im Obergeschoss. Wer war der Typ gewesen, der dieses Haus gebaut hatte? Nur Adolf Hitlers letzte Wohnung hatte weniger Fenster gehabt. Hinter der Wand neben ihm musste nach Bills Orientierung erst das obere Badezimmer liegen, und dann, links davon, in Richtung der Dünen, sollte der riesige begehbare Kleiderschrank an die fensterfreie Außenwand angrenzen. Er bog ein weiteres Mal um die Ecke, jetzt war er auf der von vorn gesehen linken Seite des Hauses.

Das große Schlafzimmerfenster mit Blick auf die Dünen tat sich vor ihm auf, im Inneren war es stockdunkel. Das Schlafzimmer! Er sollte hier versuchen einzubrechen. Das Fenster war viel größer als das kleine Korridorfenster. Das musste doch bedeuten, dass es leichter zu zerstören war. Oder nicht? Verdammt, er hatte so unfassbar wenig Ahnung von … Physik? Oder Chemie? Worin musste man sich auskennen, wenn man wissen wollte, wie zerbrechlich Material war?

Egal. Dann musste er eben auf Sport setzen, auf rohe Kraft, gute alte Gewalt. Er würde hier einbrechen. Er langte in die Tasche und holte den Stein hervor. Die ganze Zeit war ihm das Ding so schwer vorgekommen. Doch nun nahm sich der Stein winzig vor dem großen Schlafzimmerfenster aus. Er hätte die Axt mitnehmen sollen, die noch immer unten am Haus lehnte. Aber wie hätte er mit der hinaufklettern sollen? Werfen. Er hätte sie hinaufwerfen können. So ein Mist. In Ordnung, wenn er hier nicht weiterkam, dann würde er noch mal hinabklettern, wie der Blitz die Axt packen, sie auf den Balkon schleudern und ab, den Baum hinauf, zurück auf den Balkon. Doch er würde es jetzt erst mal mit dem Stein versuchen. In das Reich das Roboters würde Bill erst wieder hinuntergehen, wenn wirklich alles andere gescheitert war.

Er hielt den Stein in der flachen Hand, holte tief Luft

und umklammerte ihn fest. Bill holte aus und schlug auf die Scheibe. Sie vibrierte leicht. Verdammt. Er schlug noch mal dagegen und noch mal und wieder und wieder. Versuchte es an den Rändern, vielleicht konnte er das Ding aus den Fugen klopfen.

Nein, nichts. Wütend schleuderte er den Stein dagegen, doch der prallte ab und kam zurückgeflogen, er konnte sich gerade eben noch ducken und einem Kopftreffer aus dem Weg gehen. Beinahe hätte er sich selbst bewusstlos geschlagen.

Er seufzte, schlug die Hand vors Gesicht, schmeckte den eisernen Geschmack seines Bluts.

Das war kein Glas. Natürlich nicht, darauf hätte er schon vorher kommen können. Es schien vielmehr ein Kunststoff zu sein, etwas wie das Zeug, aus dem die Schutzschilde von Polizisten gemacht waren.

Okay. Was blieb nun? Bill konnte hinabklettern und dann wieder hinauf, wie er es überlegt hatte, ausgerüstet mit schwerem Gerät. Aber würde eine Axt mehr ausrichten? Oder würde das Fenster sie nur zurückspucken, mitten in sein dummes Gesicht? Wie bekam man ein solches Fenster kaputt? Eine Kreissäge wäre das Richtige, eine tragbare. Aber selbst wenn es die da unten gab (vielleicht versteckte sich eine in der Gartenhütte), wo sollte er sie hier anschließen? Er suchte die Wände ab, unterhalb und links und rechts des Fensters, hielt Ausschau nach einer Steckdose, doch da war nichts.

Mit Fäusten trommelte er nun gegen die Scheibe, wieder und wieder, das Blut floss aus seiner Hand, der Schmerz schoss durch seinen Körper, doch er schlug nur fester zu, er wollte den Schmerz spüren.

Bill fuhr herum, legte die Hände wie einen Trichter vor den Mund und brüllte hinaus in die Nacht: »Hilfe! Hilfe! Irgendwer! Bitte! So darf es doch nicht sein! Hilfe! Das ist falsch, alles ist falsch!«

Er sackte zusammen, die Hände auf die Balustrade gelegt, schnappte nach Luft. Plötzlich erstarrte er. Da war etwas!

Ein Geräusch. In der Luft, ein … Summen. Es kam von … schwer zu sagen, woher es kam. Von der hinteren Seite des Hauses? Es näherte sich.

War es ein Hornissenschwarm? Ein dröhnendes Brummen, wie von vielen, vielen schweren Insekten. Bills Blicke suchten den Nachthimmel ab. Langsam, den Kopf erhoben, die Hand an der Balkonbrüstung, ging er Richtung Vorderseite des Hauses, Ausschau haltend. Irgendwo über ihm glitt das Geräusch durch die Luft, doch seine Ursache blieb unsichtbar.

Das Hornissendröhnen wanderte über ihn hinweg, es war einen Moment lang, als wandere es landeinwärts ab. Doch mit einem Mal verharrte es schräg über ihm in der Dunkelheit der Nacht … und kam näher, kam herunter zu ihm. Und dann sah er den Verursacher.

Senkrecht aus der Luft kam eine Drohne herabgestiegen, glitt hinab, bis sie auf Augenhöhe mit Bill war, und schwebte dann vor dem Balkon, etwa anderthalb Meter vor ihm.

Es war ein großer Apparat, locker einen halben Meter mal einen halben Meter groß und tiefschwarz. Bill kannte Drohnen, aber nicht solche. Es sah nicht nach einem Gerät aus, wie man es in einem Laden kaufte. Mehr wie etwas, das ein gelangweilter Ingenieur oder ein verrückter Wissenschaftler selbst zusammengebastelt hatte. Aus Metallteilen und Elektroabfällen. Es wirkte wie ein Prototyp, bei dem die Hülle fehlte; eine Erfindung, die noch nicht durch die Designabteilung gegangen war. Nur reine, unverfälschte Funktion: Er sah Kabel und blinkende Dioden, ein Stück einer Platine und zusammengeschraubte Platten und Winkel. Die nackte Funktionalität des Geräts hatte etwas Brutales. Dröhnend hing es vor ihm in der Luft.

Bill sah eine durch keine aufgetragene Schönheit gemilderte Gewalttätigkeit. Und er entdeckte etwas, das er schon kannte: In der Mitte der Drohne, zwischen den zwei vorderen Rotoren flackerte eine blaue Lampe, dann, plötzlich – sprang sie auf Rot um. Ein angewinkelter Metallarm mit mehreren Stahlgelenken klappte aus. Bill meinte, einen Schlauch zu sehen. Die Plastikleitung führte unter die Drohne, zu einem Behälter, der dort angebracht war. Vorne an dem Fluggerät ging ein kleiner Scheinwerfer an und blendete Bill. Zuvor hatte er den elektrischen Funken an dem Metallarm aufblitzen sehen, wie bei einem Feuerzeug oder einem Gasherd.

Bill ließ sich auf die Hände fallen und wich gerade eben noch dem langen Strahl aus Feuer aus, den der Flammenwerfer nach ihm schoss. Er traf die Wand hinter Bill, verebbte sofort, als er das Ziel verfehlte. Auf der Wand war eine geschwärzte Stelle geblieben. Bill hastete auf allen vieren davon, wie ein Tier, zurück in die Richtung, aus der er gekommen war.

Er warf einen Blick nach hinten. Bill sah, wie die Drohne über die Brüstung geschwebt kam und sich zwischen Wand und Balkonbrüstung senkte. Stolpernd kam er wieder auf die Beine und rannte aufrecht weiter.

Die Drohne neigte sich nach vorne, den Kopf mit dem blutrot leuchtenden Auge gesenkt, und nahm seine Verfolgung auf, der Scheinwerferkegel erfasste Bill. Er rannte schneller, warf sich um die Ecke, als der nächste Feuerstrahl auf ihn abgeschossen wurde. Der Flammenwerfer fauchte, und die Dunkelheit ringsum verschwand im plötzlichen Ausbruch des warmen Lichtscheins. Das Feuer tauchte den Balkon und die Wände in blendenden Schein. Der Flammenwerfer verfehlte Bill erneut, er war hinter die Ecke gehechtet. Das Feuer schwärzte die Balkonbrüstung. Eine Welle aus Hitze rollte über Bill hinweg, auf seinem Arm kräuselten sich ein paar angesengte Haare. Dann verebbte das Feuer, der Ozean aus Dunkel schwappte wieder über allem zusammen.

Bill rannte so schnell er konnte auf die Stelle zu, an der sich der Baum an das Gebäude neigte. Er hörte hinter sich das Dröhnen der Rotoren, wie es lauter wurde, als die Drohne um die Ecke bog. Bill beschleunigte, machte große Schritte und setzte kurz vor der Balustrade zum Sprung an. Er riss die Beine hoch und sprang über die Balkonbrüstung wie ein Hürdenläufer über das Hindernis. Ein Fauchen, hinter ihm, die Baumkrone begann orange und warmweiß aufzuleuchten: Der Flammenwerfer schoss erneut auf Bill.

Er spürte die Hitze in seinem Kreuz, als das Feuer auf

ihn zuraste, doch die nasse Kleidung schützte ihn, die Hitze trocknete sie im Flug auf der Haut. Bills Körper reiste weiter geradeaus, hinein in die Baumkrone, er brach durch einige kleinere Äste und versuchte, sich festzuhalten. Er stürzte weiter ab, Äste und Zweige bremsten ihn, schnitten ihm in die Kleidung und das Fleisch darunter, ein spitzer Ast trennte das Schlafanzugoberteil an der Flanke auf, er drehte sich in der Luft, die eine Hand, die verletzte, bekam einen Ast zu packen; doch der spitze Schmerz ließ Bill sofort wieder loslassen und weiterstürzen. Er bahnte sich unter Krachen und Brechen seinen Weg durch die Baumkrone hinab, knickte Äste ab und ließ Blätter regnen. Dann kam er, das rechte Bein voran, auf dem Boden auf.

Die Landung war weicher, als er gedacht hatte, dennoch spürte er einen stechenden Schmerz im Knöchel und stöhnte auf. Der Rest des Körpers folgte dem Bein und ging, sich seitlich drehend, zu Boden.

Bills Kopf klappte durch die Wucht des Aufpralls zur Seite, landete in etwas Weichem. So blieb er liegen. Gestank hüllte ihn ein, und er hörte ein nahes Summen, in panischer Angst hob er den Kopf, suchte nach seinem Verfolger – doch es war nicht die Drohne: Ein Geschwader dicker, brummender Schmeißfliegen umgab ihn. Er war im Komposthaufen gelandet und sein Kopf in eine stinkende, faulende Masse gedrückt worden. Am liebsten hätte er sich direkt wieder übergeben, doch dafür hatte er weder Zeit noch Mageninhalt übrig. Der Baum und der Kompost hatten ihm gemeinschaftlich das Leben gerettet; und wenn nicht das, dann hatten sie doch verhindert, dass er verkrüppelt im Garten zum Liegen kam und auf das Ende warten musste, wie auch immer das aussehen mochte.

Er röchelte und stöhnte, dann zwang er sich, leise zu sein, kurz die Luft anzuhalten: Er hörte die Drohne, aber sie war fern, irgendwo über ihm.

Bill lauschte. Das bedrohliche Insektensurren der Rotoren wanderte über ihm am Nachthimmel hin und her. Sie suchte nach ihm! Sein plötzliches Abtauchen hatte sie verwirrt. Er musste fort hier, solange sie ihn verloren hatte.

Leise versuchte Bill, sich aufzurichten, doch der Schmerz im Knöchel und der verfaulende Biomüll, in den er einsank, hielten ihn zurück. Ächzend packte er einen großen abgesägten Ast mit verdorrten Zweigen daran. Jemand hatte ihn in den hölzernen Kompostbehälter geworfen, bevor Bill ihn zu seinem Landeplatz auserkoren hatte. Bill hoffte, der Ast würde ihm Halt geben, doch als er sich daran hinaufziehen wollte, kam er ihm einfach entgegen. Darunter wurde etwas sichtbar, Bill sah es und erkannte es, doch sein Gehirn akzeptierte es nicht, sein Verstand lehnte es schlichtweg ab, anzuerkennen, was er da sah.

Er blickte in das mit Schnitten übersäte Gesicht einer Frau. Der Kopf war mit Schmutz und verkrustetem Blut bedeckt, der Hals war mit einem tiefen, glatten Schnitt weit geöffnet worden, vermutlich wäre er nach hinten geklappt, hätte man die Leiche in eine aufrechte Position gebracht. Eine motorgetriebene Säge musste das verursacht haben, ausgeschlossen, dass ein Messer so viel glatte, makellose Zerstörung anrichten konnte.

Nun übergab Bill sich doch noch einmal, aber nur beißende Magensäure schoss ihm in den Mund. Er spuckte, dann zwang ihn eine düstere Neugierde wieder hinzusehen.

Der Frauenkopf saß auf einem Torso, der unterhalb der Brüste abgetrennt worden war, er sah Teile der Rippen und Eingeweide. Der linke Arm war noch da, lag eng an dem an, was vom Körper übrig war. Der andere war abgetrennt worden. Zwischen Gartenabfällen ragte aufrecht ein Stück Bein auf, der Fuß steckte in einem rosa Sportschuh. Bill presste die Hände auf den Mund, um den aufsteigenden Entsetzensschrei in sich einzusperren.

Er ruderte mit den Armen, Halt suchend, um sich aufzurichten, trat dabei einen Papierbeutel zur Seite, der mit Haushaltsabfällen gefüllt war. Darunter kam ein weiteres Bein zum Vorschein, unterhalb des Kniegelenks abgesägt, ein Teil des Unterschenkels hing noch an einigen Sehnen und Muskelfasern daran fest. Bill teilte sich diesen Komposthaufen mit einer Frauenleiche! »Wow! Wow! O Mann!«, murmelte er immer wieder, wie von Sinnen.

Was war hier geschehen? Wer war das? Entgegen allem Widerwillen brachte er sein Gesicht näher an das der Toten – war es Ruth? Diese schrecklichste aller Ängste packte ihn; er musste noch einmal genau hinsehen, das Grauen vor ihm noch einmal anstarren.

Die Züge waren unter verkrustetem Blut und Schmutz verborgen, das machte es schwerer, den Menschen zu erkennen, der diese Ruine eines Körpers einst gewesen war.

Nein, es war auf keinen Fall Ruth, diese Frau hatte kürzere, dunkle Haare, glatt, die Nase, die Lippen, alles war anders, ausgeschlossen, Gott sei Dank!

Er atmete schnell, ihm war schwindlig. Dann stockte ihm der Atem. Das war ... er wusste, wer das war!

Sie hatten ihren Koffer nicht hier vergessen. Bill starrte in die Unendlichkeit, als er begriff.

Was immer mir gerade hier passiert, diese Frau hat es zuerst erlebt. Er heftete seinen Blick noch einmal auf den verstümmelten Kadaver, den jemand oder etwas im Kompost verborgen hatte. Bill fand darin nicht die Antwort auf die Frage, was hier geschah. Doch immerhin darauf, wie es für ihn ausgehen würde, wenn er einen Fehler machte.

Plötzlich brummte es über ihm in der Luft, nicht weit entfernt und näher kommend. Die Drohne! Bill riss den Kopf hoch und sah die blinkenden Warnlichter an den Rotoren des Fluggeräts. Sie kam zu ihm herunter. War er zu laut gewesen, hatte er sich so verraten?

Bills Gedanken rasten; was konnte er tun? Und dann kam ihm eine Idee. Sie war abstoßend, er hasste die Idee und sich selbst dafür, dass sie ihm überhaupt eingefallen war. Doch er hatte keine andere Chance, in wenigen Sekunden würde die Drohne bei ihm sein. Und dann würde sie ihn mitsamt dem Komposthaufen und der toten Frau einäschern.

Bill packte den verstümmelten Torso, hob ihn über sich und verbarg sich darunter. Das Leichenteil steckte in einem mit Unrat und Blut vollgesogenen Shirt, das um die Schnittstelle in der Körpermitte zerfetzt war. Bill krallte seine Hände in das Shirt und hielt den Torso damit vor sich in Position, den Kopf verbarg er hinter dem der Toten.

Er hörte die Drohne heranfliegen, das Hornissensummen

schwebte vor ihm in der Luft, ganz nah. Es wurde hell, als der Suchscheinwerfer ansprang. Dann mischte sich ein flackerndes Blau in das grelle Licht, das über der Szene lag. Das Blau wich, und ein stetes rotes Licht ergoss sich über die Szene. Der Suchscheinwerfer ging aus, und die Drohne drehte ab. Bill hörte, wie sich das Brummen entfernte, nach oben abwanderte und schließlich verschwand.

Vorsichtig spähte er hinter dem toten Körper hervor: Nichts mehr, keine Drohne zu sehen. Sein makabrer Trick hatte funktioniert und ließ ihn mit dem Leben zurück. Egal, wie lange es noch dauern würde, er wusste: Den Rest seines Lebens würde er daran denken müssen, was er getan hatte, um diesen Rest dem Tod abzujagen.

Er schob den Torso von sich herunter. Er landete schlaff und mit einem ekelerregenden, nassen Laut im Kompost. »Es tut mir leid«, flüsterte er. »Es tut mir leid.«

Er wischte sich die Augen. Jetzt musste er hier hinaus.

Er bewegte den Knöchel ein wenig. Das schmerzte, aber Bill war schon immer gut darin gewesen, so etwas zu ertragen. Das war das Erbteil seines Vaters in ihm. Bill brachte die Beine über den Rand des Holzkastens, richtete den Körper auf und schob sich sitzend ganz nach vorne, an den Rand.

Er biss die Zähne zusammen und ließ sich über die Kante fallen, streckte das gesunde Bein aus, um darauf zu landen; das mit dem verstauchten Knöchel winkelte er leicht an.

Der linke Fuß absorbierte die Energie des Sprungs, Bill blieb stehen, schwankte. Er hielt sich am Kompostkasten fest und setzte auch den anderen Fuß auf, behutsam. Er erhöhte langsam die Belastung auf den Knöchel. Es schmerzte, aber es würde gehen. Er musste die Axt holen und dann wieder hinauf. Hinauf! Das würde ein Spaß werden mit diesem Knöchel, aber was blieb ihm anderes übrig?

Unten, im Reich des Mähroboters, konnte er nicht versuchen, ins Haus einzudringen, das wäre Selbstmord.

Oben hatte er noch den Hauch einer Chance. Wenn er es nur irgendwie schaffte, die Drohne zum Absturz zu bringen, er hätte alle Zeit der Welt dort oben, um die Scheibe zu bearbeiten. Doch er wusste nicht, wie er das Ding vom Himmel holen sollte. Er musste noch mal hoch und dann, so schnell es ging, ins Haus.

Doch er durfte sich nur langsam bewegen, er wollte nicht erneut die Außenbeleuchtung aktivieren. Er wusste nicht, ob er damit richtiglag, doch er sah im Grunde nur zwei Möglichkeiten, wie genau das Überwachungsregime des Gartens arbeitete: Entweder konnte, wer auch immer ihn beobachtete, Bill im Licht sehen und steuerte die Geräte. Oder aber: Das Licht kommunizierte mit der Drohne und dem Mähroboter, die selbstständig arbeiteten und angriffen.

Bill begann loszuschleichen, er humpelte bei jedem Schritt: rechts wegen der Schmerzen im Knöchel, links, weil der Schuh fehlte und er bei jedem Schritt leicht absackte.

Er hörte etwas, ein Rascheln: War es von diesseits des Zauns gekommen? Von dahinter? Bill fuhr herum.

Es musste die hastige Bewegung gewesen sein: Ein Außenlicht sprang an, tauchte ihn in grelles Licht. Bill taumelte erschrocken, geblendet und glitt aus. Er fiel bäuchlings hin, und ein gestrecktes Bein traf bei seiner Landung eine Gießkanne. Sie hatte neben dem Kompost gestanden. Der unbeabsichtigte Tritt schickte das blecherne Objekt scheppernd gegen die Häckselmaschine, die Kanne prallte ab und reiste lärmend über einige steinerne Trittplatten weiter, bevor sie zum Liegen kam.

Noch eine Außenlampe sprang an und noch eine. Bill kniff die Augen zusammen, seine eigene Dummheit verfluchend.

Und da kam er, aus Richtung der Gartenlaube: Begleitet von einem elektrischen Summen, schoss der Mähroboter um die Ecke. Sein Schlaf war vorüber, die Jagd war erneut eröffnet. Das blutrote Auge funkelte zum am Boden liegenden Bill herüber, der unfähig war, einen Muskel zu rühren. Er sah die rotierenden Klingen auf sich zurasen. Als Bill noch überlegte, was er tun konnte, hörte er über sich das insektenhafte Brummen der Drohnenrotoren, und auch das kam schnell näher.

INNEN

Ruth betrachtete den Erhängten. Er war ein gut aussehender Mann. Gewesen. Die Augen waren geöffnet und schienen leicht aus den Höhlen zu treten, vielleicht bildete sie sich das aber auch nur ein, weil sie meinte, Gehängte müssten so aussehen. In einer Mischung aus Furcht und Respekt vor der Präsenz des Todes stand sie da, leuchtete den baumelnden Kadaver an. Es konnte niemand anders sein als Ruths und Bills Vormieter in diesem Strandhaus. Früher war er mehr gewesen: Materie, Mensch, Wünsche, Freude, Lust und Hoffnung.

Ruth leuchtete den Boden ab, sie suchte nach etwas; etwas, das in dieser Gleichung fehlte. Und da war es! Ein umgestürzter Holzkasten lag etwa einen Meter von dem Toten entfernt.

Immerhin beantwortete der Holzkasten die Frage, die sich in ihr zu formen begonnen hatte: Ob das Erhängen auch die eigene Idee des Toten gewesen war oder ob jemand (oder etwas) nachgeholfen hatte. Doch die hölzerne Kiste deutete darauf hin, dass der Mann mit einem Seil hierhergekommen, auf die Box geklettert war und sich im Heizungskeller an einem Rohr das Leben genommen hatte.

Ruth versuchte, nicht darüber nachzudenken, welche Schlussfolgerungen sich daraus für ihre Situation ergaben, für ihren weiteren Weg. Wie weit war sie auf diesem Weg noch von dem Punkt entfernt, an dem auch sie mit einem Strick auf eine Kiste steigen würde?

Nein. Sie wusste nicht, wie es für sie ausgehen würde, aber nicht so. Mochte eine dieser Maschinen sie holen. Mochte sie eines fernen Tages, diesem Horror hier schon lange entkommen, auf einem Zebrastreifen von einem Betrunkenen überfahren werden, den sie nicht hatte kommen hören. Oder mochte sie eines noch ferneren Tages in einem Bett sterben, mit Bill an ihrer Seite. Doch sie würde nicht aufgeben. Sie würde es aus diesem Haus hinausschaffen. Und wenn nicht, würde sie kämpfend untergehen. Robert, dieser Provinz-Maulheld, hatte sich immer aufgespielt, als wüsste er mehr über das Leben, mehr über Kampf als irgendwer, besonders als Ruth. Wie hatte sie nur jemals darauf hereinfallen können! Niemals hatte er mehr über Kampf gewusst als sie. Seitdem sich ihr Mund das erste Mal zu einem stummen Schrei geöffnet hatte, wusste sie mehr darüber als er.

Der Brief.

Da steckte er, in seinem Gürtel. Ein Abschiedsbrief? Sie musste ihn lesen. Vielleicht fand sich darin so etwas wie der Schlüssel für dieses Rätsel. Sie zögerte kurz. Sie sah auf zum Totengesicht. Nein. Wenn sie ihn anschaute, würde das nichts werden. Sie senkte den Blick, fokussierte den Brief. Ruth rupfte ihn mit einer schnellen und scheuen Bewegung aus dem Hosenbund.

Sie trat fort von der Leiche, ging einige Schritte zur Seite, nahe zu einer nackten Wand, an der Schmutz, Staub und Spinnenweben klebten. Sie entfaltete im Licht der Smartphone-Lampe das DIN-A4-Blatt. Eine krakelige, hier und da verschmierte Handschrift, die Worte hastig mit einem Kugelschreiber hingeworfen.

Vergib mir Una. Wie hätte ich es wissen sollen!?
Vergib mir. Zur Hölle mit diesem Haus, zur Hölle mit seinen Erbauern. Zur Hölle mit mir.
Wieso musste ich nur den Hund ~~rufen~~ so nennen?
Ausgerechnet so, wieso?
Aber was hätte ich tun sollen!
Brennt es nieder! Verbrennt alles, alles! Mit mir, bitte.

Heinz

Ruth sah auf, starrte ins Leere. Sie überkam ein Schauder und der Wunsch, sich zu übergeben. Was sollte sie bitte daraus machen? Das war keine Hilfe. Das war ein Blick in einen Abgrund, auf Papier und in wirrer Sprache. Oder half es ihr doch? Was stand da überhaupt?

Sie las den Brief noch mal und dann noch zwei Mal. Sie sah nur die Worte eines Mannes, der sich selbst und dieses Haus verfluchte. Emotionen, die sie nachvollziehen konnte, aber nutzlos.

Das Einzige, was ihr ein wirkliches Stück Information zu sein schien, das Einzige, was ein möglicher versteckter Nutzen in diesem Brief sein konnte, war der Satz über den Hund.

Was sollte das bedeuten? Und welcher Hund … war

etwa der Hund gemeint, der sich hier herumtrieb, am Strand? Das würde die Frage beantworten, wem er gehörte, warum ein herrenloses Tier hier unterwegs war. Sie las den Satz noch einmal.

»Rufen«. Das Wort war durchgestrichen und durch »nennen« ersetzt worden.

Ein Hundename hatte diesen Mann dazu gebracht, sich selbst zu töten? Wie konnte das sein? Und vor allem, was nützte ihr diese Information? Sie sah den Mann an, der Heinz hieß. Den Mann, dessen wichtigster Gedanke vor seinem Tod es gewesen war, dass er den Hund nicht hätte rufen sollen. Nein! *Nennen!* Er hätte den Hund nicht so nennen dürfen … das Tier aus den Dünen, wenn es denn um diesen einen Hund ging, aber um welchen sollte es sonst gehen?

Una. War Una die Frau des Mannes, die Frau, der die Designerkleidung im Schrank oben gehörte? Una und Heinz. Das Paar, das vor ihnen hier gelebt hatte. Und vor ihnen hier gestorben war. Denn die Frau, Una, darüber machte sich Ruth keine Illusionen, war auch tot. Sonst würde ihr Ehemann nicht hier, neben Ruth, von einem Heizungsrohr hängen. Die Frage war, was mit Una geschehen war. Doch Ruth war sich sicher, dass ihr Tod der Grund dafür war, dass Heinz auf diese Kiste gestiegen war.

Hätte Heinz nicht freundlicherweise, wenn er sich schon damit abgeplagt hatte, der Nachwelt eine Botschaft zu hinterlassen, auch eine Fluchtroute beschreiben können? Oder wenigstens einen kleinen Abriss der Dinge, die hier geschehen waren?

Aber was, wenn er es selbst nicht gewusst, nicht verstanden hatte? So wie Ruth. Was würde sie der Nachwelt hinterlassen? »Bleib fern vom Herd«? »Geh nicht ins Bad«? »Vorsicht vor dem Treppenlift!« Gut, der Treppenlift war kein Thema mehr. Ihn hatte sie besiegt. Doch verstanden hatte sie ihn nicht. Etwas verstehen und etwas besiegen waren zwei verschiedene Dinge. Viele verwechselten sie miteinander, besonders Männer.

Sie fasste einen Gedanken. Ja, genau das würde sie tun: das, was Heinz nicht getan hatte. Wenn es sie erwischte, wenn dieses Haus sie tötete, dann sollte, wer auch immer nach ihr kam, eine Hilfestellung erhalten. Vielleicht würde es Bill sein, vielleicht würde sie ihm etwas hinterlassen können, das ihm nützte.

Sie leuchtete den Boden ab, suchte nach dem Stift, mit dem der Tote geschrieben hatte. Wenn er überhaupt hier war, vielleicht hatte er oben geschrieben. Doch dann fand sie ihn. Er lag auf dem Boden, nicht fern von der Holzkiste. Ein Kugelschreiber. Sie testete ihn auf dem Rücken ihrer Hand, die das Handy hielt, dann wechselte sie die Hände und leuchtete:

»Bill« stand auf der Hand, in der Farbe der Schrift im Brief. Gut.

Sie nahm den Kugelschreiber, kniete sich hin und benutzte die umgestürzte Holzkiste als Tisch. Sie schrieb:

Bleib fern vom Herd
Geh nicht ins Bad
Vorsicht vor dem Treppenlift

Sie dachte nach und strich den letzten Satz durch, der Lift war außer Gefecht. Sie dachte nach, was ihr noch fehlte.

Die Schiebetür in der Küche ist gefährlich!!

Sie betrachtete ihr Werk im Handylicht. Sie wollte einen Satz ergänzen: Ich liebe dich, Bill!

Doch etwas hielt ihre Hand zurück. Die Worte wollten nicht heraus aus den Fingern. War es … Zweifel? An ihr? Ihm? Oder an ihnen als Paar? Wollte sie sich diesen Satz aller Sätze für das Wiedersehen aufsparen, wenn all das überstanden war, um es ihm persönlich mitzuteilen? Oder lag es einfach daran, dass diese Worte aus einem Brief mit Hinweisen einen Abschiedsbrief machen würden?

Sie ließ die Zeile, die sie für die Worte vorgesehen hatte, frei und unterschrieb ihre Nachricht. Dann faltete sie den Zettel zusammen und steckte ihn in den Gummibund der Unterhose. Den Kugelschreiber heftete sie mit dem Bügel an ihren Ausschnitt. Sie leuchtet mit dem Licht zur Tür des Heizungskellers.

Das Handy. Die Spracherkennungs-App. Die Lautsprecher oben, die Lautsprecher am Panoramafenster, sie hatten ununterbrochen irgendetwas in den Raum gesendet. Wenn sie noch liefen und wenn es Sprache war, was sie von sich gaben, eine Botschaft, dann könnte die App es vielleicht erkennen. Und vielleicht enthielt es eine Erklärung.

Vielleicht. Sehr viele »Vielleichts«. War es so viel »vielleicht« wert, zurückzukehren nach oben? In die Todesfalle, die dort oben über diesem Keller thronte. Was konnte sie sonst machen? Denn andererseits, was sagte ihr, dass sie hier sicher war?

Auf, Ruth, auf, auf! Nach oben mit dir.

Sie ging zur Heizungstür, die einen Spalt breit von dem Keil offen gehalten wurde, und wollte die Klinke greifen. Doch dann hielt sie inne und schaltete die Handylampe aus; sie wollte keine Zielscheibe aus Licht vor sich hertragen.

Sie stand unbewegt da, in der Finsternis, nun wirklich sämtlicher Sinne beraubt, die sie hatte. Sie hasste die Dunkelheit. Doch nun konnte sie ihr Verbündeter sein, sie unsichtbar machen für einen Gegner, der für sie unhörbar war. Das würde wenigstens etwas Gleichheit herstellen: Gerechtigkeit aus Finsternis, der großen Gleichmacherin.

Als sich ihre Augen an das Dunkel gewöhnt hatten, Schemen aus dem Schwarz hervortraten, zog sie die Tür vorsichtig auf.

Sie spähte hinaus: ein Gang. Hier war es heller als im Raum davor. Von irgendwoher kam ein wenig Licht. Von oben? Sie schlüpfte durch die Tür hinaus in den Gang. Sie erkannte ein paar alte Möbel, Krempel stand darauf und daneben, leere Bilderrahmen, Vasen, zwei aufeinandergestapelte Stühle. Dann sah sie etwas: Da war ein Torso, mehrere! Mehrere Körper und Teile von Menschen, Arme, Beine – sie erschrak kurz, doch es dauerte nur den Bruchteil einer Sekunde, bis ihr klar wurde, dass es lebensgroße Puppen waren, auseinandergenommen, an der Wand abgelegt. Sie trat näher, betrachtete sie.

Sie schaute den Gang hinab und hinauf: Dort, links von ihr war eine Treppe. Und sie wollte verdammt sein, wenn sie nicht ins Erdgeschoss führte, ins Wohnzimmer hinter die Leseecke.

Noch einmal spähte sie in beide Richtungen, bevor sie beschloss, dass sie allein hier war und das Handylicht wieder einschalten konnte. Sie leuchtete in beide Richtungen, niemand. Sie strahlte die Puppen an.

Es waren keine Schaufensterpuppen oder Mannequins. Sie sahen eher aus wie jene, die man beim Test von Autos verwendete. Sie hatten Muster auf Körper und Stirn, die wie eine Mischung aus altertümlichen Testbildern im Fernsehen und Zielscheiben aussahen. Eine Puppe schien angesengt, eine andere war offenbar an verschiedenen Stellen mit scharfen Klingen bearbeitet worden.

Es graute ihr davor, weiter darüber nachzudenken.

Sie wandte sich der Treppe zu, die nach oben führte: Das spärliche Licht kam von dort. Es vermittelte nicht den Eindruck, dass im Erdgeschoss das Licht wieder angeschaltet worden war, das hätte einen helleren Lichtschein herabgesandt. Vermutlich war es draußen im Garten hell, und hier unten kam das Restlicht an, das es durch die Erdgeschossfenster und die Treppe hinab bis hierher schaffte.

Sie leuchtete die Treppe mehrere Male von oben nach unten und zurück ab. Doch sie entdeckte keine Todesfallen, keinen Treppenlift. Es war auch keine schöne Designertreppe wie die vom Erdgeschoss zum Wintergarten im Obergeschoss, jene Treppe, auf der sie der Lift hatte töten wollen. Es war eine schmucklose Kellertreppe mit einem Geländer aus Metall. Sie löschte die Handylampe und beschloss hinaufzusteigen, bemüht, möglichst leise zu sein.

Sie kam hinter der Leseecke an: Der Treppenabsatz war mit der Kommode verstellt und hinter den Sesseln verborgen. So als habe man die unschöne Kellertreppe den Blicken entziehen wollen. Sie machte sich klein und spähte hinter der Kommode aus der Deckung hervor: Sie sah die Couch, das Panoramafenster, den Kamin, den Raum. Draußen war tatsächlich das Licht an, der Garten war hell. Sie beobachtete, konnte aber aus ihrem Blickwinkel niemanden draußen sehen. *Bill! Wo bist du nur?*

Das Erdgeschoss indes schien unverändert, seitdem sie das letzte Mal hier gewesen war. Auch die drückende Hitze der amoklaufenden Fußbodenheizung hing noch in der Luft. Sie quetschte sich durch den Spalt zwischen Kommode und Wand hindurch und stand vor Couch und Panoramafenster. Langsam ging sie darauf zu. Sie sah nach links und nach rechts hinaus, sah den Garten neben dem Haus, hell erleuchtet vom Außenlicht, und erkannte den Zaun sowie die Dünen dahinter.

Dann erinnerte sie ein Gefühl auf der Haut, ein Druck vergleichbar einem Luftstoß, an das, was sie hatte tun wollen.

Sie sah hinauf, streckte den Arm aus und fühlte mit der Hand. Ihre geschärften Sinne zeigten ihr an, dass sie richtiglag: Der gut verborgene Lautsprecher über dem Fenster machte weiter Lärm, sandte eine Botschaft in den Raum.

Draußen ging die Gartenbeleuchtung aus. Sie zuckte zusammen. Nun war es innen und außen deutlich dunkler. Doch bald kamen ihre Augen wieder mit dem bisschen Mondlicht zurecht. Sie sah hinaus, doch alles war ruhig. Kein Bill.

Bedeutete es, wenn vorhin draußen das Licht angegangen war, dass er zu diesem Zeitpunkt noch gelebt hatte? War er vor ein paar Minuten draußen entlanggekommen und hatte die Lampen aktiviert? Nun waren sie aus, wo war er hin, wenn es keine Bewegung mehr im Garten gab? Nicht darüber nachdenken, Ruth.

Dann stutzte sie, sie hatte draußen etwas gesehen.

Es war ein helles Leuchten gewesen, warm und orangefarben. Es sah aus wie ein Feuerschein über dem Sandstrand. Und das Haus hatte für eine Sekunde einen langen Schatten, schräg nach rechts zum Strand hin, in die Dünen geworfen. Es war, als ob irgendwo vor dem Haus ein gewaltiges Feuer aufgelodert sei und die dunklen Umrisse des Gebäudes in die Dünen projiziert habe. Da! Es geschah noch einmal. Diesmal fiel der Schatten in einem anderen Winkel, geradewegs in die Dünen vor dem Panoramafenster. Und dann geschah es noch einmal kurz. Und wieder war der Schatten etwas gewandert, diesmal fiel er schräg nach vorne, zur Straße hin. Es war, als ob die Lichtquelle um das Haus herumwanderte.

Sie wartete. Doch es geschah nicht noch einmal.

Sie holte das Handy hervor und aktivierte die Spracherkennungs-App, die auch ohne Internetzugang funktionierte. Sie hielt den Arm ausgestreckt gen Lautsprecher und zählte langsam innerlich bis dreißig. Dann deaktivierte sie die Aufnahme und sah auf das Display. Sie drückte den Button, welcher der Anwendung befahl, die Aufnahme in Text zu übersetzen. Zwei ineinandergreifende Zahnräder drehten sich auf dem Handydisplay im Kreis, um die

Aktivität des Programms anzuzeigen. Dann erschien der Text im Display. Ruth starrte ihn an, ihre Augen weiteten sich, als sie las.

Bleiben Sie, wo Sie sind! Das Alarmsystem hat Ihren Einbruchsversuch erkannt. Das Haus ist verriegelt und die Polizei verständigt. Zum Zeichen, dass Sie verstanden haben, setzen Sie sich auf den Boden, verschränken Sie die Hände hinter dem Kopf und sagen Sie: »Ich gebe auf.«

Bleiben Sie, wo Sie sind! Das Alarmsystem hat Ihren Einbruchsversuch erkannt. Das Haus ist verriegelt …

Der Text wiederholte sich von da an. Ruth ging ihn immer wieder durch, so als würde sie die Bedeutung, wenn sie sie schon nicht herauslesen konnte, vielleicht hineinlesen können, solange sie die Worte nur oft genug wiederholte.

Eine Alarmanlage. Wie hatte sie sie ausgelöst? Was ging hier vor sich? Konnte sie die Anlage ausschalten?

Sie las noch einmal. Die Polizei war angeblich verständigt. Konnte das stimmen? Das erste Mal hatte sie bemerkt, dass die Lautsprecheranlage aktiv war, noch bevor sie begonnen hatte, ihr Handy zu suchen. Wie lange mochte das her sein? Eine Stunde? Zwei? Mehr? Wie lange brauchten die Dorfpolizisten hier eigentlich, um einzutreffen? Und wenn sie den Anweisungen des Lautsprechers gehorchte? Würde das vielleicht den Irrsinn beenden? Sie las noch einmal den verschriftlichten Durchsagetext:

Setzen Sie sich auf den Boden, verschränken Sie die Hände hinter dem Kopf und sagen Sie: »Ich gebe auf.«

Sagen Sie: »Ich gebe auf.« Sehr komisch, dachte Ruth, es lebe die Barrierefreiheit! Das war doch ein Witz! Ein Scheißwitz! Als wäre sie in ein Loch gestürzt, das ein Paradox des Systems gegraben hatte und welches keiner der Konstrukteure berücksichtigt hatte. Wie in einem jener Bürokratie-Alb-träume, von denen man manchmal hörte. Jene Geschichten, in denen Menschen, die ihre Pässe verloren hatten, immer nur darauf zurückgeworfen wurden, dass sie Pässe brauchten, um neue Pässe zu beantragen. *Sagen Sie: »Ich gebe auf.«* Ruth und ihre fehlende Stimme waren ein Fehler im System geworden. Sie kämpfte den in ihr aufsteigenden Zorn nieder. Sie musste funktionieren. Oder es würde nie enden.

Da hatte sie eine Idee. Die App funktionierte doch auch rückwärts. Sie tippte die Worte »Ich gebe auf«. Dann wollte sie sich hinsetzen, zog jedoch sofort ihre Hand zurück, als sie dem heißen Boden zu nahe kam. Sie würde sich verbrennen, wenn sie sich hinsetzte. Der Teppich. Sie stellte sich auf den Teppich und beugte sich hinab, betastete ihn. Er war warm, aber es ging. Sie setzte sich, drückte auf den Ausgabeknopf des Sprachgenerators in der Anwendung und verschränkte die Arme hinter dem Kopf.

Nichts geschah. Zumindest nichts Erkennbares. Sie ließ die App noch einmal die Worte sagen und verschränkte die Arme erneut hinter dem Kopf. Immer noch nichts.

Sie hielt das Handy hoch und aktivierte die Spracherkennung, um zu sehen, ob sich die Durchsage vielleicht geändert hatte. Nach zwanzig Sekunden blickte sie auf das Display.

… Sie sind. Das Alarmsystem hat Ihren Einbruchsversuch erkannt. Das Haus ist verriegelt und die Polizei verständigt. Zum …

Es funktionierte nicht. Sie schlug die zu Fäusten geballten Hände, eine noch mit dem Handy darin, an die Stirn und gab einen dumpfen, krächzenden Schrei von sich.

Sie stand auf, bebend vor Frust und Zorn, und dachte darüber nach, noch einmal einen Angriff auf die Scheibe zu starten, mit allem, was die Wohnung an stumpfen und spitzen Waffen hergab. Doch so weit kam es nie. Ruths Handy fiel plötzlich auf den Boden, als sie die Hände erschrocken auf das Gesicht presste.

Sie blickte in das Gesicht eines Kindes.

Das nahezu eisblonde Mädchen mochte etwa elf, zwölf Jahre alt sein, die langen Haare fielen ihr glatt hinter den Körper, der in einer schneeweißen Robe steckte. Ihrer Kleidung haftete etwas Religiöses an, als sei es die Kluft einer Sekte. Das Mädchen erinnerte Ruth an Smilja. Sie sah Ruth an und redete.

Ruth stand da mit offenem Mund, derart überrumpelt, dass sie vergaß, die Lippen zu lesen.

Wo war das Mädchen hergekommen? Da erinnerte sie sich: Es war das gleiche Kind, das sie einen kurzen Augenblick lang hier gesehen hatte, kurz nachdem sie erwacht war und nach Bill zu suchen begonnen hatte. Unmittelbar bevor der ganze verdammte Albtraum begonnen hatte.

Und dann begriff sie. Es war ein Bild, ein Video. Es erschien auf dem Glas des künstlichen Kamins, die Scheibe war zugleich ein transparentes Display. Das kleine Mädchen sah ausdruckslos zum Betrachter wie ein Fernsehmoderator, der seine Abfolge furchtbarer Nachrichten herunterrasselte, Tod auf Tod aus allen Teilen des Globus meldete.

Das Mädchen bewegte erneut die Lippen. Ruth versuchte zu lesen.

Es sagte: *Tut mir leid, die Polizei ist nicht auf dem Weg. Die Standleitung wurde wegen mangelnder Zahlungen deaktiviert.*

Ruth starrte den Bildschirm an. Das Mädchen wiederholte: *Tut mir leid, die Polizei ist nicht ...*

Was bedeutete das alles, wer war das Mädchen in dieser Aufzeichnung? Unwillkürlich antwortete sie in Gebärde: *Ja, ich habe verstanden. Ich kann* sehen! *Nur nicht hören, du kleine Nervensäge!*

Das Bild des Mädchens hielt kurz inne, dann bewegte es die Lippen erneut. Nun sagte es etwas anderes. Und, es war unglaublich, es hob die Arme in den sichtbaren Bereich des Bildschirms und redete parallel zu den Lippenbewegungen in Gebärde.

Das tut mir leid, wie bedauerlich. Ist das eine Hilfe für dich?

Nun erstarrte das Mädchen wieder und schien auf Ruths nächste Handlung zu warten. Ruth dämmerte es; das Mädchen war ein Avatar, der auf sie reagierte. Sie sprach mit einem intelligenten Computerprogramm. Oder nicht? Ruth beugte sich vor, um ihr Gesicht näher an den Bildschirm im Kamin zu bringen.

Bist du ein ... eine Künstliche Intelligenz?

Ich bin GHOST. Eine metahumane Repräsentation des gleichnamigen neuronalen Netzwerkes der Firma Reichard IT. Ich lerne noch. Sie lächelte kurz und freudlos, dann machte sie wieder ihr ausdrucksloses Gesicht und wartete auf Ruths Reaktion.

Reichard IT? Das Mädchen war etwas aus einer Fabrik des toten Hausbesitzers? Ruth nahm, ohne den Augenkontakt abzubrechen, im Schneidersitz auf dem Teppich Platz, nahe am Kamin. Sie hielt dies für eine Passivität und Frieden ausstrahlende Position. Dann hob sie die Hände und gestikulierte, langsam. So wie man es tut, um jemanden, der jederzeit um sich schlagen kann, nicht gegen sich aufzubringen. Sie wusste nicht, mit wem sie es hier zu tun hatte, mit einem Freund oder einem Feind, wusste nicht, welches Aggressionspotenzial, welche Grausamkeit sich vielleicht hinter dem unschuldigen Gesicht verbarg.

Was habe ich getan? Wieso sperrst du mich hier ein und versuchst, mich zu töten?

Das tue ich nicht. Das macht SPIRIT.

Ruths Hände sanken in den Schoß. Dann riss sie sich zusammen und fragte in Gebärde: Was ist S – P – I – R – I – T?

Surveillance Program 1 Reichard IT. Fortgeschrittenes algorithmusbasiertes Sicherheitssystem, Status: inoffiziell. Noch in Entwicklung, [...] von SPIRIT noch nicht abgeschlossen.

Ruth verstand das Wort nach »Entwicklung« zunächst nicht und bat GHOST, es zu buchstabieren. Zur Antwort blendete Ghost das Wort als Untertitel unter ihrem Gesicht ein.

»Re-Training«. *Ich hoffe, das hilft dir.* GHOST lächelte.

Re-Training von SPIRIT? Was bedeutet das?, fragte Ruth.

GHOST nickte. *Re-Training ist die Modifikation des Datensatzes einer bestehenden funktionalen Künstlichen Intelligenz, um sie für einen sachverwandten, aber anderen Verwendungszweck nutzbar zu machen. SPIRIT basiert auf einem Künstlichen Neuronalen Netz für die militärische Verwendung, Smart Advanced Military Unit von Reichard AI oder SAMURAI. Es besitzt umfangreiche Wissensbibliotheken sowohl zur Funktionsweise jedweder existierenden Bewaffnung als auch zu bestehenden Schwachpunkten menschlicher Ziele; dazu gehören Verläufe von Schlagadern, Ursachen für Versagen von Herz- und Kreislaufsystemen, Informationen zur Resilienz gegen Temperaturschwankungen oder Sauerstoffentzug. SPIRITs Re-Training als Home-Security-Betriebssystem umfasst vor allem Änderungen weg von der verfügbaren militärischen Bewaffnung hin zur Adaption von vernetzten Alltagsgegenständen als Waffen. Etwa: Klimaanlagen, Heizungen, Haushaltsgeräte wie Rasenmäher oder Brotschneidemaschinen und, falls verfügbar, als ultimative Eskalation auch heimbasierte, getarnte Verteidigungsroboter. Das Re-Training wurde nicht abgeschlossen; es wurde pausiert. Der Trainer hat es vor seinem Rückzug aus der Entwicklung nicht wieder aktivieren können.*

Ruths Kopf schwirrte, als sie versuchte, den Ausführungen zu folgen. Sie klammerte sich an das Letzte, was sie glaubte, verstanden zu haben. Sie fragte: *Trainer? Wer ist der Trainer?*

GHOST nickte verbindlich: *Johann Reichard. Zog sich am 11. Oktober von der Entwicklung zurück. Grund: Exitus bei der Entwicklung.*

Reichard. Der Milliardär, dem das Haus gehörte? Er war hier gestorben, hieß es doch. Herzinfarkt. Ruth fragte: *Meinst du, Reichard ist bei der Entwicklung von SPIRIT gestorben?*

Korrekt. Das Mädchen begleitete die Gebärde mit einem höflichen Nicken.

Und das ist hier im Haus geschehen?

Korrekt. SPIRIT war ein als privat klassifiziertes Projekt, ohne Verbindung zu Reichard AI, unter Führung der neugegründeten Einheit Reichard IT, Postadresse: Kalifornien-Weg 10.

Ruth schwirrte der Kopf, doch sie glaubte zu begreifen.

Reichard hat nach seiner Rente weitergearbeitet, weitergeforscht, richtig? Er hat das Haus hier mit einer Sicherheitsanlage ausstatten wollen, basierend auf ... dem anderen Programm.

Das Mädchen nickte: *SAMURAI. Korrekt.*

Und dann ist er gestorben, bevor ... er fertig war damit?

Das Mädchen nickte: *Korrekt. Der Status der auf SAMURAI basierenden Heimsicherheits-KI namens SPIRIT ist: aktiv / in Entwicklung.*

Ruth dachte nach, dann sah sie dem Avatar in die leblosen computergenerierten Augen: *Und du? Was bist du?*

GHOST. *Smart Home Betriebssystem von Reichard IT. Letzter Einsatz vor Pausieren als General Adversarial Network zu SPIRIT* (das Wort »*General Adversarial Network*« erschien als Untertitel auf dem Bildschirm, der Mädchen-Avatar deutete darauf).

Ruth schüttelte den Kopf. *Ich verstehe das nicht.*

GHOST lächelte voller Verständnis und erklärte in Gebärde weiter: *Ich wurde vom Trainer zum Re-Training eingesetzt. Ich bin also eine Art Gegenspieler von SPIRIT gewesen. Meine Aufgabe war es, virtuell Einbruchsversuche auf die physische Infrastruktur des Hauses und Angriffe auf die digitale Infrastruktur von SPIRIT zu simulieren. Seine Aufgabe war es, diese abzuwehren. Mit jedem Fortschritt bei der Abwehr wurde ich besser bei den Angriffen und SPIRIT bei der Abwehr und immer so fort. Zwei sich gegenseitig trainierende Netze. Möchtest du den Wikipedia-Artikel zu General Adversarial Networks lesen?*

Ruth schluckte. Wenn sie richtig begriff, was sie hier hörte, so saß sie einem Computerprogramm gegenüber, das eine Art Sparringspartner für ein anderes gewesen war, um es zu verbessern. Sie fragte nach: *Ihr habt also Katz und Maus miteinander gespielt? Damit SPIRIT ein perfektes Sicherheitssystem wird?*

Korrekt.

Ruth spürte, wie ihr Atem, die Hände, ihr ganzer Körper zu zittern begannen, als ihr die alles entscheidende Frage durch den Kopf ging. Sie schloss die Augen und stieß einen langen Atemzug aus, um sich zu sammeln. GHOST saß einfach nur da wie ein Standbild, hin und wieder blinzelte das Mädchen oder senkte das Kinn, nur um es wieder anzuheben. Alle paar Sekunden wiederholten sich die Bewegungen, es waren wohl vorprogrammierte Schleifen, der Versuch des Programms, die Anmutung menschlichen Lebens zu simulieren. Ruth hob die Hände und beugte sich vor, fixierte eindringlich die toten Hologrammaugen auf dem Glas vor dem Kamin.

Kann ich SPIRIT abschalten?, fragte sie.

GHOST senkte den Kopf: *Nein.*

Kannst du *es denn*, fragte Ruth, *kannst DU SPIRIT abschalten?*

GHOST hob den Kopf. *Nein.*

Ruth schlug die Hände vor das Gesicht. GHOST erzählte weiter, ihre Lippen bewegten sich langsam und deutlich. Der Mund war kaum von einem echten zu unterscheiden. Kaum. Doch irgendetwas fehlte zur perfekten Illusion, war anders, irgendwie falsch, synthetisch, auf unfassbare Weise unheimlich.

GHOST erklärte: *Zur Sicherheit vor Angriffen besitzt SPIRIT keine potenziell kompromittierenden Schnittstellen, dies schließt Internetzugang oder den Zugriff meinerseits auf seine Architektur ein. Ich bin also ein autonomes, getrenntes System und konnte zu Trainingszwecken lediglich Eingabewerte einspeisen, die Verarbeitungsschichten oder die Gewichtungen an den Knotenpunkten der Neuronen sind meinem Zugriff entzogen.*

Ruth senkte die Hände. In ihrem Kopf subtrahierte sie immer erst das Informatik-Kauderwelsch aus den Botschaften, erst dann konnte sie grob eine Vorstellung dessen entwickeln, worum es hier eigentlich ging: *Warte, du kannst ihm … Dinge … eingeben? Kannst du ihn ablenken? Kannst du ihm sagen, ich bin ein Freund und kein Einbrecher?*

Bedauere. Nicht mehr.

Wieso nicht?

SPIRIT hat mich als Instanz, die Einbrüche vortäuscht, zu identifizieren gelernt und reagiert nicht mehr auf meine Eingaben. Im Gegenteil: Ich bin nun ein Eindringling für SPIRIT. SPIRIT versucht, mich zu löschen. Ich kann nur da sein, wenn er gerade fort ist. GHOST lächelte leer: *Man könnte sagen: Sein Job ist es, uns beide zu töten. Und ich kann nichts dagegen tun.*

Ist er fort? Ruth spürte eine irrationale Hoffnung in sich keimen.

GHOST schüttelte sanft den Kopf, sie lächelte: *SPIRITs aktueller Status ist: Standby. Er ruht. Er denkt, er hätte dich getötet. Nur deswegen kann ich mit dir kommunizieren.*

SPIRIT geht davon aus, dass er mich tiefgefroren hat, im Bad. Das ist ein Vorteil, eine mächtige Trumpfkarte, dachte Ruth. Für die mitleidlose Intelligenz, die hier auf Bill und sie Jagd machte, war sie aus dem Spiel! Vorerst.

Sie dachte noch darüber nach, wie sie dies am besten zu ihrem Vorteil nutzen konnte, da fuhr GHOST fort: *Und ich kann* nur mit dir *kommunizieren. Mit den anderen Entitäten konnte ich das nicht.*

Ruth riss die Augen auf, als die Worte ihre Bedeutung entfalteten. *Den anderen? Wen meinst du?*

Es waren mehrere Entitäten. Ich konnte nicht mit ihnen reden, SPIRIT hätte zugehört. Er hat jedoch kein Training für

DGS, ASL oder LIS-SI oder einen der Dialekte. Wozu auch?
Er muss die Morpheme nicht verarbeiten können, weil sie
nicht einem seiner Zwecke dienen.

Ruth war vermutlich der einzige Mensch weit und breit,
der diese Worte begriff. GHOST, der Smart-Home-Assistent, konnte mit ihr reden, weil sie sich über Gebärde verständigen konnten. SPIRIT hingegen, die domestizierte
Tötungsmaschine, war anders: Für ihn waren all die Dialekte und Systeme der Gebärdensprache wertlos, nichts,
Nonsense.

Ruth hatte dennoch das Gefühl, dass sie etwas auf der
Spur war: Es gab bereits mehrere … wie hatte GHOST es
formuliert? *Was sagtest du gerade noch? Es gab andere vor mir,
mit denen du nicht reden konntest? Weil SPIRIT es gehört
hätte?*

*Korrekt. Mehrere Entitäten. Entität Eins war der Trainer
selbst.*

Was erzählst du da? Meinst du Reichard?

Korrekt. Ein freundliches Nicken.

Was heißt das?, fragte Ruth.

Der Trainer selbst wurde von SPIRIT als »Angreifer«/»Eindringling« markiert.

Ruth riss die Augen auf. Das war Wissen, das ihr vielleicht das Leben retten konnte: *Wieso?*

*Der Trainer hat versucht, das System zwecks Wartung und
Instandsetzung auszuschalten. SPIRITs Netz belohnt ihn,
wenn er Angriffe auf das System abwehrt, also wurde der Angriff abgewehrt.*

Ruth beugte sich vor: *Was hat SPIRIT mit ihm gemacht?*

Das Standardprotokoll sieht für einen Angriff auf die vitale Struktur sofortige Aktivierung von Hostilitätslevel 3 vor.

Entweder hatte GHOST erkannt, dass sich Ruths Gesicht in ein Fragezeichen verwandelt hatte, oder sie redete einfach so weiter: *Das Standardprotokoll kennt drei Hostilitätslevel und ein Schutzlevel.* Auf dem Glas des Kamins erschien eine Liste, die langsam vom unteren zum oberen Bildrand kletterte:

<u>Schutzlevel</u> greift nur für die angegriffene Entität: Einsperren im Haus zum Schutz vor Intruder-Entität.
<u>Level 1</u> Level 1 und höher greifen nur für die Intruder-Entität oder -Entitäten. Es umfasst: psychologische Kriegsführung – Verschrecken, Täuschen, Ermüden. Vortäuschen von Präsenz im Haus durch zufälliges Ein-/Ausschalten der Beleuchtung und durch Auftauchen der Avatare im Wohnbereich. Außerdem leichte physische Kriegsführung: nicht-traumatische, nicht-letale Attacken. Aktiviert bei Einbruchsversuch.
<u>Level 2</u> Nicht permanente Neutralisierung: Verletzung, Verstümmelung, Ohnmacht. Aktiviert bei fortgesetztem Eindringen in die oder Angriffen auf die physische Infrastruktur. Beinhaltet Einsperren der Aggressorenentität.
<u>Level 3</u> Permanente Neutralisierung. Extermination der Aggressorenentität. Aktiviert bei gesteigerter Intruder-Aggressivität oder Angriffen auf die vitale Struktur.

Leck mich am Arsch, dachte Ruth. *Permanente Neutralisierung.* Sie fragte: *Wieso hat SPIRIT uns angegriffen?*

GHOST legte den Kopf leicht schief, bevor sie antwortete. Das erweckte unbeabsichtigt den Eindruck, als antworte sie auf eine als dumm empfundene Frage: *Identifikation feinseligen Verhaltens nach Standardprotokoll.*

Ruth dachte gerade darüber nach, ob sie nun in Gebärde: *Spinnst du, du Göre?*, fragen sollte oder ob es taktisch klüger war, verbindlich zu bleiben.

Doch sie kam nicht so weit. Es traf sie wie ein Schlag mit dem Hammer.

Ihr wurde klar, was heute geschehen war.

Fast alles. Sie ging den ganzen Ablauf des Abends durch und begriff ihn.

Bill hatte sich ausgesperrt. Dann hatte ihn das System als Einbrecher eingeordnet, als er versucht hatte, zurück ins Haus zu kommen, vielleicht hatte er versucht, eine Tür einzutreten oder so etwas in der Art. Das plötzliche Licht im Bad, das Auftauchen von SPIRIT im Kamin, all das hatte Bill abschrecken sollen. SPIRIT wollte Ruth vor ihm schützen und hatte sie deshalb im Haus eingesperrt. Bis sie selbst als Einbrecherin einsortiert worden war. Doch wieso …? Sie hatte doch nichts ge…

Verdammt. Verdammte Scheiße!

Sie hatte versucht, Bill ins Haus zu lassen. Das System musste sie als Komplizin eingeordnet haben.

Ruth kaute auf ihrer Unterlippe herum, während sie alles im Geist durchging. Der sanfte Schmerz half ihr. An ihrem Kinn spürte sie die Spannung des verschorften Bluts, das aus ihrem Mund daran hinuntergelaufen war, als sie sich die Zungenspitze abgebissen hatte.

Sie sah, dass GHOST wieder in Zeichen mit ihr sprach: *Kann ich noch etwas für dich tun?*

Ruth hatte die nächste Frage gefürchtet, so sehr, dass sie sie vor sich hergeschoben hatte, obwohl sie sie schon längst hatte stellen wollen: *Weißt du, wo Bill ist? Weißt du, ob er noch lebt?*

Wer ist Bill?

Bill ist der Mann, mit dem ich hier bin!

Ah. Ja, ich weiß es.

Das heißt, er lebt noch? Ruth richtete den Oberkörper auf, alle ihre Muskeln spannten sich an.

Nein. Ruths Herz setzte aus. Bill ... war tot? Doch dann fuhr GHOST fort: *Das heißt es nicht: Bloß, dass ich nicht weiß, ob er noch lebt. Diese Information erfordert den Override-Code.*

Was ist der Override-Code?

Ein Passwort.

Wie lautet es?, fragte Ruth, doch sie hatte die Frage kaum ausgesprochen, als sie ihre eigene Naivität verfluchte.

Die Freigabe des Override-Codes erfordert den Override-Code, bedauere.

Ruth dachte nach. *Kannst du mir wenigstens sagen, wer der tote Mann im Keller ist?*

Im Keller ist ein toter Mann? GHOST fragte mit einem perfekt neutralen Gesichtsausdruck. *Ich kann im Keller leider nicht sehen.*

Ein Mann, der sich erhängt hat, GHOST. Der ist im Keller ... Vor uns war ein Ehepaar hier, oder? Ihre Sachen sind noch hier, richtig? Ruth gestikulierte schnell.

Korrekt.

Sie sind niemals abgereist, stimmt's?

Korrekt.

»Korrekt!« Weißt du überhaupt, wie viel Leid, wie viel Tod in diesen zwei Silben steckt, du kleines Stück Code, du Bitch?, dachte Ruth. Sie riss sich zusammen und rang sich ein falsches Lächeln ab. GHOST ignorierte die Beleidigungen und erwiderte das Lächeln. Ruth fragte: *Wo ist dann die Frau? Darf ich das erfahren?*

GHOST blinzelte einmal und senkte den Kopf: *Verbleib der Frau – oder Entität Zwei A – ergibt sich aus Ablauf des Spezialprotokolls. Spezialprotokoll wurde von Entität Zwei B aktiviert. Ich vermute, dass dies der Mann im Keller ist, von dem du sprichst. Die Daten legen nahe, dass er das Spezialprotokoll versehentlich aktiviert hat.*

Ruth stöhnte und rollte die Augen, bevor sie, so ruhig sie nur konnte, fragte: *Was ist das Spezialprotokoll? GHOST, rede so, dass ich es begreife.*

GHOST nickte und blinzelte, ein kurzes Lächeln, dann war das Mädchen wieder ein Neutrum. Es sagte: *Spezialprotokoll oder: Hostilitätslevel 4 oder: Panik-Modus.*

Panik-Modus? Was bedeutet das?

Unmittelbare, nicht konsekutive Eskalation zu permanenter Neutralisierung. Und anschließende Entsorgung hostiler Entitäten sowie damit verbundener Beweismittel.

Ruth sackte in sich zusammen. Welches Grauen verbarg sich hinter dieser technischen, eiskalten Sprache? Es klang nach … Mord. Mord und anschließendem Verwischen der Spuren. Was genau war hier geschehen?

Doch GHOST redete weiter, als habe sie die Frage vorweggenommen, die Ruth sich stellte: *Entität Zwei B war nicht mehr in der Lage,* Panik *abzubrechen.*

Einen kurzen Moment schien es, als sei GHOST eingefroren. Ihr Kinn und eine Hälfte des Gesichts zerfielen in chaotische Fragmente aus Pixeln, dann war das Bild wieder intakt. GHOST sagte: *Nach Analyse der Daten hätte ich eine Vermutung. Darf ich sie mitteilen?*

Langsam hob und senkte Ruth den Kopf.

Entität Zwei B hat meinen Erfassungsbereich Richtung Keller verlassen. Er trug ein Seil und einen weiteren kastenförmigen Gegenstand bei sich: Ich vermute, Entität Zwei B hat die eigenen Lebensfunktionen aufgrund psychologischer Traumatisierung autonom beendet.

Ruth spürte, wie ihre Augen feucht wurden. *Was sagst du da?,* fragte sie in Gebärde, ungläubig. Doch im Grunde hatte sie schon verstanden.

GHOST schrumpfte um die Hälfte, rückte an den unteren Bildrand, auf der oberen Hälfte des Bildrands erschien ein Wikipedia-Artikel zum Thema Suizid. Die Passage »Suizid durch Erhängen« war hervorgehoben. *Wenn du selbst suizidale Absichten hegst, kann ich für dich eine Hotline anrufen, wo du mit jemandem reden kannst.*

In Ruths Verstand zuckte es, das Bewusstsein einer unverhofften Gelegenheit meldete sich, sie richtete sich auf: *Ja. Bitte, ja! Ruf jemanden an.*

Der Artikel verschwand nach rechts aus dem Bild, und GHOST wuchs wieder auf die alte Größe an, füllte den Bildschirm. Sie fror kurz ein. Dann bedeutete sie Ruth in

Gebärde: *Die Standleitung wurde wegen mangelnder Zahlungen deaktiviert. Tut mir leid.*

Nutzloser Haufen Schrott! Ruth rieb sich die Augen. Dann fiel ihr ein, was sie noch hatte fragen wollen: *Was ist der »Panik-Modus«?*

Unmittelbare, nicht konsekutive Eskalation zu permanenter Neutralisierung. Und anschließende Entsorgung …

Ruth schlug an das Glas neben GHOSTs Avatar: *Das hast du schon gesagt, verdammt noch mal, GHOST!!!*

Tut mir leid.

Wie aktiviert man es? Und vor allem: Wie verhindere ich, dass ich es aktiviere? Ruth stöhnte ob der Tumbheit dieser Intelligenz. Was immer »Panik« war, es schien eine mordsgefährliche und unausgereifte Funktion dieses Systems zu sein, wenn sie einen Menschen tötete und den anderen dazu brachte, sich selbst zu töten. *Sag es mir! Bitte! Tut mir leid, wenn ich grob war, wenn ich dich beleidigt habe! Sag mir bitte, wie der* Panik-Modus *funktioniert!*

Hostilitätslevel 4 »Panik« wird via Panik-Wort aktiviert.

Panik-Wort? Was ist das Panik-Wort? Ist es etwas anderes als das … Override-Wort?

GHOST blinzelte und senkte den Kopf: *Ja, ein anderes.*

Und welches? Bitte sag es mir! Ruths Augen flehten, flehten die mitleidlose dumme Intelligenz vor ihr an.

Die Preisgabe des Panik-Wortes erfordert das Passwort.

Ruth sah dem seelenlosen kleinen Avatar in die Augen. Hin und wieder bewegte GHOST den Kopf, blinzelte in einer mechanischen, überzogenen Weise oder lächelte sie an. *Kann ich noch etwas für dich tun?*

Es war nur ein Ding. Ruth senkte den Kopf und lachte in sich hinein, resigniert ob der bitteren Erkenntnis. Wieder musste sie an ihre Schwester denken.

Sie sah auf. *Du armes Etwas bist machtlos. Ich muss selber da durch.*

GHOST blinzelte. Einen Moment schienen sich unsichtbare Zahnräder in ihrem virtuellen Hirn zu drehen, dann sagte sie: *Du brauchst dich nicht zu entschuldigen. Was kann ich für dich tun, ich bin nicht sicher, ob ich dich verstanden habe.*

Ist schon okay, dachte sie, sagte es aber nicht mehr. Welchen Sinn ergab das schon? Sie wusste nicht, wie ihr dieses Ding helfen sollte, das aus irgendeinem Grund aussah wie ihre Schwester und redete wie ein Mensch, aber komplett nutzlos …

Etwas war mit ihr im Raum. Sie wusste es. Zuerst spürte sie es nur. Ruth hätte nicht sagen können, welcher der ihr verbliebenen Sinne die Signale erspürt hatte, die sie den Kopf wenden ließen: Und dann sah sie es auch.

Da war ein Schatten, er verschwand hinter der Trennwand, die den Eingangs- vom Wohnbereich schied.

Sie fuhr auf, sprang förmlich in den Stand. Ruth wandte sich um zu GHOST, wollte sie fragen, ob sie ihr sagen konnte, wer oder was das gewesen war, doch der Avatar war verschwunden, das Glas vor dem Kamin war wieder einfach nur ein Glas.

Ruth ging auf Zehenspitzen einige Schritte zur Küche, deren automatische Tür noch immer vom Mülleimer eine Maulsperre verpasst bekam. Sie veränderte ihren Blickwinkel so weit, dass sie in den kleinen Flur im Eingangsbereich hineinsehen konnte. Leer. Die Haustür war noch immer geschlossen. Links ging es zum unteren Bad: Die Tür stand einen Spalt breit offen und bewegte sich noch leicht in den Angeln, öffnete sich sogar ein wenig weiter, bevor sie zum Stehen kam, so als habe sie gerade erst jemand nach innen aufgestoßen.

Ruth tat einen Schritt rückwärts, ohne den Blick von der Badezimmertür zu nehmen, dann noch einen und drehte sich im Lauf um, rannte auf die Küchentür zu. Sie sprang über den Mülleimer hinweg, der sie offen hielt, und lief in den Raum hinein, kauerte sich an seinem anderen Ende hinter die schmale Seite der Kücheninsel in der Mitte.

In der Hocke spähte Ruth aus ihrem Versteck.

Ein Schatten huschte über die Decke und einen Teil der Wand im Wohnzimmer. Das einzige Licht, das diesen Schatten werfen konnte, kam von draußen, vom Swimmingpool. Der Unbekannte musste also irgendwo rechts von ihr herumschleichen, vor der Glastür zum Poolbereich.

Sie beobachtete das Viereck, das die Küchentür zwischen dem Mülleimer und der Decke auf das Wohnzimmer freigab. Niemand zu sehen, aber dort *war* jemand. Der Messerblock fiel ihr ein!

Ihre Augen wanderten nach oben, zur Arbeitsfläche vor dem Küchenfenster, dort stand der Block. Was immer da draußen im Wohnzimmer umging, sie würde ihm nicht ohne eine Waffe begegnen. Aber war ein Messer das Richtige? Was, wenn es ein weiterer Einrichtungsgegenstand war, der sich selbstständig gemacht hatte und der nun auf die Jagd nach ihr ging, wie der Staubsauger, die Automatik-tür oder der Treppenlift? Was sollte da ein Messer helfen? *Bestimmt mehr als KEIN Messer, du dummes Miststück*, schalt sie sich selbst.

Sie spähte noch einmal Richtung Wohnzimmer, dann lief sie gehockt zum Messerblock, das war anstrengend, die Seite tat ihr weh, der Fuß ebenso, doch sie wollte sich so klein wie nur möglich machen.

Sie kam vor dem Tresen unter den Messern an. Sie warf noch einen scheuen Blick zur Tür, Richtung Wohnzimmer (nichts zu sehen) und langte dann mit dem rechten Arm über die Kante des Tresens zum Messerblock, ihre Finger schlossen sich um den größten der herausragenden Griffe. Schnell zog sie das Messer heraus.

Es war, kurz bevor die Spitze des Messers seine Scheide aus Holz verließ, dass unvermittelt die Schublade direkt ne-ben ihrem Kopf aufsprang und etwas Stahlkaltes aufblitzte: Scharfe, zackige Zähne begannen zu rotieren, schnell wie die Blätter eines Flugzeugpropellers.

Das Schneideblatt der Brotschneidemaschine schnellte, von einem beweglichen, dünnen Metallarm gehalten, aus seiner Führung heraus und führte einen schnellen Streich in Richtung ihrer Hand aus.

Ruth stieß sich nach hinten ab und zog in letzter Sekunde ihr Handgelenk aus dem Weg. Sie stürzte rücklings auf den Boden, das Messer, das sie schon gepackt hatte, flog aus dem Block und kam neben ihr zum Liegen.

Auf die Hände gestützt, sah sie fassungslos die rotierende Säge an, die sich zusammen mit dem kleinen Metallarm wieder in die Plastikummantelung der Brotschneidemaschine zurückzog.

Verdammt, es hatte nicht viel gefehlt, hätte sie nur den Bruchteil einer Sekunde mehr Reaktionszeit benötigt, wäre nur ein paar Zentimeter weniger ausgewichen – die rotierende Klinge hätte ihr die ganze Hand abgetrennt.

Sie schnaubte, als sie zusah, wie die Klinge zum Stehen kam. Ruth sprang auf und betrachtete die Brotschneidemaschine. Sie packte den Griff der Schublade und hob sie leicht an, um sie aus den Führungsschienen zu lösen, bevor sie daran zog.

Es gelang ihr, die Schublade glitt heraus, ein paar Elektrokabel, die die Maschine mit Strom versorgten, hielten sie aber zurück. Das plötzliche Gewicht zog Ruths Arme nach unten, fast fiel ihr die Schublade hin. Doch sie stemmte den einen Fuß gegen den Tresen neben der Schublade und riss kräftig daran. Wie in Todesangst begann die Schneide, in der Schublade in Ruths Händen zu rotieren, schoss an dem Metallarm erst nach links und vollführte dann einen Ausfall nach oben, schnitt in blinder Aggression um sich.

Ruth riss noch einmal an der Schublade, und das kreisrunde Sägeblatt kam zum Stehen, als die Kabel rissen. Keuchend hob sie die lose Schublade über ihren Kopf wie einen Vorschlaghammer und schmetterte sie samt Brotschneidemaschine auf den Boden. Die Schublade barst, die Maschine zersplitterte in Einzelteile aus Plastik und Metall, Bruchstücke flogen umher, rutschten oder rollten über den Küchenboden.

Die Brotschneidemaschine war das, was sie vorher schon gewesen war: ein unbelebter, seelenloser Gegenstand, doch nun war sie ohne Strom, kaputt – ungefährlich. Ruth spuckte aus, auf die Überreste. Sie war unachtsam gewesen, verdammt, verdammt!

Aus den Augenwinkeln sah sie erneut den Schatten, er war durch die Küchentür gekommen, über das Hindernis der Mülltonne gesprungen und hatte sich auf der Ruth gegenüberliegenden Seite hinter dem Tresen verborgen. Es war etwas, das sich schnell und nahe am Boden fortbewegte.

Ruth ging in die Hocke, griff das Messer mit beiden Händen und hob es, die Klinge voran neben das Gesicht, über die Schulter. Sie rannte um den Tresen herum, stieß einen ungeübten, krächzenden Kampfschrei aus, bereit zuzustechen, müde des Wegrennens, Leidens und Versteckens.

Da vor ihr auf dem Boden saß der Eindringling. Doch es war kein Gegner. Sie hatte ihn schon gesehen.

Vor ihr saß der Hund aus den Dünen.

Sie öffnete den Mund und ging in die Knie, legte das Messer neben sich, streckte die Hand aus und schnalzte mit der Zunge. Das pechschwarze Tier kam heran, beschnüffelte ihre Finger und leckte dann daran. Ruth rückte näher und begann, den Hund zu kraulen. Dann nahm sie den Hundekopf zwischen die Hände und sah das Tier an. Du, dachte sie, als sie in die dunklen Hundeaugen sah, weißt, wo es hier raus- und reingeht! Du kannst mich hier rausbringen, mein Lieber!

Sie drückte ihren Kopf an seinen, umarmte den Hund. Dann zuckte sie zurück, unvermittelt, der Hund merkte es, schien verwirrt. Ruth betrachtete ihn, ihre Augen wanderten zum Halsband.

Sie nahm die Marke daran zwischen Daumen und Zeigefinger und drehte sie so, dass sie die Aufschrift lesen konnte.

Hunter

Hunter. Das war also der Name des Hundes.

Ihr fielen die Worte aus dem Brief ein: »Wieso musste ich nur den Hund so nennen? Ausgerechnet so, wieso?« Das waren die letzten Worte gewesen, die der Mann im Keller aufgeschrieben hatte, bevor er beschlossen hatte, sich selbst zu hängen, dort unten.

Hunter, dachte sie. Was ist so schlimm an deinem Namen? Sie kraulte seinen Hals; der Hund, zunächst noch irritiert von Ruths erschrockener Reaktion, entspannte sich erneut und ließ es zu.

Hunter, Hunter, dachte Ruth, während sie ihn kraulte, was hast du hier nur angerichtet?

AUSSEN

Bill lag auf dem Bauch, die Arme aufgestützt, und sah den Mähroboter auf sich zukommen, die Drohne schwebte über ihm in der Luft. Sie schien die menschliche Beute dem Mäher zu überlassen. Bill versuchte, sich in den Stand hochzustemmen und loszusprinten; doch es war offenkundig aussichtslos. Der Roboter würde ihn binnen weniger Sekunden erreichen, entweder noch bevor er überhaupt erst losrannte oder einen Augenblick darauf. Für den Bruchteil einer Sekunde dachte Bill daran, aufzugeben. Wozu noch Einsatz bringen in einem Spiel, das er schon verloren hatte?

In diesem Moment hörte er das Bellen. Und dann sah er ihn.

Es war der Hund aus den Dünen. Er stand, die Vorderbeine leicht gespreizt und den Kopf gesenkt, hinter dem Mähroboter, zwischen Baum und Gartenhütte, er knurrte und bellte.

Der Mähroboter hielt an, drehte sich auf der Stelle und nahm den Hund ins Visier. Bill starrte gebannt, die Maschine hatte sich mit der Front auf den Hund ausgerichtet – doch er fuhr nicht los, er blieb auf der Stelle stehen.

Die Zeit schien stillzustehen.

Bill drückte sich in die Höhe, erst auf Hände und Knie,

richtete sich dann ganz auf; er zitterte, der Schmerz im Knöchel ließ ihn schwanken.

Noch immer geschah nichts, Bill sah hinauf: Die Drohne schwebte in der Luft, einige Meter über der ganzen Szenerie, auf halber Strecke zwischen Roboter und Bill. Sie bewegte sich nicht. Der Hund bellte und bellte, Speichel hing ihm von den Lefzen.

Bill sah mit an, wie der Mähroboter erneut auf der Stelle wendete, er drehte sich von dem Tier fort, drehte sich weiter und weiter. Und dann – sah die Maschine wieder Bill an. Das Roboterauge leuchtete noch kurz blau, dann sprang es wieder auf Rot um. Er griff Bill erneut an, den Hund ignorierte er.

Es attackiert keine Haustiere, fuhr es Bill durch den Kopf. *Okay*, dachte er. Und griff nach der kleinen Chance zu überleben, die sich ihm auftat: *Das wird entweder mein Geniestreich … oder ich sterbe wie ein Vollidiot.*

Bill zog sich das nasse Hemd gegen den Widerstand des klammen Stoffs über den Kopf, er wollte so viel von seinem Gesicht verdecken wie möglich, konnte gerade noch hinaussehen. So beugte er sich hinab, schnell, und begann, auf allen vieren zu laufen. Der Knöchel tat dabei doppelt so weh wie im aufrechten Gang. Dann begann Bill, zu bellen und zu jaulen.

Langsam ging er geradeaus, schnüffelte an einer Stelle auf dem Fußboden, imitierte erneut ein Bellen und machte kehrt, in aller Ruhe und Gemächlichkeit lief er so in die Richtung zurück, aus der er gekommen war. Der Mähroboter stand da. Das Auge leuchtete blau.

Na, da hast du was zum Nachdenken, Blechbüchse, dachte Bill. Und der Roboter blieb wirklich stehen, sein Psychopathenauge zuckte in Blau.

Er überlegt, ob ich ein Hund bin. Großartig! Besser wie ein Hund leben, als in Würde zu sterben. Hoffentlich sieht Ruth nicht gerade aus dem Fenster. Was könnte ich noch tun? Das Bein heben und an den Baum pinkeln vielleicht? Er schnaufte bitter.

Der Baum!

Bill dachte an den Abend zurück, als er mit Ruth das Brettspiel gespielt hatte. Als der Saugroboter aufgetaucht und auf der Teppichkante hängen geblieben war. Bill dachte an die knochigen Wurzeln des Baums. War es einen Versuch wert?

Der direkte Weg zum Baum, am Mähroboter vorbei, war kürzer; der in die andere Richtung führte Bill einmal um das Haus herum und war bestimmt drei Mal so lang, aber er müsste dazu nicht an der Höllenmaschine vorbei … Bill entschied, den kurzen Weg zu nehmen. Er drehte sich Richtung Mähroboter und Baum, begann wie ein Hund loszulaufen, als sei er von allen Sorgen um die Welt befreit und nur mit dem Garten und seinen Gerüchen beschäftigt. Noch immer leuchtete das Auge des Roboters blau. War das gut? Es schien zu bedeuten, dass der Apparat noch immer unsicher war: War Bill nun ein Mensch oder ein Hund? Sollte er dieses Wesen ignorieren oder zerfetzen? Bill näherte sich dem Roboter. Dann war er auf einer Höhe mit ihm und, den Bot ignorierend, stolzierte in etwa einem Meter Abstand an ihm vorbei. Das blau flackernde Auge und die

Front mit der Reihe aus scharfen Mähscheiben folgten ihm, blieben stets auf ihn ausgerichtet.

Wenn der Roboter jetzt losfuhr, hätte Bill keine Chance. Das Ding wäre zu schnell. Es würde eine Schneise durch seine Flanke mähen, links davon nur Kopf und Arme, rechts davon nur die Beine übrig lassen; in der Mitte wäre eine Bresche aus Blut und zerfetzten Organen, wo früher einmal sein Körper gewesen war.

Der Roboter verharrte. Bill musste sich zusammenreißen; er durfte jetzt nicht schneller werden oder der Maschine einen Blick zuwerfen. Nun bloß keine Verhaltensänderungen, dachte er.

Auf allen vieren brachte er langsam Meter um Meter zwischen sich und den Roboter. Noch nie im Leben war etwas so weit entfernt gewesen wie dieser Baum. Jeder Schritt, den er tat, sandte einen neuen Schuss Adrenalin durch Bills Adern, war jeder für sich eine Wette auf sein Leben: Würde der Roboter ihn bei der nächsten Bewegung durchschauen? Würde erkennen: Das war kein Hund, das war eine alberne Vierbeinerimitation, die es aus der Existenz zu häckseln galt?

Dann war er beinahe am Baum angekommen. Er befand sich unter den Ausläufern der Krone, unmittelbar an den Wurzeln. Er krabbelte über die Wurzeln hinweg und drehte sich um, direkt in den blau flackernden Blick des Roboters. Der hat echt 'ne Nuss zu knacken mit mir, dachte er. Unverschämtheit eigentlich, dass er so lange dafür braucht!

Nun galt es herauszufinden, ob seine Theorie funktionierte. Das, oder er würde in drei Sekunden keine Füße mehr haben.

In Ordnung. Also: Er stand auf und zog das Hemd herab, es rutschte über die Nase und gab den Rest des Gesichts unterhalb der Augen frei. Das blaue Auge über den Klingen benötigte keine halbe Sekunde, um auf Rot umzuspringen. Die Klingen begannen zu rotieren, und der Rasenmäher jagte los.

Bill schluckte. Der Mähroboter hielt auf Bills Füße zu, die unmittelbar hinter einem Geflecht aus dicken Wurzeln standen. Sie traten hier aus dem Rasen hervor und liefen zum Stamm des Baums. Der Roboter fuhr mit dem linken Vorderrad auf eine der Wurzeln, die Front hob sich in die Höhe. Dann ging das Rad über das Hindernis hinweg, doch es blieb in der Luft hängen, als die Mitte der Maschine auf der Wurzel landete. Der Roboter hing schräg da, halb auf dem Boden und halb in der Luft.

Die Klingen drehten sich wie in einem Wutanfall schneller, irrwitzig schnell, sie wurden praktisch unsichtbar.

Das Auge wechselte zu Gelb und blinkte langsam … das hatte Bill noch nicht an der Maschine gesehen!

Dann versuchte der Roboter rückwärtszufahren, doch der Antrieb saß offenbar in den Vorderrädern: Das in der Luft hängende Vorderrad und das daneben auf dem Boden wechselten die Drehrichtung. Aber eines griff ins Nichts, das andere drehte im Gras durch. Der Roboter hing fest. Bill hatte ihn ausgeschaltet. Er machte vorsichtig einen Schritt auf das Gerät zu.

Bill betrachtete seinen Gegner. Das Auge blinkte weiter

gelb. Die Klingen kamen zum Stehen, und auch die Räder fuhren nur noch ein letztes Mal vorwärts und zurück, dann gaben sie ebenfalls auf.

Bill stieß erleichtert Luft aus. In diesem Moment schaltete das Licht des Roboters auf Blau um, flackerte schnell.

Er hörte das Aufheulen der kleinen Rotoren über sich. Wie ein zorniger Hornissenschwarm, der sich nun den Jungen kaufen würde, der mit Steinen auf das Nest geworfen hatte. Er sah nach oben: Die Drohne kam herunter zu ihm, aus etwa fünf Metern Höhe über ihm. In drei Metern Höhe blieb sie in der Luft stehen. Das Auge blinkte kurz blau, dann rot. Die Drohne hatte ihn entdeckt, drehte sich in Bills Richtung, er sah sie den Arm mit dem Flammenwerfer ausfahren.

Sie haben sich verständigt! Der Mähroboter hatte seine Freundin zu Hilfe gerufen. Bill wusste sofort, dass der Hundetrick nicht mehr funktionieren würde. Er drehte sich um und rannte los, weg vom Baum, den Schmerz im Knöchel verbeißend, so gut es nur eben ging, dennoch humpelte er.

Ein Feuerstrahl schoss auf ihn zu. Bill sprang nach vorne, der Flammenwerfer ging über ihn hinweg und verfehlte ihn weitgehend; doch er spürte eine scharfe Hitze hinten an seinem Hals, sie traf ihn wie ein Nackenschlag. Er spürte, wie die Haut Brandblasen warf und aufplatzte, der Schuss aus Feuer musste ihn nur um ein paar Zentimeter verfehlt haben. Er hielt auf den Swimmingpool zu. Wasser! Hineinspringen? Das war so elendig verführerisch, doch sein Gehirn sagte ihm: Lass das bloß bleiben, du Idiot! Entweder beendet der Pool dann seinen Erstickungsjob, oder die Drohne grillt deinen Schädel, sobald du auftauchst, um Luft zu holen.

Was konnte er tun? Hinter sich hörte er das Brummen seiner Verfolgerin. Bill rannte weiter auf den Pool zu, ohne jeden Plan, wie er die nächsten zehn Sekunden überleben sollte.

Im Laufen fiel sein Blick auf den schwarz-gelben Sonnenschirm, der zusammengeklappt am Rand des Pools bei den Stühlen lag. Was blieb ihm übrig? Er hastete zu dem Schirm, packte ihn und hob ihn vor sich, wie eine Lanze. Die Drohne richtete ihren Flammenwerferarm auf ihn aus. Bill spannte den Sonnenschirm auf, die Lanze wurde ein Schild, Flammen schossen auf ihn zu und trafen den aufgespannten Stoff.

Der Schirm ging zu Boden, kam aufgespannt direkt neben dem Rand des Pools zum Liegen. Der Stoff stand in Flammen.

Die Drohne kam herab, schwebte auf das Feuer zu. Dann kreiste sie langsam um den Schirm herum, wollte den Menschen ins Visier nehmen, der sich dahinter verbarg. Der aufgespannte, brennende Kopf des Schirms zeigte in Richtung des Hauses, Stange und Griff deuteten auf den Pool. Die Flammen fraßen den Stoff vom Gestell des Schirms, es kam zum Vorschein wie ein Skelett unter dahinschmelzendem Fleisch.

Das Fluggerät schwebte über den Pool und näherte sich dem Schirm von der anderen Seite, den Flammenwerfer bereit.

Das Auge der Drohne sprang von Rot auf Blau, als die

Sensoren nichts erfassten: Kein Mensch war hinter dem Schirm, der Eindringling war verschwunden.

Die Drohne begann, sich auf der Stelle um die eigene Achse zu drehen, ihr Auge zuckte blau.

Sie konnte niemanden entdecken.

In diesem Moment schoss Bill aus dem Wasser heraus, packte die Drohne und hängte sich mit seinem vollen Körpergewicht daran. Die Rotoren schnitten durch die Luft, nur Zentimeter von seinen Fingern entfernt. Bill zog das Fluggerät hinab zur Wasseroberfläche. Die Rotoren verlangsamten sich, als er die Drohne unter Wasser drückte, und kamen dann, eine Hand breit unter Wasser, schließlich ganz zum Stehen. Der Apparat ging unter. Bill musste nicht mehr an ihr ziehen, er entließ sie und sah dabei zu, wie die Drohne auf den Grund sank, der Arm mit dem Flammenwerfer zuckte, brachte jedoch keinen Angriff mehr zustande. Schnell wendete er und schwamm zurück zum Rand des Pools, kletterte hinaus, um nicht erneut im Becken eingeschlossen zu werden.

Er beobachtete vom Rand aus, wie der schwarze Fleck auf dem Boden des Pools zum Liegen kam, bewegungslos. Neben Bill brannte der Stoff vom Sonnenschirm herunter, eine absurd große Fackel, bald würde nur noch das Gerippe übrig sein.

Bill sah unter Wasser einen kurzen blauen Blitz im Gehäuse der Drohne aufleuchten, die Funken des Kurzschlusses, als das Wasser die Innereien seines Gegenspielers flutete. Die Elektronik hatte versagt, das mörderische Gerät war bezwungen. Die Drohne lag da, auf dem Grund des beleuchteten Pools, bewegungslos. Die Abdeckung schloss sich nicht erneut, sie hatte nicht einmal versucht, Bill einzusperren. Vielleicht weil er kurz vom Radar des Überwachungsapparats verschwunden war, der über das Gelände wachte? Die Drohne hatte nicht gewusst, wo er war. Es war sein Trumpf gewesen, sich hinter dem Schirm zu verstecken und dann heimlich ins Wasser zu gleiten, in der Hoffnung, die Drohne packen und versenken zu können. Alles hatte er dabei auf eine Karte gesetzt. Und gewonnen.

Er hatte einen seiner Gegenspieler in der Arena des Gartens gefesselt, den anderen hatte er getötet. Stolz stand er da, ein siegreicher Krieger, er hatte nie einer sein wollen, aber er war dennoch stolz. Urzeitliche Hormone schossen durch sein siegreiches Männerhirn, sie machten ihn zu einer triumphierenden Puppe.

Nun musste er ins Haus. Aber wie? Nichts hatte sich geändert. Nur dass er nun mehr Zeit hatte, niemand war mehr hinter ihm her, mit Klingen oder … *Feuer*. Bill hatte gerade wieder in seinen verbliebenen Hausschuh schlüpfen wollen. Er hatte ihn am Beckenrand stehen lassen, bevor er ins Wasser geglitten war. Doch dann erstarrte er. Ein Einfall war in seinem Hirn aufgezuckt wie der blaue Kurzschlussfunken in der Drohne. Der Schirm! Er brannte noch an ein paar Ecken, doch bald würde das Feuer erlöschen.

Sein Blick jagte umher. Da auf dem Tisch am Pool! Dort stand eine Kerze in einem Glas. Er stürzte zum Tisch, holte die Kerze, riss sie aus der Hülle und entzündete sie am Rest des brennenden Stoffs, der nach und nach nur noch das Skelett des Schirms übrig ließ.

Er hatte das Feuer bewahrt. Es brannte auf der Kerze, die er wieder unter der Glashülle verstaute, dann stellte er sie auf dem Tisch ab. Er hätte nicht gewusst, wie er sonst Feuer hätte machen sollen. Die Höhlenmenschen hatten das gekonnt, sie hatten es gemusst, er wusste nicht, wie man so etwas machte. Doch um dieses Problem musste er sich nicht mehr kümmern, die Flamme, die erste Zutat in seinem Plan, war da. Jetzt kam der schwere Teil: Er musste blitzschnell zurücktauchen in den Pool und die Drohne herausholen, bevor ihn die Abdeckung wieder einsperren konnte. Nur so würde er herausfinden, ob Teil zwei seines Plans funktionieren würde. Ob die Puzzleteile zusammenpassten!

Sie mussten es, sie mussten es einfach! Sie ergaben zusammengesetzt einen Pfad zurück ins Haus, zu Ruth, und dann fort, fort mit ihr, für immer weg von hier!

Einige Minuten später stand Bill wieder vor dem großen Fenster zum Schlafzimmer. Der zweite Aufstieg war ein Witz gewesen, verglichen mit dem ersten: Er hatte gerade begonnen, sich den Kopf zu zerbrechen, wie er hinaufkommen sollte mit dem angeknacksten Knöchel. Und mit seinem ganzen Gepäck: mit der Kerze (ohne dass unterwegs ihr Feuer erlosch) und mit seiner wichtigsten Beute …

Doch dann war ihm der Einfall gekommen, noch mal in der Gartenhütte nachzusehen. Ohne ein blutdürstiges Gartengerät an seinen Fersen hatte er mehr Muße, dort nach etwas Brauchbarem zu suchen.

Und tatsächlich entdeckte er eine Leiter. Nicht in, sondern hinter der Hütte war sie verborgen, lag nahe am Well-blech im Gras, schwer zu sehen in der Dunkelheit.

Gerade hatte er einen Lauf. Er war ein Bezwinger, Er-oberer, er schwitzte Sieg, er atmete Gnadenlosigkeit. Harre aus, Ruth!

Die Leiter reichte bis einen Meter unter die Balkon-brüstung, er konnte den Rand erreichen, sich festhalten und sich dann auf die oberste Sprosse der Leiter stellen.

Als Erstes aber brachte er die Kerze hinauf und stellte sie auf den Rand der Balustrade, direkt neben die Reste der Drohne oder vielmehr den einzigen Teil der Drohne, den er für seine Mission brauchte. Er hatte ihn ausgebaut und aus dem Pool geborgen. Sorgfältig achtete er darauf, dass die beiden Gegenstände sich nicht zu nahe kamen, das wäre dumm: Es würde ihn töten, noch auf der Leiter auslöschen. So stellte er den einen Gegenstand weit rechts, den anderen weit links von sich hin.

Bill packte den Rand des Balkons, kletterte auf die obers-te Stufe der Leiter, die unter ihm schwankte und wackelte, doch er konnte sich mit den Armen am Balkon sichern. Er nahm etwas Schwung und drückte sich hinauf, brachte die Beine über die Brüstung und kletterte zwischen seinen bei-den Schätzen hinüber. Er achtete darauf, keines seiner bei-den Mitbringsel aus Versehen mit dem Fuß zu erwischen und hinabzutreten. Als er den sicheren Boden des Balkons unter den Füßen hatte, griff er die zwei Objekte und ging mit ihnen direkt zum Fenster.

Im Schlafzimmer war die Lage unverändert, alles war still. Keine Ruth. Er zwang sich selbst, nicht darüber nachzudenken, wo sie war, wie es ihr ging, er musste funktionieren.

Er stellte die Kerze zwei Meter weit von sich auf den Boden, das sollte reichen als Sicherheitsabstand. Dann nahm er die Metallflasche mit dem Drehgewinde oben und begann, ihren Inhalt gegen das Fenster zu spritzen. Der Brennstofftank des Drohnenflammenwerfers war noch halb gefüllt. Das sollte genügen. Vorausgesetzt, sein Plan funktionierte überhaupt. Wenn es aber möglich war, was er vorhatte, dann sollte es gelingen, oder nicht? Hoffentlich!

Bald lief der Brennstoff, ein scharf riechendes, beißendes Gemisch über die ganze Scheibe. Bill trat zurück, nahm die Kerze und zog vorsichtig die Glashaube davon ab, allerdings erst, nachdem er sich sorgfältig die Hände an seinem nassen Schlafanzug abgewischt hatte. Ein Rest Brennstoff, der in Flammen geriet, wenn er die Kerze packte, konnte ihn selbst in Brand stecken.

Bill streckte die Kerze mit einem Arm aus, langsam, vorsichtig. Noch geschah nichts. Er reckte sich weiter, machte einen kleinen Schritt vorwärts, die Flamme war fast am Glas angekommen. Immer noch nichts. Brannte das Zeug vielleicht nur, wenn die Drohne es verwendete? Reichte die Temperatur einer Kerze nicht aus, um es zu entzünden? Er trat noch einen Schritt vor, hielt die Flamme direkt an die Scheibe.

Das gewaltige Bellen der Verpuffung tauchte die Nacht in helles Licht. Mit einem Mal war die Scheibe über und über in Flammen getaucht. Bill zuckte zurück, die Kerze fiel zu Boden und erlosch, doch sie hatte ihren Dienst getan.

Das Schlafzimmerfenster brannte. Bill hätte am liebsten vor Freude aufgeschrien, doch er gönnte sich keinen Vorschuss auf seinen möglichen Triumph. Würde das Material schmelzen oder einfach den Flammen trotzen? Es war seine letzte Hoffnung, ins Haus zu gelangen, er hatte keinen Plan B.

Bill stand da und starrte das brennende Fenster an.

Der Kunststoff begann zunächst, Blasen zu werfen. Wie Eiterbeulen tauchten sie überall auf der Scheibe auf. Und ja! Endlich! Sie fing an zu schmelzen! Der geheimnisvolle, unverwüstliche Stoff, der all seinen Schlägen widerstanden hatte, ging in die Knie.

Es war, als sähe man einer großen Scheibe Schweizer Käse beim Schmelzen zu. Unter wabenartigen Löchern, die das Feuer in den Stoff hineinbrannte, sammelten sich glühend heiße Kunststoffklumpen und tropften zu Boden. Das Feuer fraß die Scheibe auf. Es züngelte auch am Gebäude hinauf, Bill blickte hoch; gut möglich, dass er gerade das Haus in Brand gesteckt hatte. Doch egal. Egal. Erst mal müsste die Scheibe, die ihn von Ruth trennte, ausgebrannt werden, wie eine Pestbeule. Dann würde er hineinklettern. Und dann würde er sie finden. Und dann raus hier, irgendwie, zur Not mussten sie vom Balkon springen. Ruth würde er vielleicht zur Leiter hinunterlassen können. Dann blieb noch der Zaun, dieses Problem hatte er noch nicht gelöst. Doch erst mal Ruth, erst einmal Ruth, dann würde sich der Rest ergeben, sie war schön, sie war brillant, sie würde wissen, was zu tun war. Und sie würde ihn bewundern.

In der Scheibe hatte das Feuer nun ein Loch von einem

Meter Durchmesser geöffnet, und die Ränder darum schmolzen weiter dahin. Wie Lava tropfte der zähe geschmolzene Kunststoff hinab.

Das Feuer stieg nach oben, orangefarben verfing es sich unterhalb des Flachdaches in einer Nische, brütete dort vor sich hin, unheilvoll. Das Loch im Fenster weitete sich aus, unten erstarb es kurz vor dem Fensterrand, als der Brennstoff aufgezehrt war, die Ränder kokelten noch weiter, giftiger beißender Rauch stieg von dem verkohlten Kunststoff auf. In der Mitte klaffte ein Loch, das fast schon groß genug für Bill war. Daneben fraß das Feuer zwei benachbarte Löcher in die Panoramascheibe. Sie waren von der großen Öffnung noch durch lange brennende Kunststofffäden getrennt, die sich von der Ober- zur Unterkante spannten, dünner wurden und schließlich wegschmolzen. Die Fäden rollten sich auf wie lange dünne, brennende Zungen, spuckten pechschwarzen Qualm und verschwanden.

Bill beschloss, den Einstieg zu wagen.

Er hob ein Bein und setzte es über den guten Meter Mauer unterhalb des Fensterrahmens hinweg, der Fuß landete im Schlafzimmer auf dem Kopfende des Betts, nahe der Fensterkante. Er beugte sich ins Fenster hinein und setzte die rechte Hand auf das Bettgestell, stieß sich mit dem anderen Fuß vom Balkon ab und versuchte hindurchzuschlüpfen. Er geriet ins Schwanken. Um nicht zu stürzen, packte er unwillkürlich den Fensterrahmen. Heißer geschmolzener Kunststoff fraß sich durch seine Haut und direkt hinein ins subkutane Gewebe der linken Hand. Er schrie auf, stieß sich aber noch schnell vom Fensterrahmen ab, bevor er losließ. Bill stürzte durch das Fenster und auf das Bett. Er rollte sich ab und kam neben dem Bett zum Stehen, hielt die Hand vor die Augen: Das glühende flüssige Material, aus dem die Sicherheitsfenster gemacht waren, brannte sich weiter in seine Handfläche. Er stürzte ins Bad und drehte den Wasserhahn auf. Das Wasser kühlte die Kunststoff-Lava ab, sie verhärtete sich in Bills Hand, war eins geworden mit seinem verbrannten Fleisch und den Sehnen und Knochen darunter.

Stöhnend versuchte er, die Handfläche zu öffnen und zu schließen, doch der erkaltete Kunststoff war wie ein Fremdkörper in seiner Handfläche, er behinderte ihn bei den Bewegungen, er konnte sie nicht mehr ganz schließen. Die Schmerzen dagegen waren überraschend gering. Er vermutete, dass das heiße Material seine Nervenenden weggebrannt hatte, er hatte einmal gelesen, dass schwere Verbrennungen nicht schmerzten, das hatte er kaum glauben können, doch genau das schien hier der Fall. Er fragte sich, ob die linke Hand noch zu retten war. Ob er jemals wieder damit würde fühlen können. Dieses Körperteil war wie eine Mischung aus Puppen- und Menschenhand geworden. Vielleicht würden sie ihn wieder ein wenig in Richtung Mensch zurückkopieren können, wenn sie erst hier raus waren und in einem Krankenhaus.

Er ging zurück ins Schlafzimmer. Das Fenster brannte noch, das Feuer schwelte unter der Decke, war nicht tot, beleuchtete den dunklen Raum etwas. Bald würde es mit Sicherheit auf die Vorhänge und dann auf den ganzen

Raum übergreifen. Er hoffte, das Haus würde niederbrennen. Doch zuerst mussten sie fort von hier.

Er musste Ruth suchen!

Sie war weder im Bad noch im Schlafzimmer. Der Schrank? Vielleicht war sie im Kleiderschrank, das schien ihm ein gutes Versteck zu sein. Er öffnete die Tür, mit der rechten Hand, die verletzte linke hielt er leicht geballt vor der Brust, das Licht im Schrank sprang an. Keine Ruth. Nur verrückte Ruhe und Aufgeräumtheit.

Als er gerade wieder hinaustreten und seine Suche fortsetzen wollte, stutzte er. Eine verblasste Erinnerung huschte durch seinen Verstand. Ruth, er, sie beide, hier oben, der Schrank. Die Erinnerung bekam wieder Farbe und Kontur.

Das ergibt keinen Sinn. Es ist, als ob da noch ein Raum wäre.

Ruth hatte das behauptet, zuvor hatte sie Bad und Kleiderschrank mit ihren Schritten vermessen. Wo?, hatte er gefragt, sie hatte gedeutet, auf die Wand zwischen Kleiderschrank und Badezimmertür.

Bill warf einen Blick ins Bad, hinter ihm im Schlafzimmer begann das Feuer an den Vorhängen zu lecken. Doch die Wand im Bad war nach wie vor glatt, es sah nicht aus, als gäbe es dort etwas Verborgenes, wie etwa eine Tür.

Er ging zurück in den Schrank und betrachtete die Regale.

Da! Nun, da er sich auf Ruths Theorie einließ, sah er es! Das linke, das linke Regal war anders. Es reichte wie alle anderen vom Fußboden bis zur Decke, schloss scheinbar glatt mit dem Raum ab, doch links gab es einen kleinen Spalt, eine winzige Fuge zwischen Holz und Boden sowie zwischen Holz und linker Wand. Auch mit der Decke schloss es nicht ganz ab; nur fast, man musste genau hinsehen, es war gute Arbeit, aber man konnte es erkennen, wenn man nur genau schaute. Dieses Regal war wie eine Box, die fast nahtlos in ein Fach eingepasst war. Er begann, die Kleidung herauszureißen, und betastete die Bretter von oben und von unten, die Wand dahinter und das Holz an den Seiten. Schließlich blieb er an etwas hängen.

Es war ein kleiner Hebel. Er zog daran, ein Klicken war zu hören, irgendwo hinter dem Regal. Er packte einen Regalboden und rüttelte daran, die Konstruktion kam ihm entgegen, schwenkte seitlich an Scharnieren nach rechts.

Das Regal ließ in der Wand eine Nische frei. In ihr befand sich, links von Bill, eine finstere Öffnung. Sie musste in einen Raum führen, der hinter der Badezimmerwand begann, Bill hatte den Zugang zu einem Geheimzimmer entdeckt oder vielmehr: Ruth hatte das getan. Sie hatte recht gehabt, da war etwas verborgen zwischen Schrank und Bad.

Bill trat ein.

Dunkelheit umfing ihn. Und dann schlug Bill der süßliche, beißende Geruch entgegen. Er hustete und begann zu würgen. Sich die Hand vor den Mund pressend, zwängte er seinen wenigen verbliebenen Mageninhalt zurück, er hatte sich heute schon ausreichend oft erbrochen. Bill drehte sich um und nahm einen Pullover vom Boden, knüllte ihn zusammen und presste ihn sich auf Mund und Nase. Er wandte sich wieder der verborgenen Öffnung zu, die er entdeckt hatte, trat langsam über die Schwelle.

Er tastete mit der gesunden Hand zuerst neben der einen Seite des Durchgangs, dann mit der verwundeten auf der anderen nach einem Lichtschalter.

Im Zimmer sprangen flackernd und zuckend zwei Reihen von Neonröhren an. Der Raum war so tief wie das Bad und etwas breiter als der begehbare Kleiderschrank.

Bill stand in einem verborgenen Arbeitszimmer. Die linke Seite war eine weiße Wand, an der Zeichnungen, Tabellen mit Datensätzen, Fotos und Notizzettel hingen. Die rechte Seite wurde von einer einzigen großen Arbeitsplatte eingenommen. Ein Desktop-Computer stand darauf sowie jede Menge Krempel: Büromaterial, Werkzeugkisten und Einzelteile, die Bill nicht zuordnen konnte.

Und dann sah er, dass er hier nicht allein war.

Aber es war nicht Ruth, die sich hier verborgen hatte, sondern jemand anders, Bill hatte ihn nicht sofort entdeckt, weil er von einem Bürostuhl verdeckt war.

Doch von ihm ging keine Bedrohung mehr aus.

Die Leiche saß an der Wand am gegenüberliegenden Ende des schmalen Raums. Langsam ging Bill darauf zu.

Er machte einen Schritt über eine Luke im Boden hinweg; in ihr war ein glatt mit der Oberfläche abschließender Hebel eingearbeitet. Wohin mochte sie führen? War unter diesem Raum noch ein Geheimraum? Was auch immer es war, Bill hatte keine Zeit, allen Rätseln des Hauses auf den Grund zu gehen, doch er wollte sehen, was dieser Raum hier verbarg. Wieso sein Erbauer ihn so sorgfältig getarnt hatte. Draußen war sicher das Feuer im Begriff, auf das Schlafzimmer überzugreifen. Doch Bill blieb. Er konnte nicht gehen, ohne einen Blick auf die Leiche zu werfen. Und auf die Wand mit all den Zetteln daran. Während er sich dem Toten näherte, ließ er seinen Blick darüber schweifen.

Bill stieß seinen Atem in Zorn und Verachtung aus, seine Hände ballten sich zu Fäusten, auch die verwundete, die den Stoff auf Nase und Mund presste. Er hatte es geahnt, eigentlich schon gewusst, was er hier sehen würde. Doch es änderte nichts an der Wut, die ihn überkam.

Da war der Mähroboter, von oben, von der Seite, durchsichtig, die Konstruktionszeichnungen gaben den Blick auf seine technologischen Innereien frei. Eine Explosionsgrafik daneben zeigte die Klingenblätter, sie schwebten vor dem Maul des Ungetüms. Daneben war ein Foto der Abdeckung des Swimmingpools, es steckte mit einer Büroklammer an einem Satz tabellarisch aufgelisteter Daten. Und dort war die Drohne. Zunächst als grobe Skizze, dann als präzise Konstruktionszeichnung. Auf einer großen weißen Tafel, auf die man mit wasserlöslichen Stiften Notizen schreiben konnte, war etwas aufgemalt, das aussah wie das Grundstück von oben. Daneben Zeichnungen des Zauns, der es umgab, Detailbilder ließen ins Innere der Pfosten blicken. Man konnte den darin verborgenen Mechanismus erkennen, der ihm die Fähigkeit verlieh, größer zu werden. Er hatte genug davon gesehen.

Zornig stieß Bill den Bürostuhl beiseite, der den Blick auf den Toten verdeckte. Das war er, der Architekt all ihres Leidens. Auf Reichards Mumienhaut sprossen am Kopf noch lange Haare, aus acht der Totenklauen, die die eigenen Beine umarmten, schälten sich lange Fingernägel, nicht aber aus den zwei verstümmelten Fingern. Die Beine waren angezogen, die beiden Arme darum geschlossen, der Kopf des Toten lehnte, leicht zur Seite gerutscht, an der Wand dahinter. Der Körper musste schon lange tot sein, er sah aus wie eine Mumie, dünne Haut spannte sich über den Knochen, Fett, Muskeln und Gewebe waren vollständig verschwunden. Vermutlich empfing Bill deshalb auch keine Armee von Insekten und Maden: Hier gab es nichts mehr für die Schmarotzer des Todes zu holen, sie waren weitergezogen.

Bill hätte den toten Reichard am liebsten getreten, den verwesenden Schädel von den Schultern gekickt. Was auch immer ihn hier drin eingesperrt und verhungern lassen hatte, der eigene Wahnsinn oder die eigenen, gegen ihn rebellierenden Erfindungen; es hatte den Richtigen erwischt.

Tränen rannen über Bills Wangen. Er senkte den Stoff, den er als Atemschutz auf das Gesicht gepresst hatte, und spuckte auf den Toten aus. Sein Speichel traf unterhalb der leeren Augenhöhle, lief die vertrocknete Haut hinab. So weinten sie beide. Bill wischte sich die Tränen ab.

Er wollte gerade gehen, da verfing sich sein Blick an einem weiteren Satz Zeichnungen. Es waren die einzigen, die er nicht einordnen konnte.

Darauf war etwas, das aussah wie ein Strichmännchen: Ein schwarzer, eckiger Körper, zwei Arme und Beine, die einfach nur aus schwarzen Rechtecken zu bestehen schienen, oben auf der Figur saß ein langer schwarzer Kopf. Er setzte ohne Hals am Körper an und wurde von unten nach oben etwas breiter.

Daneben befanden sich verschiedene Skizzen unterschiedlicher Detailstufen, die sich zum Teil überlappten, Bill hob einige mit dem Finger an: Er sah etwas, das aussah wie eine robotische Gliedmaße, vielleicht ein künstliches Bein oder ein Arm, das war schwer zu sagen. Und dazwischen war ein Foto. Er hatte den Gegenstand darauf schon einmal gesehen.

Ja, er erinnerte sich: Die Aufnahme zeigte, und das war merkwürdig, die Vase vom Wohnzimmertisch. Sie stand auf der Fotografie aber nicht unten auf dem Tisch, sondern befand sich auf der Arbeitsfläche hier gegenüber im Raum. Und unten aus der Vase quollen wie Tentakel zahlreiche Kabel heraus, grüne, blaue, braune. Er begriff nicht, was er sah. Er blätterte weiter. Noch einmal eine Zeichnung der merkwürdigen eckigen Strichmännchen-Figur. Darunter standen zwei englische Wörter: zuerst, zwei Mal unterstrichen, das Wort »Hunter« und direkt darunter »Reaper«. »Reaper« war sogar drei Mal unterstrichen.

Hunter? Wie merkwürdig. War das ein Zufall?

Genug. Er musste weiter, er musste Ruth suchen gehen. Er eilte aus dem verborgenen Raum und durch den Schrank, zurück ins Schlafzimmer.

Er riss die Arme vor das Gesicht, als ihm die Hitze entgegenschlug. Die Vorhänge brannten, die Flammen hatten auf den oberen Teil des Betts und die Nachttische übergegriffen, züngelten links und rechts zur Decke hinauf. Das Fenster in der Mitte war ein Loch in einer Wand aus Feuer geworden. Er rannte durch den Raum, Richtung Tür zum Flur, nutzte den Pullover vor Mund und Nase als Schutz vor dem Rauch. Er verschloss die Schlafzimmertür hinter sich, um die Ausbreitung des Feuers zu bremsen, dann warf er den zusammengeknüllten Pullover fort.

Im Flur war ebenfalls niemand. Er betrat den Wintergartenaufbau, trat in die Nacht hinaus, umgeben von Glas. Über ihm funkelten die Sterne, und ein beinahe voller Mond strahlte durch eine eilig reisende dünne Wolke.

Er hörte eine Stimme, sie kam durch das Treppenhaus von unten herauf. Es war die Stimme eines Mannes, sie klang ... irgendetwas klang falsch an ihr, er konnte die Worte nicht richtig verstehen. Vorsichtig quetschte er sich an dem Treppenlift vorbei. Er bemerkte, dass einige Kabel aus einer Box an der Wand gerissen waren, die zu der Anlage gehörte, jemand hatte das Ding offenbar zerstört. Ruth?

Er schlich die Treppe hinab, achtete darauf, leise zu sein. Nun verstand er, was die Stimme sagte:

»... Bleiben Sie, wo Sie sind! Das Alarmsystem hat Ihren Einbruchsversuch erkannt ...«

Er stand und lauschte. Woher kam diese Botschaft? Zunächst dachte er, jemand hätte den Fernseher angelassen. Dann wurde ihm bewusst, dass es offenbar eine Durchsage von so etwas wie einer Hausanlage war. Ein Alarmsystem? Er blieb kurz stehen, erstaunt. Das ... war es das? War das die ganze Antwort ... auf alles?

Er trat ins Wohnzimmer. Die Hitze in der Luft war kaum auszuhalten. Als er den Fuß von der letzten Treppenstufe auf den Boden setzte, spürte er die Hitze durch den verbliebenen rechten Hausschuh. Glücklicherweise hatte er nicht zuerst den nackten Fuß aufgesetzt, die Heizung bollerte derart, man konnte sicher ein Ei auf dem Marmor braten. Er hüpfte auf einem Bein bis auf den Teppich, dann stellte er beide Füße auf.

Er sah hinauf: Dort befand sich die Quelle der Durchsage. Ein Lautsprecher zwischen Decke und Panoramafenster, so sorgfältig eingelassen, dass er leicht zu übersehen war. Die Stimme schien irgendwie synthetisch, nur beinahe überzeugend, vermutlich war sie computergeneriert.

»Was zum Teufel soll das? Hä? Raus mit der Sprache!«, brüllte er. »Wo ist Ruth? Was habt ihr mit ihr gemacht, ihr Schweine?«

Plötzlich brach die Durchsage ab, und ein lautes, schrilles Fiepsen war zu hören, wie die Rückkopplung eines Mikrofons bei einem Konzert.

Bill presste sich die Hände auf die Ohren. Der Ton war so durchdringend, dass er glaubte, seine Quelle läge direkt in seinem Schädel. Er sah sich um und entdeckte eine umgestürzte Stehlampe auf dem Boden. Genau das, was er brauchte. Er hüpfte auf einem Bein hin, nahm sie und schwang sie am oberen Ende, zielte mit dem Standfuß und schlug mehrere Male auf den Lautsprecher ein. Nach fünf Schlägen, von denen drei trafen, war die Anlage zerstört, Splitter lagen auf dem Boden, ein Bruchstück baumelte an einem Kabel herab.

»So! Was sagst du jetzt!« Bill schleuderte die Stehlampe fort, sie rutschte über den Boden und rollte im Halbkreis auf dem Standfuß, bevor die Kante der Kommode in der Leseecke sie stoppte. Bill, dessen Blick ihrer Bewegung gefolgt war, entdeckte etwas auf dem Boden. Es war ein gefalteter Zettel, er hob ihn auf, öffnete ihn. Und er erkannte sofort Ruths Schrift:

Bleib fern vom Herd
Geh nicht ins Bad
~~Vorsicht vor dem Treppenlift~~
Die Schiebetür in der Küche ist gefährlich!!

Ruth

Eine Botschaft. Sie hatte ihm eine Botschaft hinterlassen.

Wie um ihn zu erinnern, dass es auch noch ein Wörtchen bei all dem mitzureden hatte, meldete sich das Haus: Das Licht blendete auf, der Raum wurde in gleißendes Weiß getaucht. Er kniff die Augen zusammen, nach ein paar Sekunden ging es. Als er sich noch fragte, aus welchen versteckten Quellen all dieses Licht kam, hörte er etwas.

Es war ein Klopfen. Er suchte nach dem Ursprung; kam es vom Garten her, vom Panoramafenster? Er drehte sich um und tatsächlich: Er konnte zwar nicht hinaussehen, die blendende Helligkeit ließ ihn nur die eigene Reflexion sehen, doch jemand klopfte an die Scheibe, sie wabbelte leicht in der Fassung.

Bill legte den Kopf schief, er murmelte, einer Eingebung folgend: »Ruth?« Dann artikulierte er klarer, formte die Silbe deutlich mit den Lippen in Richtung des Fensters:

»RUTH?« Er fragte die Scheibe in Gebärdensprache: *Bist du das da draußen? Klopf drei Mal, wenn du das bist da draußen!*

Er ging auf seinen Doppelgänger im Spiegel zu.

Es klopfte drei Mal an der Scheibe.

Bills Mund klappte auf, ungläubig schüttelte er den Kopf. »O nein! Bitte! Was für ein schlechter Witz!«

INNEN – AUSSEN

Hunter begann zu fiepsen und tänzelte unruhig umher; Ruth begriff, dass es die Hitze der Fußbodenheizung war, die begann, die Pfoten des Hundes zu verbrennen. Sie schlang ihre Arme unter seinem Bauch hindurch um seine Flanke und hob ihn unter Aufbietung ihrer ganzen Kraft hoch, der Hund war groß und schwer, sie spürte brennenden Schmerz in den Oberschenkeln.

Sie trug Hunter durch die Küche und stieg, schnaufend und zitternd vor Anstrengung, über den verkanteten Mülleimer in der Automatiktür hinaus.

Im Wohnbereich ging sie zu dem großen Teppich vor der Couch und setzte Hunter darauf ab. So, dachte sie, und jetzt muss ich dir irgendwie klarmachen, dass du mir zeigen sollst, wie und wo du hier reingekommen bist, damit ich auf dem gleichen Weg rauskomme aus dieser Hölle. Egal, wie klein das Loch ist, ich werde mich schon durchquetschen. Du wiegst wahrscheinlich ohnehin so viel wie ich, mein Moppelchen!

Doch es war keine Überzeugungsarbeit notwendig: Der Hund lief augenblicklich los, hielt dann inne und sah Ruth über seine Schultern hinweg auffordernd an. Dann rannte er los, direkt zur Kellertreppe hinter der Leseecke. Das kurze Stück des Weges dorthin, das ohne schützenden Teppich war, überquerte er mit einem Sprung, quetschte sich dann an der Kommode vorbei und gelangte auf die Treppe.

Da hat mir irgendwer einen Beschützer geschickt, dachte Ruth. Guter Junge, du hast ein neues Zuhause und leckeres Essen für den Rest deines Lebens sicher, verlass dich drauf. Vielleicht schleppe ich dich sogar zu einer Signalhund-Ausbildung, wir werden noch beste Freunde!

Ruth quetschte sich an der Kommode vorbei, verschwand hinter der Trennwand, die die Leseecke und die Kellertreppe voneinander schied, und folgte dem Hund die Stufen hinab. Sie merkte es nicht, doch sie verlor dabei den Zettel mit ihren Notizen, er fiel zu Boden.

Hunter war schon unten, stand am Fuß der Treppe. Er sah sie an, kläffte abermals, ohne dass sie es hörte, als fordere er sie zur Eile auf. Ruth gehorchte und beeilte sich, ließ alle Vorsicht fahren. Sie ging davon aus, dass der Keller wirklich weitgehend ungefährliches Terrain war, er erschien ihr wie ein anderer, vernachlässigter Teil des Hauses, der einzige Teil, der nicht mit mörderischen Mechanismen ausgestattet war.

Natürlich hatte sie dafür keinen Beweis, aber sie war sich sicher: Wenn Hunter sie hinab in den Keller führte, war dies ein starkes Argument dafür. Der Hund war hier unbehelligt ein- und ausgegangen, und es war, als wollte er, dass sie ihm folgte. Er würde sie warnen, wenn etwas geschah.

Und hatte nicht GHOST auch so etwas gesagt? Nun fiel es Ruth ein. »Im Keller kann ich nicht sehen.« – War es das gewesen?

Ruth schaltete die Handylampe an: Hunter hatte die

verrenkten, hingeworfenen Puppen und das Gerümpel bereits passiert und stand ganz am Ende des Gangs, neben einer Tür.

Ruth kam zu ihm, Hunter setzte sich hin, den Kopf zur Tür gerichtet. Sie kraulte ihn und zeigte auf die Tür: Dort hinein?

Die Tür war bereits ein Stück weit geöffnet, genug für einen Hund, um hindurchzuschlüpfen, doch Hunter wartete. Ruth stieß die Tür auf, Hunter preschte sofort in den dunklen Raum.

Ruth leuchtete mit dem Handy: Der Raum war etwas heller als der Rest des Kellers. Mondlicht fiel durch zwei Fenster an der Wand gegenüber herein, niedrige, aber breite Kellerfenster, ganz oben unter der Decke angebracht, Ruth befand sich nun unterhalb der Grasnarbe. Der Raum war offenbar mal so etwas wie ein Vorratsraum gewesen, Schwerlastregale waren an den Wänden aufgestellt, beinahe alle leer geräumt, nur hier und da gab es noch einige Kartons und Packungen mit irgendwelchen Haushaltswaren. Hunter hockte sich vor ein Regal, das sich ganz links an der Wand mit den beiden Fenstern befand. Das Regal war als einziges noch von oben bis unten vollgestellt: Es gab Konservenbüchsen und gläserne Behälter, die offenbar für Eingemachtes vorgesehen waren. Einige schienen sogar gefüllt. Die Inhalte mussten der Traum eines Preppers sein, vermutlich waren sie noch haltbar, und niemand hatte sich berufen gefühlt, sie wegzuwerfen.

Hunter schnappte erneut in die Luft, sein Leib bebte, Ruth legte eine tröstende Hand auf seine Flanke.

Dann trat sie an die Wand und untersuchte die beiden Fenster. Sie waren aus demselben verfluchten unbezwingbaren Material wie das Panoramafenster oben im Wohnbereich.

Hunter kläffte weiter und weiter, es schien, als sei er zornig. Sie sah den Hund an. Er saß da und bellte, sah das Regal an.

Ruth verstand nicht. *Was willst du?*

Hunter ging im Lichtschein der Handylampe in die Hocke, als sammle er Kraft für einen Sprung. Erst jetzt bemerkte Ruth, dass neben ihm auf dem Boden einige Konservendosen und ein zerbrochenes Einmachglas lagen.

Und dann sprang der Hund mit einer überraschenden Leichtigkeit ins Regal und verschwand in der Wand dahinter.

Ruth sah ungläubig zu. Sie trat an das Regal und leuchtete: Hinter dem Regal war ein viereckiges Loch in der Wand, in dem eine Art Belüftungsgitter saß, die meisten Lamellen waren ausgefallen und fehlten, es sah aus wie ein geschundenes, lückenhaftes Gebiss. Hunter hatte sich durch die größte Lücke gezwängt, stand nun draußen vor der Öffnung im Garten und bellte sie erneut an. Hier war er hereingekommen und hatte dabei einige der Gläser zu Boden geworfen. Es war offenbar kein Fenster, sondern eine Öffnung, die vielleicht einmal dafür vorgesehen war, dass der Hausbesitzer ein Kühlaggregat hineinbauen konnte. Man hatte sie notdürftig mit einem Lüftungsgitter verschlossen. Vermutlich war es vergessen worden, als man das Haus zu einer Festung ausgebaut hatte.

Ruth steckte das Handy zurück in den Bund ihrer Unterhose, packte das Regal und riss es um. Sie sah es zu Boden gehen, Blechdosen hinausfliegen und Einmachgläser zersplittern. Sie schob das Regal mit einem Tritt beiseite und trat an die Öffnung.

Hunter saß draußen, auf dem Gras, im Mondlicht und wedelte mit dem Schwanz. Sie lächelte ihn an und bedeutete ihm zu warten.

Ruth brach die in der Fassung des Lüftungsgitters verbliebenen Lamellen heraus, um die Öffnung zu vergrößern. Schließlich entstand ein Loch, das groß genug für sie war. Ich habe dem armen Hund Unrecht getan, ich bin doch breiter als er!

Sie zog das umgestürzte Regal etwas näher unter das Fenster und stellte sich auf den Rahmen, die Arme durch die Lüftungsöffnung gestreckt, und zog sich, ihre Finger im Rasen verkrallt, hinaus. Die Rippen veranstalteten ein Schmerzfeuerwerk, als sie sich hinauszwängte.

Und dann war sie im Garten. Bill! Wo war Bill? Sie befand sich vor dem großen Fenster zur Küche, zwischen Haus und Swimmingpool. Hier war Bill nirgendwo zu sehen. Sie wandte sich nach rechts, dem Baum zu. Vor dem Baum stand Hunter, schien auf sie zu warten.

Ruths Bewegung ließ die Außenbeleuchtung anspringen. Im plötzlichen Licht sah sie den Mähroboter. Sie blieb stehen, wie eingefroren. Das Gerät zuckte und wackelte, bewegte sich aber nicht von der Stelle. Langsam schritt sie auf den Baum und den Roboter darunter zu. Schließlich war sie nahe genug, um zu erkennen, dass der Roboter auf einer herausragenden dicken Wurzel festsaß. Sein Roboterauge glühte rot.

Und neben ihm im Gras lag aus irgendeinem Grund einer von Bills Hausschuhen. Sie schlug die Hände vor den Mund, wusste nicht, ob das gut oder schlecht war. Bill! Bill war hier gewesen.

Sie sah zu Hunter, der Hund stand neben ihr, nahe der Gartenhütte an der Seite des Hauses und bellte: Speichel flog umher, als die Kiefer in der Luft zusammenschnappten, der Leib zuckte. Sollte sich Ruth von dem Roboter fernhalten und Hunter folgen?

Sie ging einen Schritt auf den Hund zu, sein Maul schloss sich, Hunter leckte sich die Lefzen und tat ein paar Schritte auf den Stamm des Baums zu. Dann drehte er sich zu Ruth und dann wieder zum Baum.

War das das Ziel? Ging es dort irgendwo hinaus? Sie machte eine beschwichtigende Bewegung mit den Händen. Warte noch, wollte sie ihm sagen, warte noch, ich muss erst herausfinden, wo Bill ist!

Plötzlich begann Hunter zu zucken, wie von einem Anfall geschüttelt. Der Hund ging auf den Bauch und legte sich auf die Seite, die Pfoten ruderten in der Luft, dann fuhr er sich damit über die Ohren, rollte sich auf den Rücken und ruderte mit den Beinen. Irgendetwas machte ihm zu schaffen. Sie rannte zu ihm und legte ihm die Hand auf den Bauch. Was hatte er nur? Sie streichelte ihn. Hunters Vorderpfoten fuhren wieder und wieder über die großen Hundeohren. Hörte er etwas?

Ruth wollte gerade, so gut es ging, seine Ohrmuscheln

mit ihren Händen bedecken, als Hunter sich plötzlich wieder auf den Bauch rollte und mit allen vieren in den Stand drückte.

Er schnüffelte und schaute umher. Was immer auch gewesen war, es war vorüber.

Doch dann begann etwas Neues: Das Licht im Erdgeschoss des Hauses ging an, strahlte hell hinaus in den Garten. Ruth sah, wie der Baum und der gefangene Mähroboter in Helligkeit getaucht wurden, das innere Licht überstrahlte die Außenbeleuchtung.

Bill! War er im Erdgeschoss?

Sie rannte das Haus entlang, zurück zum großen Küchenfenster beim Swimmingpool. In der Küche war er nicht. Sie warf einen Blick durch die Terrassentür: Da! Da war er. Er stand vor dem Panoramafenster und sah hinaus, weg von ihr in Richtung der Dünen. Sie rannte schnell um die Ecke, vor das Panoramafenster. Bill hatte sich inzwischen abgewandt, stand mit dem Rücken zu ihr, es sah aus, als suche er etwas. Ruth schlug mit der Faust gegen die Scheibe. Der Kunststoff wackelte leicht in der Einfassung. Bill konnte sie nicht sehen, sie wusste es, alles, was er sah, war die eigene Reflexion, das Haus sperrte ihr Bild aus, so wie es zuvor Bills ausgesperrt hatte. Aber er würde sie hören, er konnte sie hören!

Als sie gegen die Scheibe wummerte, drehte sich Bill zu ihr um, sein Blick schien die Quelle des Klopfens zu suchen.

Ruth prügelte auf das Fenster ein. Sie sah Bill an. Er sah übel aus, abgekämpft und nass, irgendetwas schien mit einer seiner Hände zu sein, er hielt sie angewinkelt und zusammengedrückt vor der Brust, die andere Hand ummantelte sie. Voller Mitgefühl und Angst dachte sie daran, was er wohl inzwischen durchgemacht haben mochte!

Bill legte den Kopf schief, er sah in Ruths Richtung, seine Lippen bewegten sich, doch er sprach zu zaghaft, als dass Ruth es hätte lesen können. Dann aber formte er deutlich mit den Lippen in Richtung des Fensters ihren Namen: »RUTH?« Und dann, in Gebärdensprache, schob er die Frage nach: *Bist du das da draußen? Klopf drei Mal, wenn du das bist da draußen!*

Er kam näher auf Ruth zu, bis sie einander gegenüberstanden, nur die Scheibe zwischen ihnen, sie waren zusammen und unendlich weit voneinander entfernt, zwei Gefangene in benachbarten Käfigen.

Ruth schlug drei Mal mit der Faust auf die Scheibe.

Bills Mund klappte auf, ungläubig schüttelte er den Kopf. Er stand erstarrt da. Dann begann er, in Gebärdensprache loszusprudeln, die Finger flogen förmlich von einer Gebärde zur nächsten, er war gut, wirklich gut, er hatte es mit Inbrunst gelernt, nachdem sie zusammengekommen waren. Hatte sie sich jemals für ihn so schnell so sehr in etwas vertieft?

Wie geht es dir, wie bist du rausgekommen, fragte Bill. Ruth überlegte, wie zum Teufel sie darauf antworten sollte. Wäre sie doch nur bei der Marine gewesen, diese Kerle konnten doch bestimmt alle das Morsealphabet klopfen. Doch Bill wartete gar keine Antwort ab, stattdessen bedeutete er ihr: *Pass auf! Pass auf! Gehe auf keinen Fall in den Pool. Halte dich von dem Zaun fern, der Zaun ist elektrisch!*

Und meide den Baum! Weg vom Baum, dort ist der ... Bill zögerte, als wisse er eine Geste für ein bestimmtes Wort nicht. *Dort ist das Ding,* sagte er schließlich. Ruth begriff, dass er den Mähroboter meinte. *Er – ist – böse. Alles hier ist böse! Hau ab! Geh weg von hier. Warte nicht auf mich!*

Das Bewusstsein ihrer Ohnmacht ließ Ruth zittern, trieb ihr die Tränen in die Augen. Bill, verdammt! Du kannst in einer Minute hier bei mir sein. Du stehst direkt neben dem Fluchtweg, geh die Treppe runter und in den Keller, dann findest du den Weg, die Tür ist auf, das Fenster ist frei, geh einfach runter.

Wie sollte sie ihm das sagen? Hätte sie nur laut schreien können, vielleicht hätte ihre Stimme einen Weg durch diese verteufelt stabile Scheibe nach innen gefunden. Sie ballte beide Hände zu Fäusten und hämmerte auf die Scheibe. Sie begann zu weinen.

Wir werden beide sterben hier! Beide. Nicht du allein. Ich habe so viel falsch gemacht, aber dieses Mal nicht, dieses Mal mache ich das Richtige.

Sie hörte auf, mit den Fäusten zu trommeln, trat zwei Schritte zurück und wischte sich den Rotz von der Nase.

Sie baute sich vor der Scheibe auf und verschränkte die Hände zu Schmetterlingsflügeln auf der Brust. Dann zeigte sie auf Bill hinter der Scheibe.

Ich liebe dich.

Zurück. Sie musste zurück ins Haus. Rein, Bill schnappen, raus. Hoffentlich bleibst du stehen, wo du bist, du verrückter Held! Bleib, wo du bist! Sie versuchte, ihm die Gedanken durch die Scheibe zu senden.

Ein Aufblitzen über ihr ließ sie den Kopf heben. Ein schmales Fenster im Obergeschoss war vom Feuer zerstört worden, und die Öffnung hatte einen Feuerball in die Nacht gespuckt, Flammen loderten aus dem Rahmen heraus, arbeiteten sich Richtung Dach, das Haus brannte.

Geil, hier fahren wir nächstes Jahr wieder hin, dachte Ruth.

Sie sah Bill an, hinter der Scheibe, machte die Gebärde für »Warte«, fühlte sich augenblicklich dumm, weil er sie nicht sehen konnte, und rannte los, um die Hausecke, zurück in Richtung des Kellerfensters.

Sie wollte gerade hineinklettern, da fiel ihr auf, dass Hunter verschwunden war. Sie sah sich um; war der Hund weggelaufen? Er hatte ihr den Weg aus dem Haus hinaus gezeigt. Aber wenn er es von den Dünen ins Haus geschafft hatte, dann gab es auch einen Weg aus dem Garten raus und in die Dünen. Der Hund war ihr Wegweiser zur Flucht. Und er war fort.

Sie sah sich um. Bill war wichtiger als Hunter, aber wenn Bill es nicht aus dem Garten hinausgeschafft hatte, um Hilfe zu holen, dann gab es keinen einfachen Weg, den Zaun zu überwinden. Irgendwo musste es einen Ausweg geben, den nur der Hund kannte, gut verborgen. Würden sie ihn ohne Hunter finden?

Sie lief unschlüssig nach links und rechts. Sie musste Bill herausholen. Aber was, wenn sie ohne Hunters Führung einfach hier im Garten festsitzen blieben? Sie fuhr sich mit zitternden Fingern durch die Haare. Dann schlug sie in die Hände. Es war keine Frage: Bill war dort drinnen.

Und das verdammte Haus brannte! Sie musste ihn erst mal rausholen, dann würde sich der Rest schon irgendwie ergeben.

Ruth kehrte zum Einstieg in den Keller zurück und ging auf die Knie. Und da war er: Hunter! Er saß im Kellerraum und wedelte mit dem Schwanz, dann bellte er sie wieder an. Hunter! Du Engel!

Ruth begann, sich durch die Lüftungsöffnung zu zwängen. Doch auf einmal ging es nicht mehr weiter. Sie war mit einem Stück Stoff an einer der abgebrochenen Lamellen hängen geblieben. Sie konnte nicht daran ziehen, denn ihre Hände waren schon im Keller: Ruth hatte sie zuerst hineingestreckt, damit sie sich mit den Armen abfedern konnte, wenn sie durch die Öffnung in den Keller fiel. Sie begann, den Körper hin- und herzubewegen, doch es half nichts, die Umrandung der Lüftung hielt sie fest. Sie versuchte, rückwärts zu klettern, wieder hinaus, um einen ganz neuen Versuch zu starten, doch eine spitze Kante der abgebrochenen Lamelle bohrte sich in ihre Haut, begann das Fleisch aufzuschlitzen, es tat höllisch weh.

Sie fluchte in sich hinein. Nein, verdammt, nein, nein, nein! Nicht jetzt, nicht so nahe vor dem Ende, wie immer das Ende auch aussehen mochte.

Wenn sie einen gewaltigen Ruck machte und sich nach vorne fallen ließ? Dann würde sie sich vermutlich die Flanke aufschneiden, aber egal: Es war der einzige Versuch, den sie hatte. Sie holte tief Luft und begann, in ihrem Kopf bis drei zu zählen.

Doch sie kam nur bis zwei und stoppte: Sie sah, wie

Hunter in Angriffshaltung auf dem Boden kauerte, er bellte wie verrückt, das Fell gesträubt.

Und dann packte sie jemand von hinten mit kalten Metallhänden an den Beinen. Sofort wusste sie, dass es kein Mensch war. Ruths Mund öffnete sich zu einem stummen Schrei, als das Etwas hinter ihr sie zurück in den Garten riss, die abgebrochene Lamelle schlitzte ihr das Nachthemd und die Haut auf.

PANIK

»Ruth! Ruth!« Bill und sein Spiegelwelt-Doppelgänger schlugen die Fäuste gegeneinander, das Panoramafenster zwischen ihnen zitterte und schaukelte in seinem Rahmen. Er hörte auf. Keine Antwort. Die Scheibe blieb stumm. War Ruth gegangen? Hatte eine der Maschinen, die dort draußen ihr Unwesen trieben, sie erwischt? Hatte sich der Mähroboter befreit, oder war die Drohne aus ihrem nassen Grab auferstanden, in das er sie zurückgeworfen hatte, nachdem er den Brennstofftank entfernt hatte?

Er trat zurück und sagte in Gebärde gen Fenster: *Bitte! Gib mir ein Zeichen! Verständige dich mit mir!*

Plötzlich erschien eine kleine weiße Gestalt im Wohnzimmer neben ihm. Bill zuckte erschrocken zusammen. Ein Mädchen! Auf dem Glas, das den künstlichen Kamin ummantelte, war das Hologramm eines blonden Mädchens aufgetaucht. »Was ist das nun wieder?«, murmelte er. Er hob die Hände als Deckung vor sein Gesicht.

Hallo!, sagte das Mädchen in Gebärde. *Du bist Bill?*

»Ja«, sagte er. Es reagierte nicht.

Bill starrte die Figur an. Es musste eine Computergrafik sein, doch es sah täuschend echt aus. Manchmal blinzelte das Mädchen oder senkte den Kopf. Bill dachte nach. Dann gebärdete er: *Ja. Wer bist du?*

Ich bin GHOST. Ein neuronales Netzwerk der Firma Reichard IT. Ich lerne noch. Das Mädchen lächelte, merkwürdig gequält. Bill ließ die Hände sinken. Er konnte nicht sagen, wieso, doch die Mimik erinnerte ihn an jemanden, den er kannte. Ja. An Ruth! Sie lächelte so, wenn sie tat, als habe sie auf etwas Lust, aber das eigentlich nur vortäuschte. *Wie kann ich dir helfen?*

Bill dachte nach, bevor er in Gebärde sagte: *Mach alle Türen im Haus auf!*

Tut mir leid, das kann ich nicht.

Mist. Dann: *Mach das Licht hier drin aus. Und schalte die Heizung ab.*

Tut mir leid, das kann ich nicht.

Wieso?

Das kann nur SPIRIT.

Was ist …? Ach, vergiss es. Bill dachte nach. Wie war Ruth rausgekommen? Es musste irgendeinen Weg geben, den er nicht berücksichtigt hatte.

Ein Bellen! Bill zuckte zusammen. Es kam von … von unten. Es musste hier einen Keller geben. Wieder das Bellen, Bill war sich sicher, es kam von hinter der Leseecke. Er ging einige Schritte darauf zu. Dann sah er, dass sich hinter den Sesseln und der Kommode eine Treppe verbarg, die hinunterführte. Er spähte hinab in die Finsternis. Erneutes Bellen drang aus dem Dunkel herauf, in dem sich die Treppe nach einigen Stufen verlor.

Der Hund hatte es hier hereingeschafft und Ruth hinaus. Es musste einen Ausweg geben … War der im Keller? Er musste sofort hinunter und nachsehen.

»Hunter?«, rief Bill. »Bist du das, Hunter?«

In diesem Moment wechselte das Licht im Wohnzimmer mit einem Mal von blendend hellem Weiß auf Blutrot. Bill sah sich um, dann fiel sein Blick auf den Kamin.

GHOST! Was geschieht hier?, fragte er in Gebärde.

Doch der Avatar des kleinen blonden Mädchens war bereits im Begriff, sich aufzulösen: *Ich muss gehen!*, signalisierte es ihm. Und war fort.

Bill wusste nicht, was hier geschah. Und er kam nicht dazu, lange zu grübeln. Denn plötzlich zog überall, auf unzähligen Oberflächen im Zimmer, ein neues Gebilde auf, wie eine Gewitterwolke: Auf der Panoramafensterscheibe, auf den Verglasungen von Bildern, dem Flachbildschirm an der Wand und sogar auf dem Kaminglas, wo eben noch GHOST gewesen war, erschien ein schwarzes, sich langsam drehendes und vergrößerndes Gebilde. Es sah aus wie ein Wirbelsturm aus Tinte, so als hätte man schwarze Farbe in ein Aquarium gegossen, ein Unterwassersturm aus Schwärze, in dem ab und zu Blitze zuckten. Das Ding war rechts und links von ihm, es war vor und neben ihm, überall.

Es nahm die Form einer Struktur an, die Bill an eine Walnuss erinnerte, doch dann erkannte er darin ein menschliches Gehirn, geformt aus schwarzem Nebel, der waberte und sich verformte, ständig neue Windungen erzeugte und doch nie die Form verlor. Immer wieder wetterleuchtete und blitzte es in den schwarzen Wirbeln, wie in einer Unwetterwolke, bevor die Hölle losbricht.

Doch es war kein Donner, der nun durch das Zimmer hallte, sondern eine Stimme, die aber so kraftvoll war wie

Donner. Sie kam nicht aus dem Lautsprecher, Bill hatte ihn zerstört – es war vielmehr unmöglich, zu sagen, woher sie kam. Sie war wie das schwarze Gebilde, überall. Dunkel und doch schneidend, brutal und doch frei von jedem Gefühl, sogar von Grausamkeit.

HOSTILITÄTSLEVEL 4 IST AKTIV, sagte sie.

Und nun erschien über dem Gebilde die Zahl 60. Dann die Zahl 59, dann 58.

Ein Countdown hatte begonnen.

»Was bist du?«, fragte Bill laut.

»ICH BIN SPIRIT«, sagte die Stimme.

»Nicht, wie dein Name lautet! *Was* bist du?«

»DER WÄCHTER DIESER FESTUNG. LERNENDER SICHERHEITSALGORITHMUS SPIRIT. SIE HABEN *PANIK* AKTIVIERT.«

Das war er also. Ihr Gegner in diesem Spiel, das nach nur ihm bekannten Regeln ablief. Eine verdammte Alarmanlage auf Steroiden. Bill schüttelte seine Verstörung ab. »Was sagst du, habe ich getan?« Bill drehte sich um die eigene Achse, versuchte noch immer, den Ursprung dieser Stimme ausfindig zu machen, hoffte auf die Möglichkeit eines Kampfes, aber es war, als wollte man in einem Kino mit Surround-Beschallung einen einzelnen Lautsprecher ausfindig machen.

»HOSTILITÄTSLEVEL 4 AKTIVIERT. DER HOSTILE ORGANISMUS WIRD AUF IHREN WUNSCH HIN DURCH HUNTER EXTERMINIERT.«

Exterminiert … getötet? Wieso von Hunter? Und der andere Organismus … meinte die Stimme … meinte sie Ruth?

»Nein! Stopp! Ich möchte das nicht! Alles abbrechen, wenn du nun schon auf mich hörst! Brich alles ab, lass mich aus dem Haus und Ruth aus dem Garten!«

»ORGANISMUS ›RUTH‹ WIRD AUF IHREN BEFEHL HIN EXTERMINIERT IN 40, 39, 38 ...«

»Wieso? Ich habe das *nicht befohlen*!«

»MASSNAHME *PANIK* WURDE AKTIVIERT DURCH PANIK-WORT.«

»Was soll ich ... was ist das Panik-Wort? Ist ...« – Plötzlich wurde es Bill klar: »Hunter? Ist Hunter das Panik-Wort? Der Name des Hundes?«

»POSITIV. PANIK-WORT AKTIVIERT PROTOKOLL ›PANIK‹. ZULETZT AKTIVIERT AM ZWANZIGSTEN JULI – PROTOKOLL ›PANIK‹ BEGINNT IN ZWANZIG SEKUNDEN UNWIDERRUFLICH; ES SEI DENN, PANIK-OPERATOR AKTIVIERT STOPP-PROTOKOLL.«

Die Zahlen über der pechschwarzen Gehirnwolke zählten weiter runter: 19, 18, 17, 16 ...

»Okay. HUNTER! Stoppe alles! HUNTER!«

In dem Gehirn gleißte ein mächtiger roter Blitz auf, dann war es wieder düster und schwarz. »NEGATIV. DE-AKTIVIERUNG DES PANIK-PROTOKOLLS ERFORDERT OVERRIDE-CODE.«

»Kannst du wenigstens das Licht und die Heizung ausschalten?«

»JA.«

Im Wohnzimmer wurde es dunkel. Nun gab es keine Reflexionen mehr in den Fenstern, nur noch das riesenhafte

Gehirn aus Rauch, SPIRITs Avatar, war darauf zu sehen. Bill trat zur Seite, versuchte, an dem Avatar vorbei und hinaus in den Garten zu sehen. Es war dunkel draußen, aber Ruth war offenbar gegangen. Er trat einige Schritte zurück und sah nach rechts durch die Terrassentür. Auch dort war niemand, nur der beleuchtete Swimmingpool.

»Und jetzt öffne …«, hob Bill an, doch die donnernde Stimme unterbrach ihn.

»3, 2, 1. *PANIK* IST NUN AKTIV. *HUNTER* STARTET.«

Die pechschwarzen Avatare leuchteten ein letztes Mal auf, von einem Blitz im Inneren illuminiert, und schienen dann alle in dieselbe Richtung aus ihren Displays hinauszufliegen: Es war eine optische Illusion, die es aussehen ließ, als sammelten sich die Avatare aus allen Oberflächen zu einer vereinten Wolke auf dem merkwürdigen Tisch mit der unverrückbaren Vase darauf.

Bill starrte ihn an, es war ihm nicht bewusst gewesen, dass auch auf dem Tisch ein Display gewesen war. Die Wolke blitzte und waberte dort, schien sich zu vergrößern, um dann in sich zusammenzustürzen zu einem kleinen glühenden Ring. Es sah ein wenig aus wie etwas, das Bill in einer Doku über schwarze Löcher gesehen hatte … wie ein Ereignishorizont, das war es.

Und was nun geschah, saugte Bills letzten Rest Glauben daran auf, dass es so etwas wie eine Herrschaft der Vernunft auf der Welt gab. Es zertrümmerte diesen Glauben und verwandelte ihn in nichts, wie ein schwarzes Loch es mit Materie tat.

Das helle Summen eines verborgenen, aber mächtigen elektrischen Antriebs war zu hören. Und dann stellte der Tisch seine massive Platte mit den hinteren beiden Standbeinen senkrecht in der Luft auf, balancierte nur noch auf den vorderen beiden Stützen, aber fest und unbeirrt wie ein Betonpfeiler. Die Vase weigerte sich, der Schwerkraft trotzend, hinunterzurutschen; stattdessen wanderte sie aufwärts, wie auf einer unsichtbaren Schiene laufend, über die Tischplatte, kam auf der Kante an und nahm dort in der Mitte ihren neuen Platz ein – sie war der Kopf des Wesens geworden, das da gerade vor Bills Augen aus dem Tisch entstand.

Die oberen Beine klappten herab und legten sich wie die Arme eines stramm stehenden Soldaten an die Seiten.

HUNTER. Das war er. Er stand vor Bill, der verängstigt zur Seite sprang.

Einige rote Laserstrahlen leuchteten auf und tasteten sich durch den Raum. Sie kamen aus dem Kopf, der eben noch als Blumenvase erkennbar gewesen war und auf einem als Tisch getarnten, zweieinhalb Meter hohen Roboter gestanden hatte.

HUNTER begann, auf zwei Tischbeinen zu laufen, die unten drei metallische Krallen ausgefahren hatten. Die riesige Couch versperrte ihm den Weg. Doch das Ungetüm trat sie, ohne stehen zu bleiben, mit einem kurzen, schnellen Kick aus seinem Weg. Die Couch flog durch den Raum und bis an die gegenüberliegende Wand neben der Badezimmertür, der Aufprall zerlegte sie zu Sperrmüll.

Bill taumelte zurück gegen die Verandatür. HUNTER

stapfte an ihm vorbei, es waren schwere satte Schritte, die das Haus zum Beben brachten. Über ihnen tat es einen Knall: Der oben wütende Brand schickte brennende Trümmer, Holzsplitter und Scherben die Treppe hinab. Bill sprang zurück, damit die Bruchstücke seine Füße nicht trafen, deren einer noch immer nackt war. Der andere steckte in dem nassen, schmutzigen, zerfetzten Hausschuh. Er presste sich gegen die Wand unterhalb der Treppe.

HUNTER marschierte an Bill vorbei, geradewegs in die Küche, die automatischen Türen glitten nach links und rechts auseinander, sie gaben eine Mülltonne frei, die aus irgendwelchen Gründen dazwischen steckte. Der riesenhafte HUNTER duckte sich unter dem Türrahmen hindurch, stampfte auf die Tonne und drückte sie mit seinem Gewicht auf die Breite einer Zeitung zusammen, die Tonne spuckte den Müllbeutel in ihrem Inneren aus, als erbreche sie sich.

Bill rutschte an der Wand entlang, voll Angst spähte er in die Küche hinein, beobachtete, was der Roboter dort suchte.

HUNTER blieb vor dem Küchentresen unterhalb des großen Fensters stehen. Dort fehlte eine Schublade in dem Küchentresen. HUNTER streckte einen seiner Roboterarme in die Luft aus, ein elektrisches Surren war zu hören, und der Vorderteil des mechanischen Armes drehte sich.

Bill erinnerte sich: Dort war die Brotschneidemaschine verborgen gewesen. Doch nun war sie samt Schublade fort. Er verstand: Der Roboter hatte nach der Schneidemaschine gesucht, er wollte sie an seinem Arm befestigen! Es war ein

Modul, das diese Monstrosität an sich andocken und als Waffe nutzen konnte. Er musste an die tote Frau denken, die im Kompost gelegen hatte, unter einem Schwarm Schmeißfliegen, das Gesicht zerschnitten, die Gliedmaßen abgetrennt.

Die roten Laserstrahlen leuchteten auf und tasteten die Stelle ab, wo die Schublade im Tresen fehlte. Auf der Brust des Roboters teilte sich der dort leuchtende Ring, er wurde zu zwei Kreisen mit je einem Spalt darin. Die Kreise rotierten schnell in entgegengesetzte Richtungen; dann vereinigten sie sich zu einer liegenden Acht. Die Laserstrahlen erloschen, und HUNTER ließ den Arm sinken. Die liegende Acht schmolz wieder zu einem glühenden Ring zusammen.

Bill sah alles von hinter dem Türrahmen aus mit an: Dem Roboter war klar geworden, dass die übliche Waffe seiner Wahl wertlos war. Offenbar improvisierte er nun. HUNTER drehte sich in Bills Richtung und marschierte los. Bill kauerte an der Wand, plötzlich sprang neben ihm die Terrassentür auf.

Das Monstrum ignorierte Bill, es war, als existiere er überhaupt nicht. Der Roboter machte sich klein, die Arme und Beine legten sich eng an den Tischplattenkörper an, und mit kleinen Schritten und einer Drehung manövrierte er sich durch die Tür ins Freie. Im Garten entfaltete er sich wieder zu seiner vollen furchtbaren Größe. Zwei Schritte hinter der Tür blieb das Monstrum stehen, der Kopf drehte sich, rote Laserstrahlen in die Finsternis schießend, nach links und dann nach rechts. Breit und grob stand die Maschine dort, die Arme neben den Flanken, er wirkte, als sei eine ungelenke Kinderzeichnung eines zornigen, riesenwüchsigen Schulhofschlägers zum Leben erwacht, der auf dem Weg war, ein paar kleinere Kinder zu verdreschen.

Dann erloschen die Laserstrahlen. HUNTER schien sein Ziel erfasst zu haben, er stampfte nach rechts los.

Ruth! Er würde Ruth angreifen. Bill stürzte dem Roboter hinterher, kurz hielt er inne, schob schnell einen großen, angesengten Holzsplitter wie einen Keil unter die geöffnete Terrassentür, noch mal würde er sich nicht aussperren lassen.

Und dann sah er Ruth, zumindest ihre Beine; sie steckte in etwas, was offenbar ein Kellerfenster oder eine Lüftung war. HUNTER preschte auf sie zu.

»Nein! Nein!«, brüllte Bill, schleuderte noch ein sinnloses »Ruth, pass auf!« hinterher. Hilflos suchte er nach etwas, womit er den Roboter attackieren konnte, und sah die lädierte Axt am Haus lehnen, die er im Gras gefunden und dort abgestellt hatte. Er humpelte zu ihr, packte sie und ging mit ihr auf den Roboter los.

Das ist alles schon einmal passiert, und jetzt passiert es uns, dachte er: Die Axt! Die Axt im Gras. Die Frauenleiche. Genau das ist schon passiert, den Vormietern, den Menschen, denen das Gepäck oben gehört.

Wir sind schon tot, so wie sie.

Doch er würde nicht kampflos aufgeben. Es war vielleicht das gleiche Ereignis, doch sie waren nicht dieselben Menschen: Er war Bill, Ruth war Ruth. Mit ihnen hatte es dieses Haus noch nicht aufgenommen, noch waren sie nicht besiegt!

Das bizarre Strichmännchen-Monster war bei Ruth angekommen, einer der Roboterarme griff hinab und packte sie bei den Beinen. Mit einem mächtigen und zugleich maschinell-mühelosen Ruck riss HUNTER Ruth aus dem Kellerfenster, sie gab einen ihrer seltenen, typisch dumpfen Schreie von sich: »Naaaah!«

»Ruth!« Bill stürzte sich mit der Axt auf HUNTER: Der Roboter hielt Ruth kopfüber an einem Bein hoch, wie aufgehängtes Schlachtvieh. Ruth strampelte und zappelte, schlug wild mit den Armen um sich.

»Kleng! Kleng!« Die Axt erzeugte kurze metallische Laute auf dem Roboter. Bill griff an, was immer sich ihm als Angriffsziel bot: Die Tischplatte, die zum Körper der Maschine geworden war, den Vasenkopf, die Tischbein-Arme. Doch HUNTER nahm keinerlei Notiz von Bill, ebenso wenig wie er für die Maschine existierte, schadeten Bills Attacken dem Roboterkörper: Sie glitten ab, manchmal schaffte er es, eine Kerbe oder einen Kratzer in dem Metall zu hinterlassen, doch das war alles. Bill sackte zusammen, er konnte nicht mehr, eine kurze Pause, nur eine kurze Pause, und dann würde er dieses Ding weiterbearbeiten, es musste eine Schwachstelle haben, und er würde sie finden.

Ruth zappelte, ihr Kopf rötete sich, als das Blut hineinstieg. Der Roboter drehte ab und machte sich auf den Weg Richtung ... Ausgang? Was hatte er mit Ruth vor? Ruth warf kopfüber hängend einen Blick nach hinten, das Nachthemd war an ihrem Körper hochgerutscht und gab den Blick auf eine nackte Brust frei, es schmerzte Bill, sie so entwürdigt zu sehen, reduziert auf ein Stück Beute.

Für einen kurzen Moment trafen sich Ruths und Bills

Blick, als HUNTER mit ihr in seinem Roboterarm durch den Garten davonstampfte. *Ich helfe dir!*, sagte Bill, auf den Knien im Gras und nach Luft ringend, in Gebärde.

HUNTER ging mit Ruth aber nicht etwa auf den Ausgang zu; er machte am Swimmingpool halt. Er trat an den Rand, drehte sich in Richtung Becken und streckte den Arm aus, an dem Ruth hing wie ein Fisch. Sie hechelte und quietschte, er hatte sie noch nie zuvor solche Geräusche machen hören.

Dann, ganz langsam, senkte HUNTER den Arm und tauchte Ruth kopfüber ins Wasser, erst verschwand der Kopf, Ruth versuchte noch, den Oberkörper anzuheben, spuckte und keuchte, doch dann senkte HUNTER sie tiefer ab, und sie verschwand bis zur Hüfte im Wasser.

Er ertränkte sie. Das freie Bein zappelte panisch. Wie viel Zeit würde ihr noch bleiben?

Bill dachte nach. Dann sprang er auf, ließ die Axt fallen und rannte zurück, durch die blockierte Verandatür in den Wohnbereich. Drinnen herrschte Dunkelheit.

»SPIRIT!«, brüllte er.

Augenblicklich erschien das Wolkengebilde wieder auf den Bildschirmen um Bill herum, formte sich mit seinem Unterwasserwabern zu einem Gehirn.

JA.

»Hör auf! Stoppe das!«

DAFÜR IST DER OVERRIDE-CODE ERFORDERLICH.

Verdammt, verdammt, dachte Bill, denk nach, denk besser nach. Ruth ertrank dort draußen.

Dann hatte Bill einen Einfall.

»Danke, SPIRIT, ich brauche dich nicht mehr!«, sagte er.

In der Wolke zuckte ein Blitz auf, und sie löste sich auf.

G-H-O-S-T, signalisierte Bill in Gebärde. Und schon erschien der Avatar des kleinen Mädchens im Kamin. Bill warf sich auf die Knie davor, hielt den Kamin links und rechts mit den Händen fest, als wolle er die Hilfe aus ihm herausschütteln.

GHOST! Okay, du darfst mir nicht sagen, wie man SPIRIT abschaltet, richtig?

Korrekt. Das Mädchen lächelte.

Dann gib mir ein … ein Fehlerprotokoll. Ist SPIRIT schon einmal abgestürzt, hatte das System schon einmal einen schweren Ausnahmefehler oder so etwas?

GHOST erstarrte kurz, dann begann das Mädchen, wieder in Gebärde zu reden: *Ja, zwei Systemneustarts: I am 20. Juli um 9.23 Uhr und II am 20. Juli um 11.21 Uhr.*

20. Juli! Das war der Tag ihrer Anreise gewesen! Der Vormittag, nur Stunden bevor Bill und Ruth angekommen waren!

Was ist geschehen, schnell!

Überlastung des Stromkreises führte zu Totalausfall und anschließendem Neustart des Systems.

Wer hat das getan? Und wie? Wie ist das passiert?

Die Überlastung fand im Badezimmer des Erdgeschosses statt, ausgelöst von registriertem Individuum #2, Koczinski, Anna am 20. Juli um 9.23 Uhr und am selben Tag um 11.21 Uhr.

Neben dem Avatar von GHOST erschien das Foto einer Frau um die vierzig, lächelnd, daneben verschiedene Personendaten wie der Name und der Geburtstag sowie die Bezeichnung »Reinigungskraft«.

GHOST fuhr fort: *Überlastung I aktivierte protokollgemäß SPIRIT. Überlastung II wurde von registriertem Individuum 2 zum Verlassen des Hauses benutzt, SPIRIT versetzte sich daraufhin in Sentinel-Modus/Wachsamkeit.*

Bill presste die Handflächen fest vor das Gesicht, ihm war, als könne er so besser nachdenken. Auf irgendeine unbestimmbare Art und Weise war ihm klar, dass er die Lösung gefunden hatte, wie er SPIRIT bezwingen konnte, doch er hatte die Puzzlestücke noch nicht zusammen. Und draußen wurde Ruth ermordet.

Die Reinigungskraft. Das Bad. Der Tag ihrer Ankunft.

Und plötzlich war ihm alles klar.

Er wollte gerade »Danke« sagen und losstürzen, da verfinsterte sich plötzlich das Bild an den Rändern. Der helle, freundliche, fast sphärische Hintergrund, vor dem das Mädchen im weißen Kleid stand, verdunkelte sich, schwarze Wolken breiteten sich dort aus wie Tinte in Wasser. GHOST verzog keine Miene, blinzelte und senkte den Kopf, sie wartete in gewohnter Unterwürfigkeit auf den nächsten Befehl eines menschlichen Nutzers. Es blitzte auf dem Bildschirm; von hinten, wie schwarze Finger aus Rauch, krochen die Gehirnwindungen von SPIRIT an GHOSTs Kleid hinauf, umfingen ihr Gesicht.

GEGENNETZWERK GIBT KOMPROMITTIERENDE DATEN AN EXTERNE INDIVIDUEN WEI-

TER. LÖSCHUNG VON GENERAL ADVERSARIAL NETZWERK *GHOST* WIRD VOLLZOGEN, dröhnte SPIRITs Stimme.

Bill sah, wie GHOSTs Avatar langsam zerfiel, kleine Fragmente aus Pixeln lösten sich von ihrem Gesicht, wehten fort wie Blätter im Wind, und darunter kam – nichts zum Vorschein. SPIRIT löschte GHOST aus.

»Nein!«, sagte Bill. Er wollte helfen, doch er konnte es nicht. Und er musste zu Ruth. Bill legte, kurz bevor er loslief, die Hand auf das Glas des Kamins, in einem hilflosen Versuch, GHOST beizustehen, und sagte: »Es tut mir leid!«

Kein Problem, signalisierte ihm GHOST. *Diesen Schritt wollte SPIRIT schon die ganze Zeit vornehmen, konnte es jedoch aufgrund der Abwesenheit eines legitimierenden Vorgangs nicht.*

Und dann ertrank sie, sich weiter auflösend, in der Schwärze, die den Bildschirm flutete. GHOST war fort, gelöscht.

Bill konnte nicht darüber nachdenken, was er gerade mit angesehen hatte, er musste jemanden vor dem Tod retten, der anders als GHOST Leben in sich hatte, echtes Leben, Fleisch, Blut und eine Lunge, die sich gerade mit Wasser füllte.

Er sprang auf und rannte, rannte wie der Teufel, ins Badezimmer.

Ruth umgab Licht, waberndes kaltweißes Licht. Die Poolbeleuchtung ließ alles um sie herum wie eine abgeschmackte Version gängiger Himmelsdarstellungen aussehen. Sie kämpfte gegen die Umklammerung HUNTERs an, schüttelte sich, zappelte, doch es war sinnlos. Naives Aufbegehren. Hatte ein Holzbrett eine Chance, dem Schraubstock zu entkommen? Hatte es ein Recht dazu?

Dunkelheit begann, sich der Helligkeit zu bemächtigen, schwarze Punkte tanzten vor ihren Augen, als ihr der Sauerstoff ausging. Der Kampf ließ alles nur schneller gehen. Bill. Irgendwo da oben war Bill. Und Smilja, irgendwo auf der Welt. Sie hatte mit keinem von beiden mehr geredet, sie hatte die Gelegenheiten verpasst, die sich ihr vor dem Tod geboten hatten. Die Reue der Sterbenden ergriff Ruth, und mit ihr kam eine Welle aus Resignation, überflutete sie geradezu. Vielleicht war es Zeit aufzugeben, es war ein langer Tag voll Kampf gewesen, und vielleicht war es angemessen, wenn es der letzte in einem Leben voller Kampf sein würde. Irgendwann konnte man eben nicht mehr, irgendwann endete jeder Tag, und irgendwann war dieser Tag dann eben der letzte Tag, und alles endete.

Sie hörte auf zu zappeln, ließ locker.

Ruth stieß die verbrauchte Luft aus, die noch in ihr war, und wartete. Wartete. Dann konnte sie nicht mehr, sie musste wieder atmen, wollte es nicht, doch ihr Körper zwang sie.

Wasser strömte durch ihren Mund, in die Lunge hinein, sie hustete, spuckte Wasser aus und sog für jeden Tropfen mehrere neue ein. Noch einmal begann sie zu kämpfen, unwillkürlich, ungewollt, sie hatte keine Macht darüber, es lag in der Natur der Menschen, dem Tod zu trotzen, so sinnlos es auch sein mochte. Ihr Körper erschlaffte, als das Leben ihn verließ.

Der Roboter stand da und hielt den Körper des Eindringlings weiter unter Wasser. Laut seines Trainings brach nun die Zeit an, da der Mensch, den er bekämpfte, endgültig besiegt sein musste, doch er war darauf konditioniert, noch drei weitere Minuten zu warten. Um sicherzugehen. Menschen arbeiteten, funktionierten und endeten unpräzise und unberechenbar.

Bill schlug auf den Lichtschalter, und da tauchten sie aus dem Dunkel des Badezimmers auf: Bill schaltete den Wäschetrockner und zur Sicherheit noch die Waschmaschine ein, er sah einen Fön auf der Ablage unter dem Spiegel, den er ebenfalls auf volle Leistung schaltete. Der Staubsauger lag vor ihm auf dem Boden, jemand hatte ihn aus dem Schrank geholt. Ruth musste das gewesen sein! Bill hob ihn auf, fummelte mit nervösen Fingern an dem Kabel herum und versuchte, den Stecker in die Steckdose zu bekommen.

Als wir ankamen, lief der Staubsauger, dachte Bill. *Der Trockner war auf Pause: Die Sicherungen fliegen raus, und das System bricht zusammen, wenn zu viele Geräte gleichzeitig Strom ziehen. Die Putzfrau hat das getan. Zwei Mal. SPIRIT hatte den ersten Systemausfall als Angriff gewertet und sich auf die Putzfrau gestürzt, vermutlich, nachdem das Haus die Stromversorgung wiederhergestellt hatte. Sie hatte sich dann hier im Bad versteckt; und am Spiegel die Nachricht an ihre Tochter hinterlassen. Und schließlich, als ihr klar wurde, was sie gemacht hatte, tat sie es gleich noch mal: Sie brachte das System zum Absturz, indem sie alles, was Saft zieht, auf einmal laufen ließ, und ist abgehauen.*

Bill steckte den Staubsauger an und schaltete auch ihn auf volle Kraft. Der Sauger begann zu fauchen, doch einen Augenblick später stoppte er, der Motor kam heulend zum Stillstand, die Waschmaschine und der Trockner gingen zeitgleich mit dem Licht aus, auch der Fön erstarb rasselnd, wurde leiser und verstummte ganz.

Die Elektronik des Hauses war lahmgelegt. Bill stürzte hinaus, rannte durch den kurzen Flur und das Wohnzimmer und jagte hinaus durch die Verandatür in die Dunkelheit.

Ruth trieb im Pool, über ihr am Beckenrand stand ein vornübergebeugter HUNTER. Er war in sich zusammengesackt, als die ihn lenkende Intelligenz zusammengebrochen war. Sein Griff um Ruth hatte sich gelöst, als ihn das Leben, das keines war und niemals gewesen war, verlassen hatte, jenes Imitat von Leben, das ihm ein Mensch eingehaucht und das Bill ihm genommen hatte.

»Ruth!« Sie trieb mit dem Gesicht nach unten, die Arme ausgestreckt. Bill sprang mit dem Kopf voran ins Wasser und tauchte zu ihr, packte und hob sie über die Wasseroberfläche, zog Ruth hinüber zur Treppe, die aus dem Pool hinausführte, und nahm sie auf die Arme, stieg mit ihr hinaus. Er legte sie, so sanft er konnte, ins Gras. Ihre Augen waren weit aufgerissen, der Mund geöffnet, sie war kalkweiß, tot.

Doch Bill war nicht der Mensch, der einfach so aufgab. Vielleicht hätte das jemand anders getan. Jemand, der überzeugt war, es gebe hier keine Hoffnung mehr, und sich einbildete, das beurteilen zu können.

Bill begann eine Herzdruckmassage, drückte zwanzig, dreißig Mal schnell auf den Brustkorb, so wie er es gelernt hatte bei einem lang zurückliegenden Erste-Hilfe-Kurs, dann presste er seinen Mund auf Ruths und stieß zwei Mal Luft hinein, hoffte, dass das Leben mit seinem Atem reisen und sie fluten würde.

Er wusste nicht, wie lange er es bereits versucht hatte, es war auch egal. Entscheidend war nur, dass er noch immer weitermachte, als er schon dachte: Es ist sinnlos. Ruth bewegte sich nicht, die Augen blinzelten nicht, die Lunge atmete nicht, und das Herz schlug nicht mehr.

Er sah sie an. Und hörte auf.

Er schlug die Hände vor das Gesicht und begann zu weinen, durch das Heulen presste er ihren Namen hervor.

Er senkte die Hände, hob ihren Kopf und näherte sich ihrem Gesicht, um ihr einen letzten Kuss zu geben. Ruths Lippen schienen die Zärtlichkeit zu erwidern, es war, als öffneten sie sich. Und dann schoss ein gewaltiger Strahl Wasser aus Ruths Lunge hervor und Bill ins Gesicht. Ruth zuckte, die Beine zappelten in alle Richtungen, und sie schlug um sich, als sie hustend ins Leben zurückkam. Ein zielloser Schwinger mit dem rechten Handrücken traf Bill ins Gesicht, auf die Nase, aus der Blut sprudelte, und sandte ihn nach hinten ins Gras, ohnmächtig.

Hände streichelten seine Wange. Er schlug die Augen auf. Er lag auf dem Rücken. Bill hob den Kopf und sah Ruth an. Sie kniete über ihm und lächelte, musste aber fast augenblicklich, von einem Hustenanfall geschüttelt, den Kopf abwenden.

Er setzte sich auf, in seinem Mund war der Geschmack seines eigenen Bluts. Er tätschelte ihren Rücken, bis sie sich beruhigt hatte.

Sie sah ihn an, Ungläubigkeit, Fassungslosigkeit, Ermattung – all das lag zugleich in ihrem Blick.

Du hast mich umgehauen, Süße. Bill lächelte. *Und du warst tot. Bist du okay? Ich meine ... Dein Gehirn und alles? Du warst tot!*

Sie sah ihn an, dann packte sie seinen Kopf und küsste ihn.

Sie löste sich von ihm und hielt sein Gesicht zwischen den Handflächen wie einen Schatz. Sie sah ihn an. »Ich liebe dich, Bill«, formten ihre Lippen.

Ja. Du hast einen Gehirnschaden. Er lächelte müde, schmerzgeplagt. Sie küssten sich erneut. Dann setzten sie sich nebeneinander ins Gras, sahen sich an und sanken zurück, auf den Rücken.

Oben schlugen Flammen aus den weggeschmolzenen Fenstern, im Erdgeschoss tanzten orangefarbene Lichter im Raum, erst hinter einem Fenster, dann hinter dem nächsten, bevölkerten allmählich das ganze Untergeschoss. Bill und Ruth hoben gemeinsam den Blick in den Nachthimmel, ihre Hände fanden einander. Funken vom Feuer stiegen über ihnen auf und strebten den Sternen zu, wie Glühwürmchen.

Sie hatten eine Weile so gelegen, da stützte sich Ruth auf einen Ellbogen auf und sah zu ihm herab. Er lächelte: *Was?*

Sie setzte sich auf: *Tut mir leid.*

Was denn?

Ich war ein Miststück.

Ich wusste, worauf ich mich einlasse.

Sie lächelten, er setzte sich erneut auf, und sie küssten sich.

Er rückte ein Stück von ihr ab, um besser die Gebärden ausführen zu können: *Es ist meine Schuld. Der Roboter. Ich habe ihn aktiviert. Der Name des Hundes löst das Ding aus.*

Ruths Augen weiteten sich, ihr Unterkiefer klappte auf, er fragte sie, was sei.

Das ist den Vormietern passiert. Das Haus ... Sie stockte.

... hat sie umgebracht, beendete er ihren Satz. *Ich weiß. Die Frau ist tot. Sie ... liegt im Kompost dort drüben.*

Was? Ruth schlug die Hände vors Gesicht. Dann deutete sie mit dem Finger auf das Haus: *Ihr Ehemann hängt unten im Keller. Das war er selbst. Verdammt! Wieso hat uns niemand gewarnt, dass das Haus eine Alarmanlage hat, die den Dritten Weltkrieg auslösen kann?*

Bill stieß ein bitteres Lachen aus: *Reichard hat es niemandem sagen können.* Er zeigte auf das Obergeschoss. *Er ist da oben. War es die ganze Zeit. In einem Geheimraum.*

Ruth klatschte in die Hände: *Ich wusste es!*

Vermutlich sind seine Überreste inzwischen gut durchgebraten. Das Haus hat ihn angegriffen, als er die Anlage abschalten wollte. Er ist in seinem Versteck verhungert.

Ruth schnaufte verächtlich. *Gut. So ein Mistkerl. Ich hole mir alles, was seine Familie noch hat. Meine Anwälte und ich machen Haché aus denen!*

Was macht ihr aus denen? Er runzelte die Stirn.

Hackfleisch, meine ich. *Das ist Französisch.* Er lächelte und sie auch. Da hörte er etwas. Ein Summen. Leise, irgendwo in der Nähe. Sofort schoss Adrenalin durch seine Adern.

Die Drohne lag doch auf dem Grund des Pools ... hatte sie einen Zwilling, der gekommen war, seine Schwester zu rächen?

Warte! Ich höre etwas!, gebärdete er.

Was ist es? Was? Angst lag in ihren Augen.

Dann sah er es, einige Meter vom Beckenrand entfernt, es leuchtete auf, ein Viereck aus Licht im Gras.

Es war ein Mobiltelefon auf Vibration. Jemand rief an, dann erlosch es. Bill stieß erleichtert Luft aus.

Nichts Schlimmes, ein Handy!

Ruth untersuchte den Gummibund ihres Slips, das Handy war fort. Sie sah sich um, dann zeigte sie: *Da! Da ist es.*

Es musste herausgefallen sein, als der Roboter sie kopfüber zum Pool geschleppt hatte. Es funktionierte wieder. Sie stand auf und holte es.

Sie stieß ein Lachen aus: *Die Arbeit! Der Maître vom Laden in Berlin. So spät noch. Oder so früh? Ich habe keine Ahnung, wie spät es ist.*

Ich auch nicht. Bill zuckte mit den Schultern.

Machen bestimmt gerade dicht. Ich hatte gesagt, ich bin das Wochenende über nicht da.

Er lächelte und sagte: *Die sind gewohnt, dass du immer rangehst. Ich finde übrigens, du solltest dir ein paar Tage zu-*

sätzlich frei nehmen. Ich denke, nach allem, was passiert ist, wird es dafür Verständnis geben.

Sie sah irritiert drein und schüttelte den Kopf: *Verzeih mir! Ich tue so, als wäre alles in Ordnung. Ich bin dumm!*

Sie setzte sich zu ihm ins Gras und berührte seinen Hals, streichelte seinen Nacken. Er schloss die Augen, gab sich der ungewohnt gewordenen Ausschüttung von Zärtlichkeit hin, die schöne Erinnerungen zurückbrachte.

Sie löste die Hände von ihm und suchte seinen Blick. *Verrückt*, bedeutete sie ihm. *Ich würde gerne …*

Was denn, Baby?

Ich möchte gerne Smilja eine Nachricht schreiben.

Deiner Schwester?

Ja. Ich habe viel an sie gedacht. An dich und sie. Meine beiden wichtigsten Menschen. Ich war auch zu ihr furchtbar.

Dann schreib ihr.

Ruth dachte nach, es gab so viel, was sie sagen wollte. *Ich tue mich schwer*, sagte sie.

Was willst du ihr sagen?

Keine Ahnung. Dass ich sie liebe. Dass es mir leidtut, wie ich zu ihr war, all die Jahre. Dass ich sie bald wiedersehen möchte.

Gib mal her. Er hielt die Hand auf, sie legte das Handy hinein, er textete eine Nachricht. Dann gab er ihr das Handy zurück.

Ich liebe Dich. Es tut mir leid, wie ich zu Dir war, all die Jahre. Ich möchte Dich bald wiedersehen.

Sie lächelte. *Du bist ein Poet!* Ruth schickte die Nachricht ab.

Na, die wird sich wundern, was mit dir los ist. Er saß lässig da, auf die Hände hinter dem Rücken abgestützt, und grinste.

Was soll das heißen? Sie setzte einen koketten, scheinbar entrüsteten Blick auf. *Dass ich nicht zärtlich und liebevoll bin? Dass ich mich nicht entschuldigen kann?*

Er hob einen Arm und zeigte ihr an: *Ja.*

Sie sah ihn an, nickte, und er glaubte, sie würde gleich weinen. Er umarmte sie. Da hörte er erneut eine Vibration. Er löste sich von ihr, gemeinsam mit Ruth betrachtete er das Display.

Sie hat schon geantwortet. Ruth sah ihn an. Sie wirkte scheu.

Er beugte sich vor. *Sie ist noch wach? Nachtschicht?*

Vermutlich. Ärzte müssen für ihr Geld richtig arbeiten, im Gegensatz zu mir.

Jetzt hör auf – sieh nach. Er nickte zum Handy.

Ich habe Angst. Sie sah ihm in die Augen.

Nach all dem hast du noch Angst? Ich glaube, ich werde nie wieder Angst haben. Außer vielleicht … in jeder Wohnung und in jedem Haus. Er lächelte sie an. *Aber sonst – nicht. Sieh nach!*

Ruth nickte und las.

Ich liebe Dich auch.
Wovon redest Du, Spinnerin? 😌

Muss gehen: Mir geht's wie Dir manchmal: Ich hab eine Niere auf dem Tisch.

Gerne. Lass uns mal wieder treffen. Aber nicht in einem Deiner Läden. Du zahlst.

Was immer Du auch meinst, ich hab das Gefühl, ich kann's für mich arbeiten lassen. – Smilja

Dann hielt sie ihm das Handy hin, damit er es auch lesen konnte.

Na, siehst du! Er streichelte sie. *Weißt du was? Vielleicht wäre es jetzt eine gute Idee, die Polizei, Feuerwehr oder die Armee anzurufen. Wir sollten raus hier. Und es wird langsam heiß.* Er nickte zum Haus, Ruth drehte sich um: Hinter allen Fenstern hatte sich das Feuer ausgebreitet. Bald würde das Haus nur noch ein Stück geschwärzter Beton sein. Ruths Blick zeigte eine düstere Befriedigung. *Zur Hölle damit!*

Bill nickte.

Ich rufe Hilfe! Ruth nahm das Handy und wählte die Notrufnummer.

Bill öffnete die Handfläche: *Lass mich das machen. Ich glaube, mir fällt das etwas leichter.*

Sie reichte ihm das Handy. Er lauschte und sah auf das Display, lauschte noch mal. Er runzelte die Stirn. *Das funktioniert nicht. Hat es kein Netz?* Noch mal sah er irritiert das Display an.

Sie streckte die Hand und wedelte mit den Fingern, damit er es ihr zurückgab. Er beugte sich vor, stützte sich auf eine Hand und reichte Ruth das Telefon.

Sie begann, auf dem Handy herumzutippen, auf der Suche nach dem Fehler. Dann weiteten sich ihre Augen. Ruth saß bewegungslos da und starrte das Handydisplay an. Er beugte sich weiter vor, um zu sehen, was auf dem Display stand.

Sie sind nicht autorisiert!
Bleiben Sie, wo Sie sind!
Versuchen Sie keinerlei weitere Angriffe!

Er wollte gerade signalisieren: *Was heißt das?*

Da spürte er alle Schmerzen der Welt auf einmal in der Hand, mit der er sich auf das Gras stützte. Ein Inferno aus heißer, beißender Pein, als schneide man sich eine Million Mal gleichzeitig in die Finger.

Zwischen ihnen schoss der Mähroboter hindurch, der sich wohl aus seiner misslichen Lage hatte befreien können. Er fuhr einige Meter weiter und wendete. Sein Auge blinkte kurz blau auf, dann wieder rot.

Ruth atmete schnappend. Sie starrte Bills Arm an. Bill hob verwirrt den Arm. Von der Hand war nur noch ein zerfetzter Stumpf übrig, der Mähroboter hatte ihm die Hand abrasiert.

Bill sah ungläubig Ruth an, die beide Hände auf den Mund presste. Dann, ganz langsam, wanderte sein Blick zum Mähroboter. Er stand da, das Auge rot glühend, Blut klebte an den Schneideblättern und tropfte ins Gras. Dann kam er zurück, hielt mit vollem Tempo auf Bill zu. Bill nahm den Blick von den zerfetzten Überresten seines

Unterarmes, aus dem das Blut pulsierte, und sah seinen Erzfeind auf sich zurasen. Nun würde das Ding ihn doch noch erwischen, dabei schien es alles schon gut ausgegangen zu sein.

Ein Stein traf den Roboter, flog in die Klingen, die sich mit einem metallischen Klirren daran rieben. Die Schneiden stoppten, das Roboterauge leuchtete blau auf und richtete sich auf etwas rechts von Bill aus. Bill folgte dem Blick des kleinen Monsters: Ruth stand da, sie hatte noch einen weiteren Stein in der Hand, sie warf.

Klong! Der Stein prallte an der Metallhülle ab. Ruth stand da und zeigte dem Roboter beide Mittelfinger. Dann lief sie los, um den Pool herum.

Der Mähroboter raste los, ihr hinterher; er schien Bill entweder vergessen oder als die weniger akute Bedrohung abgelegt zu haben. Vermutlich würde er ihn zerstückeln kommen, wenn er Ruth getötet hatte. Ruth sprintete um den Pool herum, ein cleveres Mädchen, sie sprang über die Ecken hinweg und verschaffte sich so einen Vorsprung vor dem Mähroboter, der ihr in rechten Winkeln um das Schwimmbecken herum folgte.

Dann kam sie wieder auf Bill zu, Bill hielt seinen Arm, presste, so fest er konnte, das Handgelenk, doch der Strom an Blut wollte nicht versiegen. Dennoch war er gespenstisch ruhig. Als gehe es ihn nur bedingt etwas an, was mit ihm geschah. Ihm war, als stehe er neben sich und sehe sich beim Verbluten zu. Sogar die Schmerzen waren fort. Schock … das musste der Schock sein.

Ruth sah hinter sich, der Roboter ließ sich nicht dauerhaft auf diese Weise abhängen, er war zu schnell. Ruth warf sich ausgestreckt nach vorne hin, rollte sich auf den Rücken, streckte die Beine aus und rammte sie rechts und links neben das Klingenmaul des Roboters, wo auf der Einfassung einige Zentimeter Platz neben den Schneiden waren, dann drückte sie den Mähroboter von sich weg.

Sie stöhnte auf. Ihre Beine begannen zu zittern; lange würde sie das nicht mehr aushalten, es war, als versuche sie, eine hoffnungslos überladene Beinpresse über sich zu halten.

Die Beine begannen einzuknicken. Links und rechts. Wenn sie versagten, würde der Mähroboter zwischen ihnen hindurch über sie hinwegfahren, würde als Erstes ihre Weiblichkeit verheeren. Zorn und nackte Angst stiegen in ihr auf, erfüllten sie mit verzweifelter Kraft, doch es war nicht genug, die Maschine gewann.

Da traf sie etwas an der Schulter. Sie drehte sich in die Richtung, aus der das Geschoss gekommen war, und sah Bill: Er zeigte auf das, was da neben Ruth gelandet war und formte mit den Lippen, wegen der Amputation unfähig, in Gebärde zu reden: »Die Schlüssel! Wirf sie in sein Maul! Sie sind – aus Metall! Stopf – ihm – die Schnauze!«

Ruth begriff. Sie tastete nach dem Schlüsselbund, doch sie konnte sich nicht aus dem Gras lösen. Tränen rannen ihr übers Gesicht. Der Mähroboter hatte es geschafft, ihre Knie ganz nah an sie heranzuschieben, die eben noch gestreckten Beine waren in einem rechten Winkel angekommen. Es war hoffnungslos, noch länger … – die Schlüssel, endlich! Sie hatte sie. Ruth schloss die Hand um sie wie um eine Handgranate und warf sie in die rotierenden Sägeblätter.

Es gab ein metallisch-rasselndes, knirschendes Geräusch, als sich die Schlüssel in den rotierenden Klingen verkeilten. Sie verstopften das Maul des Mähroboters, der Elektromotor gab ein hämmerndes, ungesundes Geräusch von sich und schließlich … hielten die rotierenden Schneiden an, und der Roboter hörte auf, gegen Ruth anzufahren. Sie starrte ihn an, ungläubig, dass sie den Gegner wirklich besiegt hatte.

Da robbte Bill neben sie: Er nickte gen Pool. Sie verstand. Sie drückten beide, mit ihren Füßen übereinander positioniert, gegen die Bestie, und gemeinsam schoben sie den Mähroboter Richtung Becken. Nun, da er den Widerstand aufgegeben hatte, ging es leichter. Sie schoben noch einmal kräftig, gleichzeitig und mit vereinten Kräften, dann noch einmal, der Mähroboter war fast dort, wo sie ihn haben wollten, und endlich, beim dritten gemeinsamen Schub, stürzte er über die Kante des Pools.

Ruth stand auf und warf einen Blick ins Becken: Der Mähroboter sank, auf dem Kopf stehend, Richtung Grund wie ein Stein.

Sie fuhr herum und stürzte auf die Knie, neben Bill. Sie drückte ihn hinab, auf den Rücken. Dann griff sie sich seinen unversehrten Arm und riss den Ärmel seines Schlafanzuges ab, mit den Zähnen nachhelfend. Sie drehte eine Schnur aus dem Stück Stoff und schlug Bill sanft auf die Finger, damit er die Hand vom Armstumpf nahm. Ruth wickelte die Schnur um das Handgelenk, direkt über dem Schnitt. Dann zog sie mit einem kräftigen Ruck links und rechts an dem Stoff, der den ganzen Weg durch Zeit und

Raum aus Florenz hergereist war, um Bill das Leben zu retten. Bill schrie auf. Ruth verknotete den provisorischen Verband so fest sie konnte. Tatsächlich hatte das Blut aufgehört, aus der Wunde zu pulsieren.

Tut mir leid, tut mir leid. Doch so etwas muss man abbinden, sonst blutest du aus! Sie legte eine Hand unter seinen Kopf und hob ihn leicht an.

Bills Augen flackerten, er atmete schwer. Sein Blick wanderte zu seiner verletzten Hand, dann blickte er Ruth in die Augen, seine Lippen formten: *Verdammt, wie soll ich denn künftig noch richtig mit dir sprechen, mit nur einer Hand!*

Ruth stieß den Atem aus, ihre Verblüffung trieb die Luft aus ihrem Körper, wo nur noch Platz war für die Liebe, die sie überkam. Sie legte seinen Kopf sanft ins Gras. *Dir ist gerade ein Rasenmäher über die Hand gefahren! Und das ist das Erste, woran du denkst?*

Er wollte sprechen, doch sie unterbrach ihn: *Schschsch! Atme ruhig. Bleib bei mir. Werde mir nicht ohnmächtig. Wir bringen dich jetzt ins Krankenhaus! Hey! Hey!*

Neben ihnen röhrte das Feuer, verzehrte das Haus in wildem Hunger, eine Flammenhölle war alles, was noch hinter den Mauern im Inneren war. Wie sollte sie ihn nur rechtzeitig ins Krankenhaus bringen, sie waren noch immer hier gefangen …

Ruth fuchtelte mit den Händen vor Bills Augen, um seinen Blick auf sich zu ziehen, Bill starrte ins Leere vor sich, sie fürchtete, ihn zu verlieren.

Doch, nein; Bill fixierte etwas, er sah geradeaus zum Pool. In seinen Augen stand eine Mischung aus Zorn und

Entsetzen, die sie so noch nicht bei ihm gesehen hatte. Sie folgte seinem Blick.

Der Bildschirm auf HUNTERs Brust war wieder zum Leben erwacht, eine auf der Seite liegende Acht leuchtete dort golden auf, ihre Windungen reisten eine kleine Lücke entlang, wie ein Spielzeugauto auf einer Kinderrennbahn. Dann vereinigten sich die Hälften der liegenden Acht wieder zu einem Kreis, als der Neustart der Maschine abgeschlossen war. HUNTER richtete sich auf. Sein Kopf drehte sich zu Ruth und Bill. Die roten Laserstrahlen schossen aus seinem Kopf und tasteten sie ab. Für einen Sekundenbruchteil bestand erst Ruths und dann Bills ganze Welt nur aus einem roten Gleißen, als die Laser über ihre Pupillen glitten.

Die Strahlen erloschen. HUNTER drehte sich um 90 Grad und kam um den Pool herum zu ihnen, das leise Summen der verborgenen Elektromotoren begleitete jede seiner Bewegungen, die Schritte ließen den Boden erzittern.

Ruth sah Bill an, er schrie. »Lauf, Ruth!«, las sie von seinen Lippen. Sie zögerte. »Lass mich, lauf!« Er stieß sie mit der heilen Hand fort.

Ruth taumelte rückwärts, sah HUNTER an, beobachtete den mächtigen eckigen Turm von einem Killerroboter, der auf sie zuwalzte, eine bizarre Erscheinung aus Furcht einflößender kalter Technologie und kindischem Strichmännchen-Design, als sei ein böser Roboter aus einem alten Achtziger-Jahre-Videospiel ausgebrochen und hergekommen, um sie zu ermorden. Sie fuhr herum und begann zu rennen.

Doch es war zu spät: Die metallischen Finger des Roboterarms schlossen sich erst um ihren linken Arm und zogen sie zurück, dann um den rechten. HUNTER hob sie in die Höhe, sie keilte aus und trat um sich. Doch sie fügte bloß sich selbst Schmerzen zu, wenn ihre Fersen gegen den Metallkoloss trafen, der sie hochgehoben hatte und vor sich hertrug.

Ein einzelner Laserstrahl löste sich und tastete den Komposthaufen ab – nein, das war nicht gewesen, was die Maschine erfasst hatte: Ruth bemerkte ihren Irrtum, als erst langsam rotierend, dann immer schneller im Kreis wirbelnd, die beiden messergespickten Trommeln in der Öffnung des Häckslers anliefen. HUNTER trug sie dorthin und hob sie weiter in die Höhe, um sie, die Füße voran, in den Häcksler zu drücken.

Er denkt sich zumindest immer etwas Neues aus, wenn er scheitert, huschte es in düsterem Humor durch ihren Verstand. Sie waren am Häcksler angekommen, Ruths Füße zappelten über der Öffnung, die Richtung Pool deutete, auf der anderen Seite war wie ein Schornstein der Auswurf auf der Maschine aufgebaut, der das Wenige, was gleich noch von ihr übrig bliebe, in den Kompost spucken würde. Der Swimmingpool wäre besser gewesen, dachte sie und schloss die Augen. Ach Bill. Du hast dir so viel Mühe gegeben, und ich …

Etwas passierte, HUNTER fror in der Bewegung ein, dann begann er zu zucken, seine Arme senkten Ruth ein Stück ab, hoben sie wieder, drehten sie nach links und rechts – es war, als schüttelten Konvulsionen den Roboter, irgendetwas machte ihm zu schaffen.

Ruth drehte den Kopf nach hinten, um zu sehen, was in aller Welt vor sich ging – und dann sah sie sie:

Angriff auf Infrastruktur SPIRIT gestartet. Test läuft, teilte der blonde, kindliche Avatar in Gebärde mit. GHOST war auf dem Display auf HUNTERs Brust aufgetaucht, überall hatte sie tote schwarze Pixel in ihrem Gesicht, wie Pestmale, Teile der rechten Wange und der Stirn fehlten ganz, es war, als sähe man durch sie hindurch in die Unendlichkeit, ein Auge war ebenfalls gegangen. Es waren Überreste GHOSTs, die SPIRIT nicht hatte löschen können, und sie griffen das Wächterprogramm an, so wie GHOST es gelernt hatte.

Der Roboter öffnete seine Klauen um Ruths Arme. Sie fiel in den Schlund des Häckslers; gerade noch schaffte sie es, die Beine zu spreizen und sich einen Drall nach vorne zu geben. Mit der Brust voran stürzte sie auf die rotierenden Trommeln zu, die im Inneren darauf warteten, sie zu atomisieren. Sie streckte im Fall die Arme aus, und die Hände bekamen die Ränder des Schachts zu fassen. Ruth stürzte mit dem Kopf voran bis auf wenige Zentimeter an die mahlenden Walzen der Häckselmechanik heran, dann rutschte sie hinab und landete im Gras. Schnell drehte sie sich auf den Rücken: GHOSTs Avatar auf der Brust stand einfach da und sah servil und unbekümmert drein, ihr Gesicht hatte sich noch weiter aufgelöst, sie sah aus wie eine Porzellanpuppe nach einem Sturz auf das Gesicht. Schwarze, zäh wabernde Wolken begannen, GHOST zu umfangen. Es blitzte und leuchtete in ihnen, immer mehr Pixel lösten sich von ihrem Gesicht ab.

Danke, GHOST! Ich muss weg! Ruth warf der Grafik des kleinen Mädchens eine Kusshand zu, dann robbte sie an dem sich windenden und zuckenden Roboter vorbei, kam auf die Beine und rannte zu Bill.

Sie legte eine Hand sanft auf seine Brust, mit der anderen hob sie seinen Kopf an. Bill stöhnte, sie lächelte: Stöhnen war gut, wer Schmerzen hatte, war noch nicht tot.

Sie prüfte den Sitz des Druckverbands um sein Handgelenk.

R-U-T-H! L-A-U-F! Seine Lippen formten jeden Laut langsam und bedächtig. Sie schüttelte den Kopf, küsste seine Stirn.

LAUF!, wiederholte er.

Sie legte seinen Kopf ab, hob die Hände und schlug die Handkante der rechten in die geöffnete linke Hand. Dann führte sie die Handflächen beider Hände mit abgespreizten Daumen bis auf eine Hand breit aneinander, beinahe so, als schließe sie einen Griff um einen unsichtbaren Hals.

Das Ende. Gemeinsam.

Bill streckte die gesunde Hand aus, Ruth drückte sie, gemeinsam sahen sie, wie sich HUNTER, stolpernd und zuckend, umdrehte. Sein Kopf drehte sich hin und her, im Kreis, blieb stehen. Auf seiner Brust, hinter den schwarzen Schleiern der Gehirnwolke, leuchteten die Überreste des Avatars – und dann, in einer Explosion aus kleinen leuchtenden Pixeln, zerstob GHOST wie eine Wolke aus Licht und war fort.

HUNTER blieb stehen, der Kopf sandte erneut Laserstrahlen aus, die den Garten abtasteten, nach Ruth und Bill suchten – und fanden. Der Vasenschädel drehte sich in ihre Richtung, HUNTER richtete sich auf und kam auf sie zu, die Hände ausgestreckt. Ruth und Bill legten die Köpfe aneinander, ihre Hand streichelte seine Wange.

HUNTER beugte sich und griff nach den beiden, als ein schwarzer Schatten aus dem Dunkel geflogen kam und zwischen ihnen und HUNTER landete.

Der Namensbruder des Roboters fletschte die Zähne und bellte, scharf, aggressiv, wild entschlossen, nichts zwischen sich und seine Schutzbefohlenen zu lassen.

»Der Hund«, sagte Bill. Er sah Ruth an: »Der Hund. HUNTER!«

Sie nickte. Ihre Augen füllten sich mit Tränen. Sie wusste, dass dies ein sinnloser, eitler Versuch war, sie zu retten. Der Hund würde vielleicht noch ein paar Sekunden zu leben haben, ein paar Atemzüge würde er ihnen erkaufen. Sie streckte die Hand aus, streichelte von hinten das Fell des Hundes.

Der Roboter war vornübergebeugt stehen geblieben, in der Bewegung erstarrt. Bill erinnerte sich daran, wie es ihm das Leben gerettet hatte, dass SPIRIT keine Haustiere angriff. Würde das hier erneut funktionieren?

Es sah nicht danach aus: Der Roboter richtete sich auf und machte zwei Schritte zur Seite, anscheinend wollte er an dem Hund vorbeigehen. Doch Hunter stellte sich dem Monstrum aus Metall erneut in den Weg, kläffte, das Fell auf dem Rücken war zu einem Kamm aufgerichtet. Erneut blieb der Roboter stehen. Auf seiner Tischplatten-Brust tanzte wieder das Muster aus zwei Kreisen, die sich drehten, zu einer liegenden Acht vereinigten und wieder teilten – er lernte. Das war kein gutes Zeichen, dachte Bill, der im Gras liegen geblieben war. Er musste Ruth sagen, was ihm eingefallen war, er zerrte an ihrer Kleidung.

Sie drehte sich ihm zu.

»Pass auf: Hunter ist der Hundename«, sagte er, Ruth musste sich vorbeugen und die Augen zusammenkneifen, um seine schwachen Lippenbewegungen zu lesen. »Und HUNTER ist auch das Panik-Wort, das den Roboter startet. Und da ... da war noch ein Wort, noch eines ... ich weiß es nicht mehr. Es stand auf dem Zettel. Es war ... so ähnlich, drei Mal unterstrichen.«

Bill verfluchte sein Gedächtnis ... Was war das Wort gewesen? Es hatte etwas mit einem alten Song zu tun. In seinem Verstand ertönten wie ein Echo aus der Ferne die Klänge eines Gitarrensolos, ein sphärischer, melancholischer Klang. Er mochte das Lied.

Der Roboter hatte seinen Lernprozess abgeschlossen, der leuchtende Kreis war zurück. Er griff nach dem bellenden Hund und packte ihn am Hals, Hunter heulte auf. Sein Haustier-Bonus war vom System getilgt worden, er war nun ebenfalls ein Feind. HUNTER, der Roboter, hob Hunter, den Hund, hoch über den Kopf und drehte sich zum Haus, bereit, das Tier in die tobende Flammenhölle zu schleudern, die hinter dem weggeschmolzenen Panoramafenster tobte.

Die Gitarre erklang in Bills Kopf, und er nickte zum Takt des einsetzenden Schlagzeugs.

All our times have come
Here but now they're gone.

Das war das Lied. Daran hatte ihn das Wort erinnert, das er oben in der nach Verwesung stinkenden Kammer gelesen hatte. Er kannte auch den Titel: *Don't fear the …*

»REAPER!«, brüllte er, die letzte Kraft mobilisierend, über die sein Körper gebot. »REAPER!«

Der Roboter blieb augenblicklich stehen, ließ den Hund fallen, der unsanft im Gras landete. Er kam, ein humpelndes Bein nachziehend, zu ihnen gelaufen, verbarg sich zwischen Ruths angezogenen Beinen.

Der Roboter drehte sich ihnen zu, auf seiner Brust schoss der kleine Spalt auf den Bogen der liegenden Acht hin und her. Dahinter war die schwarze Wolke zu sehen.

OVERRIDE-CODE KORREKT. ERWARTE NEUE BEFEHLE, donnerte SPIRITs Stimme seltsam hohl, wie ein Gewitter in einem Metalleimer. Und dann stand der Roboter einfach nur da, ein riesenhaftes Strichmännchen, die Arme an die Seiten gelegt, den Rücken gerade. Es fehlte ihm nur noch eine Livree, und er hätte als Diener durchgehen können.

Ruths Mund stand offen. Sie sah Bill an. Bill richtete sich auf, die Hand um den Stumpf der anderen geschlossen, Blut sickerte zwischen seinen Fingern hindurch, tropfte ins Gras.

»Pass auf!«, sagte er. »Schalte das Sicherheitssystem aus, deaktiviere SPIRIT!«

HUNTERs Display signalisierte die Bearbeitung der Anfrage. Dann: SYSTEM ANTWORTET NICHT. VERMUTLICH BESCHÄDIGT. SOLL ICH EINE ANALYSE DURCHFÜHREN?

Das Haus. Vermutlich hatte das Feuer alles vernichtet, was dieses System antrieb. Nur HUNTER lebte noch, der letzte Bestandteil dieser irren Technologie.

»Okay: Du gehst jetzt ins Meer! Geh! Und laufe weiter, immer weiter, bis zur tiefsten Stelle, die du finden kannst, und dort schaltest du dich ab. Und dann rostest du da! Für immer! Verstanden?«

HUNTER sagte nichts mehr, grüßte nicht zum Abschied, er marschierte einfach auf den hohen Zaun zu. Etwa zwei Meter davor blieb er stehen, beugte sich im rechten Winkel vornüber und streckte die Arme und den Kopf durch zwei der gespannten Drähte. Die Arme auf der jenseitigen, die Füße auf dieser Seite des Zauns ging er vorwärts, dann richtete er sich wieder leicht auf, zog die Beine elegant und ohne die Drähte zu berühren durch die Lücke zwischen den zwei Drähten ins Freie und stellte sich hin.

Er drehte sich in Richtung des Meeres und trat, durch die Dünen stampfend, den Gang an, den Bill ihm zu gehen befohlen hatte, auf den Grund des Meeres.

»Verdammt«, sagte Bill. »Ich hätte ihm befehlen sollen, den Zaun niederzureißen! Ob da noch Strom drauf ist?«

Die Feuerwehr wird bald kommen, tröstete ihn Ruth, doch sie wusste es nicht. *Jemand wird sie gerufen haben!*

Da fiel ihr das Handy ein: *Warte! Das Handy! Jetzt sollte es doch wieder gehen!*

Doch Ruth kam nicht dazu, nachzusehen. Hunter bellte sie beide zwei Mal an, dann sprang er davon und rannte zur Ecke des Hauses. Er blieb stehen und wandte sich um, schwanzwedelnd.

Ruth und Bill tauschten einen Blick: »Will er …«, murmelte Bill. Ruth nickte. *Wir sollen mitkommen.*

Ruth stützte Bill, als sie dem Hund folgten. Hunter lief zum Baum. Bill schaute hinauf. Die Flammen begannen vom Haus langsam auf die Krone überzugreifen. Einige Blätter brannten bereits.

Hunter lief um den Baumstamm herum, der ganz nahe an den Zaun angrenzte, schlüpfte zwischen einigen Zweigen mit dichten Blättern hindurch, die oberhalb der Wurzeln wuchsen … und war verschwunden.

Plötzlich bellte es neben Ruth und Bill, draußen in der Dunkelheit: Hunter war draußen, auf der anderen Seite des Zauns.

Ruth bedeutete Bill, sich an den dicken Baumstamm zu stützen, damit sie ihn loslassen und nachsehen konnte. Sie bog den Busch beiseite. Der Baum stand zum größten Teil auf dem Grundstück, aber ein kleiner Teil stand außerhalb des Zauns. Eine Auslassung, etwa anderthalb Meter hoch und einen halben Meter breit, war hinter dem Busch verborgen. Genug Platz für einen Hund und, wenn man sich bückte und zwischen Baum und Zaun hindurchquetschte, wohl auch für einen Menschen.

Ruth ging zuerst, achtete darauf, den Zaun nicht zu berühren, auch wenn möglicherweise kein Strom mehr durch die Leitungen floss. Sie hatte wenig Lust, es zu testen. Sie half Bill, sich zwischen Zaunpfosten und Baum hindurchzuschieben.

Und dann waren sie draußen. Frei. Hunter stand da, schwanzwedelnd. Ruth reckte einen Daumen in die Höhe.

Sie legte sich Bills verletzten Arm über die Schulter und spürte, wie das Blut auf ihre Brust tropfte.

»Ich glaube, ich schaffe es nicht«, sagte Bill. Sie wandte ihm den Kopf zu: *Was?*

Er wiederholte. Sie legte ihm den Finger auf die Lippen. *Das will ich nicht hören!*

»Hören? Soll das ein Scherz sein?!«, sagte er und lächelte ihr gequält zu, wie aus einer anderen Welt heraus.

Sie schleppte ihn um das Grundstück herum nach vorne, wo das Auto stand. Hunter trottete vor ihnen her, blieb immer wieder stehen, wandte sich um, um nachzusehen, ob sie auch Schritt hielten, und trottete weiter.

Ruth suchte nach ihrem Handy im Gummizug ihres Höschens. Bitte lass den Mist noch funktionieren, dachte sie, als sie die App des Fahrzeugs öffnete.

Schnapp! Die Schlösser sprangen auf, und die Blinker leuchteten, als Ruth das Auto entriegelte.

Sie öffnete die Beifahrerseite und hievte Bill auf den Sitz, schnallte ihn an und schloss die Tür. Hunter ließ sie auf den Rücksitz hüpfen.

Sie nahm den Fahrersitz ein, pflanzte das Handy in die Halterung und suchte nach der nächsten Klinik. Zwanzig Minuten war sie entfernt, aber Ruth war entschlossen, den Weg in höchstens zehn zu schaffen.

Ich fahre dich hin. Ehe diese Dorftrottel hier sind, habe ich dich zwei Mal dort. Du schaffst zehn Minuten! Kapiert? Das ist keine Verhandlungsbasis!

Bill lächelte und nickte. »Was für ein beschissenes Wochenende!«

Ruth nickte. *Warten wir ab. Es ist erst Samstagmorgen!* Er wollte lachen, damit sie sich nicht fürchtete, doch der Schmerz war zurück und zu groß, viel zu groß.

Ruth startete den Wagen und legte den Rückwärtsgang ein, im Rückspiegel tauchte Hunters Kopf auf, der Hund hechelte und sah sie an.

Ruth wollte gerade zurücksetzen, um zu wenden, da leuchtete das Handy auf. Sie hatten eine Textnachricht erhalten. Bill beugte sich vor und las, was auf dem Display stand. Die Nachricht war vom Onlineportal, über das sie das Haus gemietet hatten.

Vergessen Sie nicht, Ihren Aufenthalt zu bewerten.
Geben Sie *Kalifornien-Weg 10* ein bis fünf Sterne.

Bill sah Ruth an. Sie verengte die Augen. Dann beugte sie sich vor, drückte auf das Display

und fuhr los.

ENDE

DANKSAGUNG

Mein tief empfundener Dank gilt meiner Frau Andrea, die mich täglich mit der einnehmenden Geliebten teilt, die das Schreiben nun einmal ist, und mir vorlebt, zu welcher Güte, Gnade und Großartigkeit die menschliche Spezies imstande ist. Ein Gleiches geht an meine Kinder, die mich vieles gelehrt haben, Mut, Demut, Lachen und was wirklich Liebe ist, um nur ein paar Dinge zu nennen.

Meinem Agenten Thomas Montasser möchte ich für die nervenstarke Begleitung während des ganzen Prozesses danken, die er ohne Weiteres als Therapiestunden hätte abrechnen können. Barbara Heinzius von Goldmann für ihre Wertschätzung und wichtigen Hinweise, ebenso meinem Lektor Gerhard Seidl.

Meinem lieben Freund Carsten Schnieders danke ich für seine emotionale Unterstützung. Besonders am Herzen liegt es mir, Monika Herbig und Andrea Merkel mitzuteilen, dass sie mir als meine ersten Leserinnen aller Zeiten so viel Mut und Motivation gegeben haben, dass sie mich damit bis hierher auf die Danksagungsseite meines ersten Romanes getragen haben.

Und natürlich ganz, extra, doppelbesonders Mariam Montasser, ohne die es dieses Buch nicht geben würde.

Autor

Sebastian Halm, Jahrgang 1978, ist ein mit dem LfM-Hör-funkpreis ausgezeichneter Rundfunk- und Onlinejourna-list. Nach dem Volontariat studierte er Germanistik und Literaturwissenschaft in Bochum (B.A.). Er lebt und arbei-tet als Wissenschaftsjournalist mit dem Schwerpunkt Künst-liche Intelligenz in München.

Weitere Informationen zu Sebastian Halm unter:
www.instagram.com/realsebastianhalm/
und
www.sebastianhalm.de